中国诗歌的现代化

王学东 著

中国文联出版社
http://www.clapnet.cn

图书在版编目（CIP）数据

中国诗歌的现代化 / 王学东 著 . -- 北京：中国文
联出版社，2024.3
ISBN 978-7-5190-5475-5

Ⅰ . ①中… Ⅱ . ①王… Ⅲ . ①诗歌评论－中国－当代－文集
Ⅳ . ① I207. 22 -53

中国国家版本馆 CIP 数据核字（2024）第 060189 号

著　　者　王学东
责任编辑　王　斐
责任校对　胡世勋
装帧设计　郑　星

出版发行　中国文联出版社有限公司
社　　址　北京市朝阳区农展馆南里 10 号　邮编 100125
电　　话　010-85923025（发行部）　010-85923091（总编室）
经　　销　全国新华书店等
印　　刷　天津和萱印刷有限公司

开　　本　880 毫米 x 1230 毫米　1/32
印　　张　9.875
字　　数　19 千字
版　　次　2024 年 3 月第 1 版第 1 次印刷
定　　价　38.00 元

项目资助

教育部"春晖计划"项目（项目号：S2015040）

成都市哲学社会科学规划项目（项目号：ZSM13-01）

四川省哲学社会科学重点研究基地"地方文化资源保护与开发研究中心"项目（项目号：16DFWH002）

四川省社会科学重点研究基地"四川省武则天研究中心"项目（项目号：SCWZT-2021-04）

四川省社会科学重点研究基地"四川省郭沫若研究中心"项目（项目号：GY2021A03）

艺术比真理更有价值。

——【德】弗里德里希·尼采

人的全部力量的全面发展成为目的本身。

——【德】卡尔·马克思

去思想即是去供奉。

——【德】马丁·海德格尔

现代性，未完成的工程。

——【德】尤根·哈贝马斯

目　录

四 川 篇

本 质 篇

论中国现代诗歌的"反对抒情"

时至今日，我们对"诗"的认识和理解，仍然有着如此疼痛的撕裂之矛盾。一方面，在中国诗学中，"抒情"无疑是置于最内核的诗学概念。她不仅笼罩了整个中国传统诗学，也是我们的基本审美观念，最后成为我们入诗、思诗、言诗、写诗的唯一原则和标准。另一方面在中国新诗的发展过程中，"反对抒情"或者说"放逐抒情""逃避情感"，却又是一个极为重要的关键因素。艾略特在《传统与个人才能》中喊出了"诗歌不是放纵情感，而是逃避情感；不是表现自我而是逃避自我"，可以说没有对抒情的反抗，就没有中国现代诗的发展；没有反对抒情之思，就没有现代诗歌之名。因此，诗歌中"抒情"与"反对抒情"的重大问题，值得我们细察、深思。

对于"抒情"，我们这里不拟对其进行词源学上的考据。但总体上可以说，"抒情"绝对是中国传统诗学，以及中国传统艺术的基础性概念，乃至可以说是中国古代审美的决定性因素。《今文尚书·尧典》的论述"诗言志，歌永言，声依永，律和声；八音克谐，无相夺伦，神人以和"，奠定了我们的抒情传统。陈世骧在《中国的抒情传统》中提出"相对于西方文学而言，中国文学的道统就整体而论是一种抒情的道统"。进而，他认为《诗经》"弥漫着个人弦音，含有人类日常的挂虑和切身的某种哀求"，《楚辞》是"文学家切身地反映的自我影像……用韵文写成的激昂慷慨的自我倾诉"，甚至"当小说和戏剧的叙事技巧最后以迟来的面目出现时，抒情体仍旧声势逼人，各路渗透"。当然，"抒情"在中国传统中是一个有着丰富含义的美学概念，而且包含着较为多元的艺术精神。"一种升华为非个人化的意境的情感，一种在得到生动描写的自然对象中具体化的情感，中国人由此达到特殊与一般，自我与宇宙的契合无间"①。但是，在传统的中国语境之下，"抒情"的阐释、认知、接受最终被极为窄化，甚至成为反具单一思考向度的美学思想。以小农经济为主的中国社会中，在传统哲学的"中庸""天人合一""修心""轮回"等思想，以及传统的文人政治等因素的种种合力之下，"抒情"这一概念被固化，传统多维的"抒情之思"，最后仅仅坐实为对"意境"的追求与迷恋。意境是中国古代艺术审美理想的核心，这体现了一种中国人对待生命的独特意识：顺应宇宙万物变化，遵从天命，与天地万物合一而并生，形成一种宁静的生命形态，达到生命与自然之间的亲密无间、和谐共一的状态。在传统的"抒情"中，追求意境，就成为了适应中国古代人生存状态的诗歌表达，并由此形成了相应的一系列的古典诗歌

---

① 陈世骧：《中国诗学与禅学》，《陈世骧文存》，沈阳：辽宁教育出版社，1998年，第189页。

形式。这样，中国古典诗歌发展出了独特韵味的"意境"诗歌旨趣，他们陶醉于这种人与自然的"共在"关系，不以主体去主宰世界万物，也没有征服和改造世界的愿望，不去打破自然界的和谐秩序，任其自在自为地演化生命。

更为严重的是，古典诗歌传统的"抒情思维"，从小就开始对我们的欣赏习惯进行熏染，使我们形成了对于诗歌认识的固定思维模式，至今影响我们对现代诗歌的理解。中国现代诗歌的开拓者们，也都是在"抒情"这块沃土上轰轰推进的。我们在中国现代诗开拓者那里，看到太多的从"抒情"来谈诗歌的论述，如刘半农在《关于译诗的一点意见》中说，"情感之于文艺，其位置不下于（有时竟超过）意义"。周作人也在《〈扬鞭集〉序》提出，"新诗的手法，我不很佩服白描，也不喜欢唠叨的叙事，不必说唠叨的说理，我只认抒情是诗的本分"。闻一多在《泰果尔批评》中认为，"诗家底主人是情绪，智慧是一位不速之客，无须拒绝，也不必强留"。徐志摩在"未来派的诗"的讲座中说，"诗无非是由内感发出，诗人沉醉，自己也沉醉；能把泥水般的经验化成酒，乃是诗的功用"。郭沫若的《文学的本质》也认为，"诗是情绪的直写""抒情诗是情绪的直写"。朱自清的《抗战与诗》也提出，"从格律诗以后，诗以抒情为主，回到了它的老家。从象征诗以后，诗只是抒情，纯粹的抒情，可以说钻进了它的老家"。梁实秋在《〈繁星〉与〈春水〉》评论冰心的创作时也说，"我总觉得没有情感的不是诗，不富情感的不是好诗，没有情感的不是人，不富情感的不是诗人"。……张松建总结道，"毫不夸张地说，从二十年代到四十年代，经由穆木天、蒲风、任钧、杜蘅之、祝实明、钟敬文、王亚平、艾青、胡风、阿垅、吕荧、周钢鸣、臧克家、黄药眠的申述与发挥，抒情主义被组织进各种流派社团的主张中，成形苗壮"[1]。我们看到，在中国新诗的发展过程中，"抒情"毫无阻碍地在中国诗学中高歌猛进，而且被当作中国新诗的本质、理由、根据和目标。"抒情"不仅成为我们言说新诗的唯一标杆，还成为我们反对现代诗的一把利剑。这样，在中国诗歌的发展过程中，"抒情"就非常值得我们警惕，甚至需要我们以快刀的手法，将之驱逐出诗坛。

不可否认，在中国现代文学的发展过程中，抒情对中国文学的现代性形成，也有着极为中国的启示性意义。正如杨扬所说："因为自由文学研究中'抒情传统'问题的出现，就意味着中国文学遭遇到了不同于传统文学的'现代性'的挑战。反过来讲，中国文学中的'现代性'因为有'抒情传统'的特殊因子的作用，在'现代性'呈现上，又多了几分丰富的表情。譬如像沈从文笔下的乡村底色的现代抒情，像瞿秋白那种奔赴'饿乡'的赤色现代情怀，还有像胡兰成沉湎于'大楚国'的礼乐'现代性'以及陈映真、李渝、施明正等的孤岛'现代性'[2]"。

然而，中国新诗的根基在于现代诗人与现代自我、现代社会、现代人生、现代精神的摩擦。作为适应现代中国人生存状态，反映现代中国人精神思想的诗歌形式，中国新诗作者与研究者已经认识到了中国新诗别于古典诗歌的新质，徐迟就喊出了"放逐抒情"的

---

[1]张松建：《游移的疆界：现代中国的诗体之争与抒情主义》，《今天》，2009年冬季号。

[2]杨扬：《David 和他的书——王德威教授〈抒情传统与中国现代性〉读后》，《文汇读书周报》，2010 年 12 月 17 日。

口号。同样，梁实秋以理性节制抒情，冯至等提出"诗是经验"，金克木提倡"主智诗"，袁可嘉主张"新诗现代化"，穆旦的"新的抒情"，艾青倡导"散文美"……均看到了传统"抒情"难以透视当下的现代社会的困境，对"抒情"喊出了反对之声。面对着现代社会、现代生命，我们的诗歌，就必须要旗帜鲜明地反对抒情、反对抒情诗。

反对抒情，首先在于"抒情"的社会基座、文化基础已经被抽空，"抒情"已经失效。在现代社会的发展中，中国现代工商业文化发展成为了主流，中国古典诗歌的文化基础已经发生了改变，失去了生成意境的社会和文化基础。在这样的环境下，古典诗歌的"抒情""意境追求"等美学规范基本失效了。我们知道，近代中国以来的"三千年未有之奇局"的"天崩地裂"，不仅产生于西方文明、西方科技的冲击，更是中国传统农业乡村文化与西方现代工业城市文化冲突的体现。进入当下社会，当时所面对西方现代工业城市文化所产生的那种天崩地裂之感不仅没有消失，而且都市文化已成为了我们生命存在的常态，甚至成为一种日常生活。此时，都市化、城市化、城镇化发展一路飘红，已成为了国家发展的主导政策方针，并出现了一批大都市和都市群。可以说，现代都市不仅完全主宰了当下中国整个社会，而且也成为个人安身立命的重要选择对象，重组了我们的生活，重构了我们的价值体系和思维方式。施蛰存在《又关于本刊的诗》中说，"所谓的现代生活，这里面包括着各式各样的独特形态，汇聚着大船舶的港湾，轰响着噪音的工场。深入地下的矿坑，奏着Jass乐的舞场、摩天楼的百货店，飞机的空中站，广大的竞马场……甚至连自然景物也和前代的不同了。这种生活所给予我们的诗人的感情，难道会与上代诗人们从他们那的生活中所得到的感情相同吗"①？但正是由于我们固有传统文化的浸润和审美趣味的熏染，在现代诗歌中"都市诗"很少整体出现，集体亮相。以至于鲁迅在《〈十二个〉后记》中就发出了"中国没有这样的都会诗人。我们有馆阁诗人，山林诗人，花月诗人……没有都会诗人"②的感慨。同时，我们的时代，也如徐迟在抗战那个特殊的时代所说的一样，"抒情"已经被逼死了，"抒情"也被炸死了！"然而人类虽然会习惯没有抒情的生活，却也许没有习惯没有抒情的诗。我觉得这一点，在现在这个战争中说明它，是抓到了一个非常好的机会。因为千百年来，我们从未缺乏过风雅和抒情，从未有人敢诋辱风雅，敢对抒情主义有所不敬。可是在这战时，你也反对感伤的生命了。即使亡命天涯，亲人罹难，家产悉数毁于炮火了，人们的反应也是忿恨或其他的感情，而决不是感伤，因为若然你是感伤，便尚存的一口气也快要没有了。也许在流亡道上，前所未见的山水风景使你叫绝，可是这次战争的范围与程度之广大而猛烈，再三再四地逼死了我们抒情的兴致。你总觉得山水虽如此富于抒情意味，然而这一切是毫无有道理的。所以已炸死了许多人，又炸死了抒情，而炸不死的诗的责任是要描写我们的炸不死的精神的，你想想这诗该是怎样的诗呢"③。我们"虽然会习惯没有抒情的生活，却也许没有习惯没有抒情的诗"，这正是现代新诗发展过程中的一个极为

① 施蛰存：《又关于本刊的诗》，《现代》，1933年，第4卷第一期。
② 鲁迅：《〈十二个〉后记》，《鲁迅全集》（第7卷），北京：人民文学出版社，1981年，第399页。
③ 徐迟：《抒情的放逐》，《星岛日报·星座》，1939年5月13日。

值得人深思的怪现象。进而言之，中国现代新诗的地界，就不再是古代中国乡村农业文明的简单再现，而是突破中国传统的封闭状态的工业文明、商业文明、城市文明等文明的新型复杂社会样式的体现，这便有了与古典诗歌相异的表达意象、表达内容和表现方式。而这些新型文明之下的现代感受都是古典诗歌很少涉及的，也是古典诗歌在"抒情"之下难以容纳的诗歌新质。尽管"抒情"本身有着多元的维度，但是处于狭窄通道上的"抒情"，确实是新诗发展的绊脚石。于是，"反对抒情"成为当代新诗发展的一个重要的方向。

反对抒情，实际上是对泛滥的"伤感""小情感"写作的反对。关于我们这个时代，尽管我们现在还难以产生与李鸿章一样的"天崩地裂"之感，但是天翻地覆、日新月异、多元多维却可以说是当下社会的真实写照。"家中方一日，世上已千年"，在当下并非是梦幻般的戏言。此时的我们，在工业机械文明、城市商业文化以及娱乐消费主义等浪潮的包裹之中，不断地遭遇着各种各样的概念、面孔和力量。面对这样一个纷繁复杂、波澜起伏的时代，我们的文学是投入其中与之肉搏，还是视而不见抽身离开？然而此时，我们的文学似乎还没有相应的应对能力，因为我们大量的创作还陷溺于视而不见，并抽身离开的真空状态里，小灵感、小情趣、柔媚、温情、闲适主题涂抹着这个时代，大众的欣赏水平还止步于心灵鸡汤、励志叙事、人生哲理、格调品味的糖衣之中。"抒情"所代表的情绪，就是其中最为典型的表现。"什么是伤感呢？如以上那些批评者所指出的，那就是：虚伪，装样，模仿，陈腐的比喻，不恰当的比喻，门面话，口头禅，无聊的对偶，声调与内容不相称，勉强的押韵，表现的幼稚，可笑的通套，太容易的眼泪，不值钱的感情，感情的放纵，感情的琐碎，泛泛的感情，无所为的感情，最热情时候的写作，过火，自以为是天字第一号的可怜虫，没头没脑滚在充满了肥皂的感情的热澡中，等等。这都是伤感的表现，瑞恰慈就根据了这些来加以总合与分析，而作为伤感的解释。"①反对抒情，正是要将诗歌从感伤的情绪中超越出来，把感伤情绪之外的宏大历史之真，把现实的细节，把玄学、伦理、宗教、民俗的内容一一嵌入到肉体之中，灌注到诗歌的血液之中，真正点燃生命、照亮大地。

反对抒情，也是对诗歌艺术的真正尊重。现代新诗的创作本身就是一个复杂的、综合的过程，抒情并不是唯一的指标。宗白华说，"至于情绪，人人所具，不是件稀罕的东西，更非诗人的特权……字，句，和它的微妙不可思议地组织，就是诗的灵魂，诗的肉体"。②由此，如何纯熟地掌控和使用语言，如何传达出高深的思想，这本身就是一项技艺、一种人格、一种审美、一种体验……简言之，经典诗歌本身就是一项综合指数。反对抒情，就是把诗歌带入到一种更为宽阔、博大、复杂的世界之中。穆旦就在《〈慰劳信集〉——从〈鱼目集〉说起》中写道，"在二十世纪的英美诗坛上，自从艾略特所带来的，一阵十七十八世纪的风掠过以后，仿佛以机智来写诗的风气就特别流行起来。脑神经的运用代替了血液的激荡，拜伦和雪莱的诗今日不但没有人模仿着写，而且没有人再以他们的诗作鉴赏的标准了。这一个变动并非偶然，它是有着英美的

---

①李广田：《论伤感》，《文讯》，1948年，第8卷第四期。
②宗白华：《诗闲谈》，《中国诗艺》，1941年复刊第1号。

社会背景做基地的。我们知道，在英美资本主义社会发展的现阶段中，诗人们是不得不抱怨他们所处在的土壤的贫瘠的，因为不平衡的社会发展，物质享受的疯狂的激进，已经逼使得那些中产阶级掉进一个没有精神理想的深渊里了。在这种情形下，诗人们没有什么可以加速自己血液的激荡，自然不得不以锋利的机智，在一片'荒原'上苦苦地垦殖"[①]。诗歌一直站在文学之塔尖，诗歌对于语言的要求就有着近于苛刻的至高律令，以至于有人提出要将诗歌语言本体化的诗学追求。由此，在汹涌着生命的大血脉、奔腾着时代的大波浪、试图掌控"全域人性"、究览"天地之心"的存在面前，"抒情"手段是极为乏力的。诗歌必须大量地借鉴多种表达手法和修辞手法，以交叉融汇、多层展示来完成诗歌的命运，来实践照亮精神。

反对抒情，还是对创作本身的尊重。要创作出一首好的现代诗，需要个人才华、语言技术、生命体验、哲学思考，需要我们对自我、生命、人类、情绪、意象、结构、语言等多方面的深入思考、实践和投入。如果仅仅看中"抒情"，仅仅以"抒情"作为诗歌的指标，那就是对于创作的否定，也是对创造性活动的蔑视。梁宗岱对写诗的复杂性和丰富性，作了非常精彩的阐释，体现出他对于创作的极度尊重。他说，"一个人早年作的诗是这般乏意义，我们应该毕生期待和采集，如果可能，还要悠长的一生；然后，到晚年，或者可以写出十行好诗。因为诗并不像大众所想象，徒是情感（这是我们很早就有了的），而是经验。单要写一句诗，我们得要观察过许多

---

①穆旦：《〈慰劳信集〉——从〈鱼目集〉说起》，《大公报》，1940 年 4 月 28 日。

城许多人许多物，得要认识走兽，得要感到鸟儿怎样飞翔和知道小花清晨舒展的姿势。得要能够回忆许多远路和僻境，意外的邂逅，眼光望着它接近的分离，神秘还未启明的童年，和容易生气的父母，当他给你一件礼物而你不明白的时候（因为那原是为别人设的欢喜），和离奇变幻的小孩子的病，和在一间静穆而紧闭的房里度过的日子，海滨底清晨和海底自身，和那与星斗齐飞的高声呼号的夜间的旅行——而单是这些犹未足，还要享受过许多夜夜不同的狂欢，听过妇人产时的呻吟，和坠地便瞑目的婴儿轻微的哭声，还要曾经坐在临终的人的床头，和死者的身边，在那打开的，外边的声音一阵阵拥进来的房里。可是单有记忆犹未足，还要能够忘记它们，当它们太拥挤的时候；还要有很大的忍耐去期待它们回来。因为回忆本身还不是这个，必要等到它们变成我们的血液、眼色和姿势了，等到它们没有了名字而且不能别于我们自己了，那么，然后可以希望在极难得的顷刻，在它们当中伸出一句诗的头一个字来"[1]。一个虔诚的诗歌创作者，是一个严肃的思想者，一个保持自我独立性的哲人，一个深入生活的观察者。天地之间、古今之时，都需随着诗人的思考而动，那些不可知、不可识的事物，那些虚无缥缈的世界，都需诗人去精心设计、探求才能有所得。一个人诗歌的表达方式、表达深度和表达的水平，才体现出一个人的想象能力和创造能力。

中国当代诗歌正是在"放逐抒情"这一条道路上行进与发展的，而且可以说，中国当代诗的每一步前行，都与"反对抒情""反对抒情诗"有关。以白洋淀诗群的多多的诗歌为例，正是在"反对

①梁宗岱：《论诗》，《诗刊》，1931 年第二期。

抒情"这条道上，掀开了新时期诗歌的帷幕，预演了一场新的诗歌时代的来临。多多的诗学以构建自我价值为基础，通过在诗歌中与语言的搏斗、对抗，形成了以"硬"为支点的诗歌。这种诗歌的旨归是对世界的"对抗"和"对话"式掌控，并不属于"天人合一"式抒情表达。于是，在多重的竞技、对抗中，而不是在意境的沉迷中，多多的诗歌以对抗与对话的驳杂融荡，切入了当代生存。1979年《诗刊》推出北岛的《回答》与舒婷的《致橡树》，一股新的诗歌大潮崛起。朦胧诗大胆吸收西方现代诗歌的表现手法，将个体的价值确立为新的美学原则，改变了当代诗人认知世界、感觉世界的方式，也使当代诗人重新认识诗歌语言、诗歌技艺。特别是朦胧诗主将北岛，他从个体内心深入，对社会和自我进行反思、反省和警惕。让"诗"走向"思"，而不是走向抒情，彰显出北岛诗论的重要意义。当然不可否认，在"地下诗歌"与朦胧诗中，还有大量的诗人保留着"抒情"。而迅速崛起的"现代主义诗群"，被称为"第三代"的诗人，以更加激进甚至惊世骇俗的方式大力推动新诗的"革命"，完成了中国当代诗歌"放逐抒情"的历史使命。以"非非""他们"为代表的"第三代"，提出"反崇高""反价值"的诗学主题，展开对整个文化、甚至人类所有价值体系的否定和批判。就在这一反叛精神之下，他们在当代诗歌中灌注"反对抒情"的激情，让诗歌从优美、天人合一、意境等抒情价值的高空回到肉体、庸常、凡俗与破碎。让当代诗歌从抒情向庸常生活进驻，这是他们对当代诗歌发展做出的重大意义。

20世纪90年代诗歌的一个最为重要的意义，便是在反对抒情、反对抒情诗之后，为中国新诗的发展走出了一条"叙事之路"。

1993 年欧阳江河发表了《89 后国内诗歌写作：本土气质、中年特征与知识分子》，其涉及的三个关键词"知识分子写作""个人写作""中年写作"成为了 90 年代诗学的核心。在抛弃"抒情"之后，他们确立了"从身边的事物发现自己需要的诗句"的基本的诗歌创作倾向。特别是"叙事性"在诗歌中的完美运用，使诗人的独特风貌在"叙事性"中得以确立。当代诗歌中的"叙事"，一方面如孙文波所说，"它绝不是有些人简单地理解的那样，是将诗歌变成了讲故事的工具，而是在讲述的过程中，体现着语言的真正诗学价值……它所具有的意义是与古老的、关于诗歌'及物言状''赋象触形'的传统观念有着内在的联系的"①。在当代诗学中叙事置换了抒情，并确立起了当代诗学的价值体系。另一方面，叙事又建构起了当代诗学的方法论框架。西川就认为，"叙事不指向叙事的可能性，而是指向叙事的不可能性……所以与其说我在二十世纪九十年代的写作中转向了叙事，不如说我转向了综合创造"②。由此，在 20 世纪 90 年代的诗歌作品中，由于叙事的介入，当代社会的各种细节和情节被刻绘和保存，彻底提升了"日常生活"的质量和高度，投射出强烈的历史反思和人文关怀。当代诗歌在"反对抒情"之后，呈现出"复杂性"和"综合性"的生气与活力，并使我们看到了"个人刻痕"在新诗中不断加深、加重的可能性。

当然，尽管在"反对抒情"的基础上，中国当代诗歌出现了前

①孙文波：《我理解的 90 年代：个人写作、叙事及其他》，《诗探索》，1999年第二期。
②西川：《大意如此·序》，长沙：湖南文艺出版社，1997 年，第 2 页。

所未有的驳杂、散乱，以至于"放逐了读者"，将自己谋杀。但是，正是"反对抒情"，使中国当代诗歌得到了进一步的拓展。个人作为一个独立个体、独立存在得到了尊重和肯定，并且在当代社会中个体的价值得到了前所未有的彰显，人的价值就被重新地发现和审理，人本身无限的丰富性和复杂性就绽放了出来。新诗进一步强化理性，从"我之思"出发，在日常生活中，通达对人、生命、时空、宇宙、存在等问题的思考，价值、体验、哲理、终极都被整合在了新诗中。并且在诗艺上，当代诗人表现出对于文字特有的膜拜，他们经由种种文字探索，丰富了汉字的表达，为重建新诗语言体系提供了强劲的助推力。最后，他们还形成了复杂的技艺特征。他们的诗歌中，日常生命体验与广博学识交织、渗透，扩大了诗歌的表现力。而且在叙事和戏剧等多方面的开掘中，展现出了惊人的个人修辞能力，形成了一种成熟的、开阔的写作境界。

正如袁可嘉所言，"以为诗只是激情流露的迷信必须击破。没有一种理论危害诗比放任感情更为厉害，不论你旨在意志的说明或热情的表现，不问你控诉的对象是个人或集体"[1]！"反对抒情，反对抒情诗"是我们欣赏、认识和思考中国当代新诗的一个非常必要的起点。不反对"抒情"，不驱逐"抒情"，当代新诗也难以赢获更广阔的空间。

①袁可嘉：《诗的戏剧化》，《大公报·星期文艺》，第七十八期，1948年4月25日。

意象与中国现代诗学

面对先锋诗人对现代诗歌所提出的"诗歌以语言为目的，诗到语言为止"①的限定与要求，王泽龙以敏锐的当下意识以及对现代诗歌命运的深切关注，在他的《中国现代诗歌意象论》中明确表明，"本课题的出发点也正是希望通过现代诗歌意象的研究，引起人们对现代诗歌以及其他现代诗歌本体性问题的更多的关注，共同把中国现代诗歌研究引向深入"②。正是在"意象"这个本体基座之上，"文学形式或文学本体性问题的研究在学术知识的积累上是十分重要的，更具有学术史的承传意义"③。由此我们看到，"意象"这一"中国诗学的基础性命题"，作为"艺术实践的本体性特征"，不但有着"基础性"和"本体性"的定位，而且对现代诗歌的研究具有强烈的统筹和整合功能，值得我们深入考量。

①韩东：《自传与诗见》，《诗歌报》，1988年7月6日。
②王泽龙：《中国现代诗歌意象论》，北京：中国社会科学出版社，2008年，第3页。
③黄曼君：《中国现代诗歌意象论·序》，北京：中国社会科学出版社，2008年，第3页。

一

我们首先要追问的是，为什么意象在中国现代新诗中具有基础性和本体性的定位？换句话说，为什么意象才是中国现代诗学营构的一个制高点？

直到现在，"中国现代诗歌到底是什么？"的问题仍旧困扰着我们。郑敏说，"今天的汉语新诗，由于只有八十多年的时间，尚未成熟到有一整套为国人、诗歌界所共同接受的具体美学准则，也即自己的诗歌传统"[①]。尽管对"具体美学原则"这个追问我们可以用简单化约的方式将其归结为本质主义，并由此认为，这种追问会失掉中国现代诗歌的本身的繁复和丰富的呈现。但与此同时，要实践新诗的新的突破和生长，中国现代诗学的本质营构就已不容置疑和拖延。然而我们更应看到，与哈贝马斯所说的"现代性是一项未完成的工程"一样，中国现代诗学本质也是未完成的。

回顾新诗历史，"五四白话新诗得以确立经由了一个率先突破语言、刷新工具到逐渐解放诗体的过程"[②]。以白话为标志、以诗体大解放为质素的"尝试"，才让中国现代诗歌站立起来，塑造了中国新诗的基本面目。生动活泼的白话，给中国现代新诗注入了强劲

[①] 郑敏：《关于诗歌传统》，《文艺争鸣》，2004年第三期。
[②] 龙泉明：《中国新诗流变论》，北京：人民文学出版社，2002年，第27页。

的活力和能量，不仅有效地映现现代社会的真实生存，而且带出现代生活的鲜活情感和生动体验，照见了现代人的心灵世界。但问题又在于，"新诗运动最早的几年，大家注重的是'白话'，不是'诗'，大家努力的是如何摆脱旧诗的藩篱，不是如何建设新诗的根基"①。在新诗的建构中，"白话"又有着"工具的缺点"而不具备"根基的优势"，所以"自白话入诗以来，诗人大半走错了路，只顾白话之为白话，遂忘了诗之所以为诗，收入了白话，忘记了诗魂"②。"白话诗"的命名，其实就隐含着对"诗魂"的遗忘，以及对中国现代诗歌本体的遗忘。

接着，从情感出发的浪漫主义，以诗人的情感为依据，并以此为突破口和着力处，让中国现代新诗找到了生命和激情的新的喷发点。郭沫若的诗学理论就界定在"自我表现"和"情绪"之上，"我想我们的诗只要是我们心中的诗意诗境的纯真表现，命泉中流出来的 Strain，心琴上弹出来的 Melody，生底颤动，灵底喊叫，那才是真诗，好诗"③。他所探讨的真诗、好诗，便是以人内心感情和情绪为标杆。但是，当情感的自然流露和自我的展现成为了幼稚与粗野、浮躁与病态、矫饰与夸张的时候，真诗、好诗就已经不可避免地要受到指责。由于"他们的目的只在披露他们自己的原形"④，此类宣泄式"自我放纵"的"情感"，让我们看到，在情感诗学的背景之下，现代诗学的本体建构也举步维艰。

①梁实秋：《新诗的格调及其他》，《诗刊》，1931 年第一期。
②梁实秋：《读〈诗的进化的还原论〉》，《晨报副刊》，1922 年 5 月 27 日。
③田汉、宗白华、郭沫若：《三叶集》，合肥：安徽教育出版社，2005 年，第 10 页。
④闻一多：《诗的格律》，《晨报副刊·诗镌》，1926 年 5 月 13 日。

为了节制情感，防止感情泛滥，从"写什么"到"怎么写"，新月派构筑了一个以"格律"为基质的现代诗学方案。徐志摩在《诗刊弁言》中说，"要把创格的新诗当一件认真的事情来做"，"我们信完美的形体是完美的精神的唯一的表现"①。他们对现代诗歌的艺术美，特别是形式美高度重视。他们倾心于探求诗歌的艺术规范，并由此进行了多方面的思考，其中"一致的方向"便是"主张本质的醇正、技巧的周密和格律的严谨"②。而闻一多的"三美"理论，不仅创建了完整的现代格律诗理论，也塑造了新诗的"完美精神"。但徐志摩后来也承认，"谁都会安排运用白话，谁都会切豆腐似的切齐字句，谁都能似是而非的安排音节，但是诗，它连影儿都没有和你见面"③。那精心营造形式之美并建立起了"完美精神"的格律诗学方案，也根本无法照亮现代诗歌的本体。

再看象征派的探索。这一流派的特点正如李健吾在评价李金发时所说："李金发先生……他有一点可贵，就是意象的创造。"④他们在意象的创造上通过特定的文法、远取譬、通感等方式，创造出了意象独特的诗句，让人们对熟悉的世界产生了新异的感受。也正是在这一点上，朱自清认为，自由、格律、象征三派，一派比一派强，得出"新诗是进步的"这样一个结论。⑤这一流派，通过象征

①徐志摩：《诗刊弁言》，《晨报副刊·诗镌》，1926年4月1日。
②陈梦家：《新月诗选·序》，上海：新月书店，1931年。
③徐志摩：《诗刊放假》，《晨报副刊·诗镌》，1926年6月10日。
④李健吾：《〈鱼目集〉—卞之琳先生作》，《咀华集》，北京：人民文学出版社，2001年，第87页。
⑤朱自清：《新诗的进步》，《新诗杂话》，北京：三联书店，1984年，第7页。

的"赋形",使新诗最终绽放"丰富、复杂、深邃、真实的灵境"①。象征派以"暗示"等手段,为中国现代新诗的审美能力的提升做出了不朽的贡献,由此朱自清认为"抗战以前新诗的发展可以说是从散文化逐渐走向纯诗化的路"②。象征派对意象的深度开拓,呈现出新诗新的机遇,"这是外国的新潮流,同时也是中国的旧手法;新诗如往这一路去,融合便可成功,真正的中国新诗也就可以产生出来了"③。

进而,面对新诗本体失落的困境,现代派诗学和九叶派诗学便是在"象征"这一可行的道上行走的探求者,"现代派的特点便是诗人们欲抛弃诗的文字之美,或忽视文字之美,而求诗的意象之美"④。对于九叶诗派,陈太胜高度肯定了袁可嘉这种诗学构建,"使中国象征主义走向了一种新的以'象征'为基础,综合'现实'和'玄学'的新传统"。"意象"的选择、安排、重组,成为了九叶派诗学"返回本体"的一个重要刻度,"最好最纯洁的诗里面,除了无纤尘的意象以外,不应再有别的游离的渣滓",甚至"诗可以没有表面的形象性,但不能没有意象"⑤。由此我们可以说,意象对中国现代诗学便有袁可嘉所说的"廓清或确定诗的意义"⑥。

有学者提到,"意象是中国诗学中一个关键的概念,也是诗歌

①梁宗岱:《象征主义》,《文学季刊》,1934年第二期。
②朱自清:《抗战与诗》,《新诗杂话》,北京:三联书店,1984年,第37页。
③周作人:《扬鞭集·序》,《语丝》,1926年第五期。
④孙作云:《论"现代派"诗》,《清华周刊》,1935年5月15日。
⑤陈太胜:《象征主义与中国现代诗学》,北京:北京大学出版社,2005年,第187页。
⑥袁可嘉:《新诗戏剧化》,《诗创造》,1948年第十二期。

表达与交流的主要途径，是诗歌区别于其他文学样式最突出的本体性要素"[①]。特别是由于中国现代社会的转型，现代人生的新的感觉、审美、体验等已经与古代变得不一样，在"具有了现代性的'我'的出现，使诗歌创作的思路发生了巨大的转向，现代诗歌进入了'意象'时代"[②]的时刻尤为明显。可以说，在现代诗学构建的历程中，"意象"不仅有本体性优势，而且使现代新诗具有张力和活力。

二

王泽龙认为，"意象作为诗歌的元素，是体现着诗歌生命的基本结构的内核和功能单位"。[③]我们看到，意象在现代诗学历程中获得基础性和本体性成为一种可能。我们要进一步追问的是，意象诗学又何以可能？意象本身的含义、意象的生成机制以及意象系统的完整体系又怎样？

何为"象"？夏之放认为，"'象'有一个共同的本质特征，那就是他们都已不是客观事物的物理现象（物象），而是主体的心理现象（心象），是意中之象，是渗透了主体的理解（意义、意念）、情感（意味）和行动倾向（意志）的'象'。在意与象的融汇结合之中，绝不是二者的简单相加，而是'意'（主体方面）始终占据着支配地位、主宰地位"。他进而指出，"表象是过去已

---

① 黄曼君：《中国现代诗歌意象论·序》，北京：中国社会科学出版社，2008年第三期。

② 李怡主编：《中国现代诗歌赏析》，北京：高等教育出版社，2004年，第59页。

③ 王泽龙：《中国现代诗歌意象论》，北京：中国社会科学出版社，2008年，第1页。

经历过的事物在记忆中留下的映像，他可以具有一定的概括性、主观倾向性，但本质上是客体事物的遗留，其内容偏向于客体；意象是在过去已经积累的大量表象的基础上，主体头脑中所新生的，超前的、意向性的设计图像，他不一定是已经存在过的，其内容偏向于主体的愿望和设想"①。也就是说，在"象"中"意"是灵魂，"意象"首先是凸显"人"的主体性地位，彰显"人意"。同时"象"也包含"天意"，并将"天意"和"人意"贯通，这便是"意象"的本质所在。

由此我们首先要关注"意"（或者"道"）到"象"的转变的历史过程。在老子的《道德经》中，"道之为物，惟恍惟惚。惚兮恍兮，其中有象，恍兮惚兮，其中有物"，"象"成为了思维主体表达自身思考、体验、情感、意志的最佳途径。为了能接近和理解"天意""地意""神意"，我们形成了《易传》所云"立象以尽意""鼓之舞之以尽神"的思维和思考范式，即通常所说的"立象以尽意""寻象以观意"。这种诗论在传统中可以说比比皆是，如钟嵘《诗品·序》的"指事造物，穷情尽物"，刘勰《文心雕龙·神思》的"窥意象而运斤"等。同样西方的意象派干将庞德也认为，意象是"一种在一刹那间表现出来的理性和感性的集合体"，"意象在任何情况下都不只是一个思想，它是一团、或一堆相交融的思想，具有活力"。"准确的意象"，能使情绪找到它的"对应物"②。

①夏之放：《文学意象论》，汕头：汕头大学出版社，1993年，第185、165-166页。
②伍蠡甫编：《现代西方文论选·意象派》，上海：上海译文出版社，1983年，第251-252页。

将"道"与"意"完全融合，这就呈现了一种特有的诗学。

　　"道"与"象"的另一个需要考虑的维度即"言"。面对强大的"天意"，人是否可以直接用"言"传达"道"？大多数人表示了怀疑。但是在《周易》"书不尽言，言不尽意……圣人立象以尽意"的思路看来，原来"言道"的关系，变成了"言象"的关系，到最后"言象关系"又成为"言道关系"的核心。因此，"言要尽意"，就必须营构"象"。王弼《周易略例·明象》认为："夫象者，出意者也；言也，明象者也。尽意莫若象，尽象莫若言。言生于象，故可寻言以观象；象生于意，故可寻象以观意。意以象尽，象以言著。"最终，对"象"的营构，也就成为了"意—象—言"三位一体的逻辑结构。意象化功能不是要对世界进行逻辑推理和思考，而是通过一系列的"意象化"修辞达到"道"，其结果是"意象"成为一种综合性艺术手法，并且成为沟通"言"与"道"的最优渠道。到此，"道言象"的浑然一体特征，才构成了"意象"的诗学基础。

　　"立象"是为了尽意、贯道，所以意象诗学首先要思考的是"道象"，即"言"最终要达到的目的，或者说"写什么"的"象"。而"道象"其实是一个并不陌生的境域，也即常说的中心和主题。但是，我们这里用"道象"来阐释，并非是刻意为之，而是要在"象"这个绝对视域之下，以期对"道"这个灵魂和统帅有一个新的认识。此时所要关注的，已不再是"道"或者"主题"，而是"道象"或者"主题象"。然后要进入的是"言象"，即对"道象"载体层面的思考，也就是"怎么写"的"象"。同样在"语言之象"中，对"语音象""语义象"和"语言象"的分析不仅仅只是涉及表情达意的层面，更涉及作者的风格。总之，对"意象"

的思考，即思考"道"和"言"所构造和塑造出来的形象，能否唤起读者内心的感受，能否让读者进入到此一世界之中，如闻其声，如见其人。"写得怎样"的"象"，特别是待人所创造的"意象"，在诗歌中构筑了怎样的"意象"？这些"意象"是否能够承担和展开人生活中的尖锐而复杂的生存和体验，它们又是怎样来担荷人类的命运和存在，就成为了意象诗学考量的一个重要指标。

三

正是"意象"在"道言象"三合一交融样态中强健的生命力，使筑建中国现代诗学成为可能，也使熔铸中国现代意象诗学成为一种必然！意象诗学不再仅仅是中国现代诗歌中对意象选择和意象技术的思考，而是深入到现代诗歌内在的本质，贯穿起中国现代新诗发展的历史，并勾连着中国现代新诗的创作与欣赏的核心。最后，在"意象"这个基点上，"道象""言象"和"意象"三个层面又该营构出怎样的中国现代意象诗学？

先来看"道"，我们的"道"已经从古代的"天道"向现代的"人道"转变，那么在诗歌上即是从中国古代诗歌的"天道之象"向中国现代诗歌的"人道之象"转变。古代的"天道"思维，是天、地、人和谐统一，息息相通，这几者一起顺应着造化和自然运行的节奏和规律，一切都与生命相通，宁静、淡薄、自然、纯洁，最后形成了一套以乡村田园为旨归，达到"与天地交流""神与物游""情与境兼"的意境，这成为古代诗歌在"天道之象"之下的审美风向。那"现代诗歌为何"？在现代社会中人的主体性的崛起，以及西方文明的输入和都市的膨胀，必然使现代美学规范重新确立，以突破以"意境"为审美核心的"天道之象"的观念，而取而代之的是现代人以"自我"为中心的"人道之象"，由此便形成了现代新诗中庞大的"自我之象"。"五四"开始的是"人之崛起"的启蒙呼声，从鲁迅的"精神界之战士"到胡适的"健全的个人主义"，从周作人的"人的文学"到郭沫若"自我表现"，"造成了一个可以称为'人的解放'的时代"①。正如郭沫若书写自我的精神、自我的欲望、自我的意志，"一切自然只是神的表现，自我也是神的表现。我既是神，一切自然都是自我的表现"。"自我之象"成为了中国现代诗歌前所未有的焦点。对此，王泽龙评论说，"郭沫若《女神》的现代性变革与意象体系的现代性特质是分不开的"。另外，中国知识分子在寻找西方"能力之母"的过程中，逐渐形成了对"科学"和"理性"的崇拜，并最终把科学当成解决社会和人生问题的终极法则与原理。由此，"理性之象"也在中国现代诗歌中成为"人道之象"的另一重要意象范畴。"近二三十年来的新的科学的突飞发展……现代人的心理与人生观也有了极大歧义和动摇。因此，新诗人若要表现新人生就不能漠视其所处的环境，不能不对周围的人事有分析地笼括的概观，否则，便要既狭隘而又不新颖。""以智慧为主脑"即"以不使人动情而使人深思为特点，极力避免感情的发泄而追求智慧的凝聚"②，成为中国新诗的新途径。卞之琳的客观意象叙事化呈现，废名的直觉体验和瞬间妙悟，冯至在日常现象中

①胡适：《〈中国新文学大系〉第一集导言》，《胡适学术文集·新文学运动》，北京：中华书局，1998年，第258页。
②柯可：《论中国新诗的新途径》，《新诗》，1936年第四期。

体验宇宙人生，以及在智性的自由思考与感性的有形显现在意象的凝定中得到统一的穆旦，都体现出"理智之象"在对现代社会中个人、社会、文化和历史诸方面的反思中具有强大的穿透力。

那在现代语境之下，"现代新诗何为"？她是怎样来表达现代生存的感受的呢？中国现代诗歌的变革首先在语言，由古代汉语向现代汉语转变，现代汉语是现代诗歌的独特载体，即用现代汉语来表达"人道之象"。而其中特有的"现代汉语之象"，构成了中国现代诗歌特有的外表。如果我们对现代诗歌的"现代汉语之象"进行追索，可以看到中国现代新诗体现在这样两个层面：在"现代汉语之象"选择上的"白话之象"与"欧语之象"，以及表达上的"格律之象"和"象征之象"。

口语所具有的原初性、活力、灵性，较为深刻地反映和呈现了日常生活以及平民经验，蕴藏着质朴的平民性和开放性，使得"活的文学"这样的雅号成为了"白话之象"的典型形象和标志。正因如此，白话诗歌成就了傅斯年所说的"朴素无饰"式的"裸体美人"的诗歌佳境，这构成了现代诗歌独有的风貌。在"白话之象"的操作上，胡适指出，"有什么话，说什么话；该怎么说，就怎么说"[1]。而且说"诗要用具体的做法"，即"鲜明逼人的影像就是诗的具体性或具象性"[2]。在胡适的诗歌创作中就有直言理、直言情、直言事，所形成的白话的直言式"具象之象"。由于"这时代最流行的诗是'自

---

[1] 胡适：《尝试集自序》，《胡适学术文集·新文学运动》，北京：中华书局，1998年，第381页。
[2] 王泽龙：《中国现代诗歌意象论》，北京：中国社会科学出版社，2008年，第22页。

由诗'和所谓的'小诗'，这是两种最像白话的诗"①，这两种诗体正是现代诗歌"白话之象"的清晰呈现。新诗早期茅盾把"五四"白话称之为"欧化的白话"②，严家炎也认为"新体白话是由面对民众的文学翻译逼出来的"③。因此，中国现代新诗的"白话之象"吸取了丰富的欧语因子，其自身也就隐含着大量的"欧语之象"的成分。而这两种"象"的不同就在于，"欧化的白话文就是充分吸收西洋语言的细密的结构，使我们的文字能够成大复杂的思想，曲折的理论"④。欧化不仅仅是现代汉语走向现代的一个过程，它还为现代汉语带来了新活力，增强了现代汉语的表现力，也更成为了现代汉语自身区别于古代汉语所特有的属性。提倡欧化的白话文、欧化的文学的"欧语之象"，"就是直用西洋文的款式、方法、词法、章法、词枝（Figure of Speech）、一切修辞学上的方法，造成一种超于现在的国语、欧化的国语，因而成就一种欧化国语的文学"⑤。特别是现代诗歌，其基本外形的横排、标点、分行、分段就是对国外的直接照搬，还在词汇上大量地借鉴西方术语，用诗歌内在节奏、音步代替韵律和平仄，这都是欧化的结晶。因此"白话之象"和"欧语之象"是中国现代新诗"言象"选择的必然。

其实早在提倡白话的时候，就有一部分诗人开始反思"格律诗

①胡适：《白话文的意义》，《杜春和等演讲录》，石家庄：河北人民出版社，1999年，第142页。
②茅盾：《文艺的大众化》，《救亡日报》，1938年3月9—10日。
③严家炎：《五四新体白话的起源、特征及评价》，《中国现代文学研究丛刊》，2006年第一期。
④胡适：《〈导言〉，中国新文学大系·建设理论集》，上海：良友图书印刷公司，1935年，第24页。
⑤傅斯年：《怎样做白话文》，《中国新文学大系·建设理论集》，上海：良友图书印刷公司，1935年，第24页。

学"。鲁迅说："可惜中国的新诗……没有节调、没有韵，他唱不来；唱不来，就记不住；记不住，就不能在人们脑子里将旧诗挤出。"①押韵、格律不再是诗歌的"可怕的罪恶"。何其芳后来也说如果没有适合现代语言规律以及与现代生活相连的格律诗，那便是现代诗歌的偏失。这就要求对现代新诗"创格"，"第一要有格律，第二要有韵脚"②，闻一多的《诗的格律》通过对格律的全面探讨，构成了较为完整、系统的现代诗歌格律理论体系。其核心部分的"三美"，实际上表现出来的是对"格律之象"的诉求。在此"格律之象"中，他们十分关注"听觉格律之象"的建构，如孙大雨提出了有规律的音节，即"音步""音尺"的概念，以及闻一多非常强调的"音尺"，何其芳的"顿"。在"视觉格律之象"方面，他们注重的是"节的匀齐"和"句的匀齐"，如闻一多在此基础上提出了"新的格式"，这都旨在"重新为中国建立一种新诗完整风格"③。

现代汉语的"象征之象"则使现代新诗进入到"深"处。周无认为，象征主义"能够将文学的范围更张大，艺术的力量也加强，并且他心灵的引导，可以使读者感到最深的境界"④。在"象征之象"的创作实践里，"诗是要有大的暗示能"⑤，由此，诗人要

---

①鲁迅：《致窦隐夫》，《鲁迅全集》（第12卷），北京：人民文学出版社，1981年，第555—556页。

②《齐志仁（鲁佣）致沈雁冰信》，《小说月报》，1922年第七期。

③沈从文：《论闻一多的〈死水〉》，《新月》，1930年第二期。

④周无：《法兰西近世文学的趋势》，《少年中国》，1920年第二期。

⑤穆木天：《谭诗——寄沫若的一封信》，《创造月刊》，1926年第一期。

在暗示性的意象群、通感手法、多义语言维度上奔突。象征的另外一个落脚点体现在意象的"音色"层面的推敲上。王独清在"诗的公式"中说，"最难运用的便是'音'和'色'"①。他的重心是在于"'色''音'感觉的交错""努力于艺术的完成，以做个唯美的诗人"②。最后"象征诗派要表现的是些微妙的情境，比喻是他们的生命，但是'远取譬'而不是'近取譬'"③。由此，"音色交错"和"远取譬"的"象征之象""影响了中国诗歌内质进一步的现代性深层转换"④。

我们看到，中国现代新诗的"意象"是"人道之象"，也是"现代汉语之象"。在这里，"道言象"三者不能割裂开来看，现代新诗的"具体美学原则"，即是现代诗歌中"道言象"严密整合的"意象之象"。

二十世纪四十年代的新诗现代化，就是对现代诗歌"意象之象"的全面考量。他们"将人生和艺术综合交错起来的神圣任务"⑤重新释放出来，重新掌控起来，而且在诗学艺术上形成了一种"高度综合的原则"，即"现实、象征、玄学"的综合诗学。由于"意象的存在一方面是由于诗人对客观世界的真切的体贴，一种无痕迹的契合，另一方面又是客观世界在诗人心里的凝聚，事物皆备于我"⑥，

①朱自清：《诗的形式》，《新诗杂话》，北京：三联书店，1984年，第101页。
②王独清：《再谭诗——寄木天、伯奇》，《创造月刊》，1926年第一期。
③朱自清：《新诗的进步》，《新诗杂话》，北京：三联书店，1984年第六期。
④王泽龙：《中国现代诗歌意象论》，北京：中国社会科学出版社，2008年，第87页。
⑤默弓（陈敬容）：《真诚的声音》，《诗创造》，1948年第六期。
⑥袁可嘉：《新诗戏剧化》，《诗创造》，1948年第十二期。

这就在"象"之上建立了平衡和凝合的两种诗学视野。一是平衡，"我只愿意这种指出这群来自南北的年轻作者如何奋力追求艺术与现实间的正常平衡"①。二是凝合，"艺术的一个最高理想是凝合一切对应因素"②。这样"他们绝对强调人与社会、人与人、个体生命中诸种因子的相对相成，有机综合"③。因此，平衡和凝合的"意象之象"首先在"内容上的强调表现现实与挖掘内心的思同意，即客体与主体、社会性与个人性、时代与自我的平衡"④"一方面尽量避免对现实做机械狭隘地描摹，另一方面力戒主观滥情的直露宣泄，努力把诗歌建构在外在世界和内在世界的重叠上"⑤。而这其中，"意象"的平衡和凝合状况就成为中国现代新诗的一个审美标准。

意象，带来了中国现代意象诗学在"人道之象""现代汉语之象"在"意象之象"上的重叠、交错和综合，这就回答了中国现代新诗"为何"与"何为"，阐明了中国现代新诗的历史和美学，论析了中国现代新诗的创作和理论等系列难题，为中国现代新诗提供了一条"具体美学原则"。"现代社会生活日趋复杂多样，我们每一个人的经历和接受的经验也越来越丰富，现代诗歌要面对和进入复杂的现代社会，就不能满足于单一的美学风格"⑥，由此"人道—现代汉语—意象"的浑然融合更契合着现代人的现代生活，熔

①袁可嘉：《诗的新方向》，《论新诗现代化》，北京：三联书店，1988年，第223页。

②唐湜：《论意象》，《新意度集》，北京：三联书店，1990年，第8页。

③袁可嘉：《新诗现代化》，《大公报·星期文艺》，1947年3月30日。

④龙泉明：《中国新诗流变论》，北京：人民文学出版社，2002年，第527页。

⑤王胜思：《九叶之树长青·前言》，上海：华东师范大学出版社，1994年。

⑥李怡主编：《中国现代诗歌欣赏》，北京：高等教育出版社，2004年，第199页。

铸了中国现代意象诗学之大骨，并营构出具有现代性，体现基础性和本体性的现代诗学，映照出现代诗学的本质。

在对现代诗学的研究中，有着很多的有效思考，而以"象"为制高点，构建以"人道之象""现代汉语之象""意象之象"为维的现代意象诗学，并以此掘进现代诗歌，审视现代诗歌的本质和本体，不仅能照见现代新诗的生长过程，熔铸出中国现代意象诗学之基本框架，还能照见中国现代新诗的高度，呈现出现代诗学推进的一条通衢。

朦胧诗：中国现代诗歌的新传统

一

中国现代新诗要在当下社会中成长与突围，必须首先反思中国现代新诗自身的传统。特别是反思中国现代新诗对当代人的生命体验的深入，以及中国现代新诗对当代文化的影响等问题。而只有在思想史的视野下，我们才能洞察当代诗歌传统的本真面貌。我们知道，朦胧诗造就了中国新诗的一个朦胧诗时代，更具有独特的思想史意义。由此，朦胧诗对自我的确证，特别是对"人的存在"的介入，以及对"人的拯救"方案的确证，可以说形成了中国现代新诗的新传统。

那么，为什么朦胧诗是自我确证之诗？朦胧诗又是如何确证自我？朦胧诗的自我确证又带给了中国现代新诗怎样的新传统？

"朦胧诗"之所以被称为"崛起诗"，是因为她是"自我崛起"之诗歌。众所周知，在朦胧诗"崛起"的多次交锋中，"自我"可以说是论争的关键词之一。"崛起"与"朦胧""表现自我"及"回避自我", 是他们论争交锋之主战场。从我们所熟知的"三崛起"论者, 到其反崛起者, 他们的批评一直都是在"自我"这个内核上做着一场旋转木马式的批判。反崛起者以"在全国人民紧张努力奔四化的今天, 大家都很忙"①为由, 以及宏大的"四化"建设来批判朦胧诗中的"自我崛起"。如老诗人臧克家就认为, "建设现代化的社会主义国家是全国人民共同目标, 诗人写什么, 写给谁看, 应当很清楚", 认为朦胧诗"脱离了人民的要求, 起了不良的影响"②。所有批评的核心均围绕朦胧诗"自我崛起"这一特征, 进而, 江枫提出"表现自我"③、李黎的"关于诗歌中的'自我'"④、朱先树的"关于'表现自我'"⑤等观念, 我们可一言以蔽之, 朦胧诗即自我诗! "朦胧诗"被称为"崛起诗", 主要因为她是"自我崛起"的诗歌。

这种"自我崛起", 正是朦胧诗"自我确证"的表征。朦胧诗人从"自我"崛起起航, 在诗歌中展开"自我确证"。朦胧诗人也正是在"自我确证"这个维度上, 加深了"自我"在现代诗歌中的刻痕。可以说, 对自我的确证, 正是朦胧诗传统形成的基点。

---

①章明:《令人气闷的"朦胧"》,《朦胧诗论争集》, 北京: 学苑出版社, 1989 年, 第 34 页。
②臧克家:《关于"朦胧诗"》,《朦胧诗论争集》, 北京: 学苑出版社, 1989 年, 第 77 页。
③江枫:《沿着为社会主义、为人民的道路前进》,《朦胧诗论争集》, 北京: 学苑出版社, 1989 年, 第 124 页。
④李黎:《"朦胧诗"与"一代人"》,《朦胧诗论争集》, 北京: 学苑出版社, 1989 年, 第 172 页。
⑤朱先树:《实事求是地评价青年诗人的创作》,《朦胧诗论争集》, 北京: 学苑出版社, 1989 年, 第 180 页。

二

朦胧诗对自我的确证是如何成为可能的呢？这种"确证"又如何切入当下生活和生命呢？细察朦胧诗代表北岛、顾城和舒婷，我们发现，他们诗歌中的自我之确证，体现为围绕"自我"这一核心命题，对"自我确证之根：我不相信""自我确证之法：我寻找""自我确证之的：我站立"这样三个维度的深度打磨。

1. 自我确证之根：我不相信

朦胧诗是这样一种探索，正如谢冕所说，"有一大批诗人（其中更多的是青年诗人），开始在更广泛的道路上探索——特别是寻求适应社会主义现代化生活的适当方式。他们是新的探索者"①。而且"他们和我们五十年代的颂歌传统和六十年代的战歌传统有所不同，不去直接赞美生活，而是追求生活溶解在心灵中的秘密"②。而朦胧诗人的这种"心灵的秘密"，就是杨炼说的，"我永远不会忘记作为民族的一员而歌唱，但我更首先记住作为一个人而歌唱。我坚信：只有每个人真正获得本来应有的权利，完全地互相结合才会实现"③。进而，在徐敬亚的评论中，一种清晰的内在的逻辑就显现出来了，"诗中出现了'自我'"，"他们坚信'人的权利，人的意志，人的一切正常要求'。主张'诗人首先是人'并且相信自己应作为自己的主人走来走去——人，这个包罗万象的字，成了

---

①谢冕：《在新的崛起面前》，《光明日报》，1980 年 5 月 7 日。
②孙绍振：《新的美学原则在崛起》，《诗刊》，1981 年第三期。
③杨炼：《从临摹到创造》，《诗探索》，1981 年第一期。

多数青年诗人的主题磁场"①。

　　"自我"，正是朦胧诗主将北岛诗学的"铁律"。在诗歌《回答》中，"自我"是他诗歌的主题。他这首诗歌中的宣告，是在向历史做彻底告别，告别那没有自我的历史，从而宣告自我崛起时代的来临。在这首诗歌中，北岛的自我确证主要体现在他确证了自我存在的根基，"我不相信"。北岛说，"诗人应该通过作品建立一个自己的世界，这是一个真诚而独特的世界，正直的世界，正义和人性的世界"②。在《宣告》中，他以怀疑、指控的态势切入现实，表现他对生活的决绝批判、否定，"我不相信天是蓝的，/ 我不相信雷的回声，/ 我不相信梦是假的，/ 我不相信死无报应"。他不相信天是蓝的，虽然这是我们固定的知识，但他却不相信。他也不相信自然规律，说雷有回声，他也不相信。他不相信梦想和希望，也不相信未来。从北岛的一系列的"不相信"中，我们看到了他对异化社会的彻底否定。进而，他只能在"闪闪的星斗"的照耀之下，从历史和未来之中捕捉到希望，寻找生命的转折点。

　　朦胧诗的"自我崛起"，其原点正是北岛诗歌中所彰显的"我不相信"。在"我不相信"这个自我确证之根上，集体中的自我，才回归到了一个小我，一个真正的自我。如徐志摩所言，"我只知道个人，只信得过个人③"。只有在此维度上，自我才能得以真正确证。而在此基础上，《宣告》中的自我，是一个确证了自我根基

①徐敬亚：《崛起的诗群》，《当代文艺思潮》，1983 年第一期。
②北岛：《"青春诗会"》，《福建文学》，1981 年第一期。
③徐志摩：《列宁忌日——谈革命》，《徐志摩全集》（第 3 卷），南宁：广西民族出版社，1991 年，第 226 页。

的自我。这个自我，才可能挑战现实，真正建构起自我："纵使你脚下有一千名挑战者，／那就把我算作第一千零一名"。北岛就曾在小说《波动》里借主人公说过这样的话："我喜欢诗，过去喜欢它美丽的一面，现在却喜欢它鞭挞生活和刺人心肠的一面。"①而这鞭挞和刺人心肠的东西，正是北岛诗歌《宣告》中"我不相信"的另一种表达，就是诗人的一个新的自我！

在北岛"我不相信"的诗歌世界中，他从顶礼膜拜、盲从苟合、随波逐流的状态中挣脱出来。进而，面对黑暗和荒谬，他以挑战者的姿态，进一步肯定了自我的存在，由此开启了当代诗歌中自我新的一副面影。也只有北岛式的"对不信的信念"②，以"我不相信"式批判的眼光和视野，才牢牢地确立了中国现代诗歌中自我存在的根基。由于保持着对世界的警醒，诗人才赢获了更为丰富的生命。

2. 自我确证之法：我寻找

顾城在《一代人》中以"一代人"与"一个人""黑色"和"光明"强烈的对比，通过自我的寻找，确证了自我的实践途径。

舒婷曾在《童话诗人》中，将顾城定位为"你相信你编写的童话"③的诗人。实际上顾城从创作之初，就开始了自己的"寻思之路"，"烟囱犹如耸立起来的巨人，／望着布满灯光的大地，／不断地吸着烟卷，／思索着一种谁也不知道的事情"④。"思"已驻扎到了他生命和诗歌中间，童话只是他心中的一个切面而已。

①北岛：《波动》，《长江》，1981年第一期。
②唐晓渡、北岛：《我一直在写作中寻找方向》，《诗探索》，2003年第三—四期。
③舒婷：《舒婷自选集》，桂林：漓江出版社，1997年，第51页。
④顾城：《顾城诗歌全编》，上海：三联书店，1997年，第7页。

而顾城诗歌的独特意义在于，他让我们看到了，这种"不相信"的否定和反抗到底的主体是谁。如果北岛所突出的是"不相信"，那顾城则在诗歌中指明，"不相信"的主体，只能是"一个人"。所以在诗歌《一代人》中，不管我们将他标题"一代人"的意义如何深化和扩大，但我们首先看到的是"一个人"，即一个"个人"的自我的追求。"黑夜给了我黑色的眼睛／我却用'它'来寻找光明。"顾城诗歌中第一句的宾语是"我"，第二句的主语也是"我"。如果将诗歌中"我"换成"我们"，"黑夜给了我们黑色的眼睛／我们却用'它'来寻找光明"，这样，我们就会感觉到诗歌的力量明显不如用"我"。如果是"我们"一起寻找光明，那这样"黑夜"和"我们"之间的张力就明显不如"黑夜"和"我"之间更震撼人心。"一代人"的苦难也就不那么令人惊心，不那么彻底了。于是，当我们用《一个人》来作为这一首诗歌的标题，来解读这一首诗的时候，我们更能理解顾城之"思"。顾城诗歌中，"我们"与"我"之间，诗性的力量之源是"自我"，即顾城所说的"思想的我，记忆的我，感情的我"[1]。所以，诗人的寻找，只能是诗人"一个人"的寻找。

顾城的世界是"我寻找"，而不是"我们"寻找，"我觉得，这种新诗之所以新，是因为它出现了'自我'，出现了具有现代青年特色的'自我'"[1]。在此过程中，是"一个人"寻找，才让诗人的"自我"得以确立。顾城始终说："还是先找到现代的'自我'吧！"[2]顾城诗歌表达的就是，对绝对自我的寻找。

---

① 顾城：《关于诗歌创作》，《顾城诗全编》，上海：三联书店，1997年，第911页。

顾城说，"我要完成我命里注定的工作——用生命建造那个世界，用那个世界来完成生命"③。他与北岛一样都在"完成自我"。不一样的是，正如在诗歌《回答》中的诗句，"告诉你吧，世界 / 我——不——相——信……"，面对"黑夜"北岛尽情宣泄了自己的"不相信"。而顾城更看重的则是"寻找"一个过程，以便让自己的生命绽放。并且，顾城还把这种"自我寻找的行为自由"扩展和播散，使其成为社会之准则。他说，"我是赞成百花齐放的，如果可能我更赞成百花百放。花各有季，不必开得太齐、太急，匆匆而来的容易匆匆而去"④。在此寻找过程中，顾城也不以"我的寻找"来统驭"你的寻找"和"他的寻找"，而是认为"百花百放"，即一百个人，就有一百种寻找。这样，顾城的"一个人"，让"不相信"的内涵更为丰富。而且在"百花百放"中，让所有的"一个人"，所有的"我寻找"都有赢获自我的可能。

3. 自我确证之的：我站立

舒婷诗歌《致橡树》，在此"自我确证"视域中，其"木棉"这个站立的自我，便成为了一个新的觉醒者形象。而且这个形象也

①顾城：《请听听我们的声音》，《磁场与魔方》，北京：北京师范大学，1997年，第20页。
②顾城：《请听听我们的声音》，《磁场与魔方》，北京：北京师范大学，1997年，第21页。
③顾城：《诗话散页（之一）》，《青年诗人谈诗》，北京：北京大学五四文学社，1985年，第41页。
④顾城：《答记者（有删节）》，《顾城诗全编》，上海：三联书店，1995年，第917页。

昭示了现代自我生命存在，以及自我生命确立的终极目的。舒婷曾说，"要求生活恢复本来的面目。不要告诉我这样做，而是让我想想为什么和我要做什么"[1]。通过她的《致橡树》这首诗歌，诗人呈现出的自我形象，举起了自我独立的旗帜！

诗歌中，"橡树"是男性之美的形象，象征着刚硬。而"木棉"不仅体现着女性，更成为"人"的精神象征。"木棉"不仅如山峰一样在大地上矗立，而且生命飞扬。当然也只有"木棉"形象，才彰显出朦胧诗"自我确证"的终极追求。"我必须是你近旁的一株木棉，/作为树的形象和你站在一起。/根，相握在地下；/叶，相触在云里。/每一阵风吹过，我们都互相致意。"诗歌中的"我"和"你"，是在"近旁"而不是远距离地"站"在一起。我们注意到，就是这样的"近旁"和"站"，表明了诗人对"自我"的认同，以及对"自我"的肯定。"我"和"你"虽然没有相隔，但却没有从属问题，只是"相互致意"。于是，作为一个女人的"我"就脱弃了旧式女性特点。因为"站立"，"我"便没有纤柔、妩媚的特征，也不再是一个依靠和依附的角色，而是一个完全独立的人，一个独立的主体。"我站立"，成就了舒婷诗中的自我形象。"我站立"，也成为了朦胧诗自我确证的目的。"我们分担寒潮风雷霹雳；/我们共享雾霭流岚虹霓；/仿佛永远分离，却又终身相依"，正是有了"我站立"，"人"才有了"分担"和"共享"的勇气，"人"才有了刚健的生命气息。"我站立"，这既是诗人所歌咏的女性人格，

①舒婷：《生活、书籍和诗》，《舒婷诗文自选集》，桂林：漓江出版社，1997年，第253页。

也是诗人对自我成为"一个人"的终极体现。

在"我站立"的基础上，舒婷重新理解了"人"，"在诗中恢复作为一种文学体裁的人学主题，重建作为诗的抒情主体的一个人的形象，是他们对诗的艺术的一个共同的追求，也是他们对诗的本体的一个共同的理解"①。进而，她也重新建构了"人"，"我通过我自己深深意识到：今天，人们迫切需要尊重、信任和温暖。我愿意尽可能地用诗歌来表现我对'人'的一种关切。障碍必须拆除，面具应当解下。我相信：人和人是能够互相理解的，通往心灵的道路总可以找到"②。诗人的"人"理想，因为有了站立的姿态，使得"一个人"的形象更加真实，也更为丰富。

"我站立"的诗学表达，既关涉自我的内在精神如何建构，也关涉自我建构的终极目的。正如舒婷诗歌中的"木棉"形象一样，我是"站立着"的我；一个人，是"站立着"的一个人。只有在"我站立"的基础之上，自我才能真正崛起与确证。而"我站立"，最终使"自我"的意义升扬起新的内涵，给中国当代诗歌带来了新的传统。

总之，朦胧诗的自我确证，是"自我"在"自我确证之根：我不相信""自我确证之法：我寻找""自我确证之的：我站立"三位一体的综合呈现。朦胧诗歌中的这种呈现，让我们看到了当代"自我"确证的可能性。

①於可训：《当代诗学》，长沙：湖南人民出版社，2000年，第174页。
②舒婷：《"青春诗会"》，《诗刊》，1980年，第10页。

三

朦胧诗会成为中国现代新诗的新传统，正是在于"自我确证"所展现的人的体验与人的拯救方案。

1. 朦胧诗传统与人的存在

朦胧诗对自我的确证，对自我的打磨，有效地楔入了人的存在。而对自我的确证，不仅是个体生命存在的出发点，也是中国现代新诗的本质。陈嘉映在《海德格尔哲学概论》中认为，"现象学首先关注的是人的存在，首先要让人这种存在者的存在显现"。即此在的存在，也就是我的存在。"此在是存在通过人展开的场所和情景"[1]，那么人的存在就是对人的此在的分析，因为只有人才能领会存在，而且人也必须领会存在。"此在的性质是它的向我来属性。此在的任何生存都是'我'性的，都是属于'具体的我'或者具体的个体；它在它的存在中可以'选择自己本身'，获得自己本身，也可以失去自己自身"[2]。从"我"出发，才能确证自身的"此在"。进而，有了自身的存在，最后才能确证人的存在。

而诗人则是用语言直接面对存在。在诗歌中，存在就是"我"的存在，存在就在于"一个人"。正如刘小枫所言，"在尼采的笔下，所谓'存在'，所谓'世界'，都不再具有传统本体论上的自然实在或客观外界的含义，他们就是生命力，亦即意志力的代名词"[1]。

①陈嘉映：《海德格尔哲学概论》，北京：三联书店，1995年，第53、56页。
②刘敬鲁：《海德格尔人学思想研究》，北京：中国人民大学出版社，2001年，第52页。

米兰·昆德拉也指出，"把握自我，在我的小说中，就意味着抓住了自我存在的问题的本质，把握了自我存在的存在密码"②。可以说，在现代文学中，"自我"成为了思考生命存在的关键点。

朦胧诗对生命的打磨，实际上就是对"自我存在"的打磨。朦胧诗的主题，也就是在诗艺上展开的"自我确证"。也正是朦胧诗中的自我确证，孕育出了中国现代新诗"自我存在"的巨幅生命：北岛"我不相信"的批判，解放了自我与生命的束缚，使自我生命存在得以大扬！顾城"我寻找"，使自我生命存在之灿烂，有了路径的可能性！舒婷"我站立"的目标，最终使得自我生命存在之呼声得以在现代新诗中条贯。

2. 朦胧诗传统与人的拯救

朦胧诗中的自我确证，逼入现代生命存在的内核。更为重要的是，这种三位一体的"自我"思想，呈现了五四以来"自我"形象最完整和最本真的面影，更新和拓深了"自我"的新视界。朦胧诗歌对主体性的完整与本真进行思考，由此开出了"人的拯救"现代方案。

中国现代思想中，"人的拯救"一直以来是一个未完成的方案。汪晖曾指出，"现代性如同哈贝马斯所说的一样，是一个'方案'（project），这个方案包括'发展客观的科学，普遍的道德和法律，追随其内在逻辑的自主性的艺术'等方面，而最重要的特征是'主

---

① 刘小枫：《诗化哲学》，济南：山东文艺出版社，1987年，第129页。
② （捷克）米兰·昆德拉：《小说的艺术》，董强译，上海：上海译文出版社，2004年，第44页。

体的自由'"①。从五四开始的"人之崛起"的启蒙呼声中，鲁迅力挺"精神界之战士"，胡适高扬"健全的个人主义"，周作人的"人的文学"以及郭沫若的"自我表现"，"造成了一个可以称为'人的解放'的时代"②。但是在国家、民族、救亡等宏大历史迷雾中，"自我"始终处于边缘地位，难以成为现代诗学的绝对核心。

朦胧诗从"自我"出发，确证了自我的根基、路径和目的，不仅重新发现了"自我"这个现代诗学建构的重大命题，而且敞亮了什么是"真正的自我"的图景，展现出了"人的拯救"的现代方案。在朦胧诗中，"一个平淡，然而发光的字眼出现了，诗中总是或隐或现地走出了一个'我'③！在朦胧诗中，对"人"，对"自我"的肯定，可以说在现代文化视野中，达到了空前的历史高度。由此，朦胧诗的当代思想视野首先在于，重新敞开了五四以来所渴求的"人的解放"这一现代文化的基本地平线，由此呈现了"自我"最完整的面影，即北岛的"我不相信"确证了自我之根，顾城的"我寻找"确证了自我之法，舒婷的"我站立"确证了自我之的。朦胧诗中的"我不相信—我寻找—我站立"，是"自我"主体性最本真的表达，也是最充分的表达。

朦胧诗中"人"的拯救，正是哈贝马斯在介绍黑格尔的主体性时所阐释的四种内涵，即"个人主义、批判的权力、行为自由、

①汪晖：《我们如何成为"现代的"？》，《中国现代文学研究丛刊》，1996年第一期。
②胡适：《胡适学术文集·新文学运动》，北京：中华书局，1998年，第258页。
③徐敬亚：《崛起的诗群—评我国诗歌的现代倾向》，《当代文艺思潮》，1983年第一期。

唯心主义哲学自身"[①]。由此，朦胧诗从这三个层面，不但确证了"自我"，而且构建了现代社会中完整性的"人"的拯救方案。朦胧诗的"我不相信—我寻找—我站立"，也呈现出了当代诗重要的思想视野。

"人""自我"最完整、最本真面貌的在朦胧诗中的呈现，有效楔入了当下人的生命体验与人的存在。而朦胧诗的"三重"自我确证，彰显了主体性思想在当代文化中的主要位置，也呈现"自我"在当代思想史的重要地位。朦胧诗最终形成了中国现代新诗中有关"人"的思想视野，以及"人的拯救"的当代文化建设方案。开出了"人的拯救"朦胧诗传统，也成为中国现代新诗在当下成长的有力突围点之一。

① （德）于尔根·哈贝马斯：《现代性哲学话语》，曹卫东等译，南京：译林出版社，2004年，第20页。

当代诗歌的"诗意生成机制"

一

要勘察中国当代诗歌如何转型，思考当代诗歌如何建构，以及为当代诗歌寻找生长路径，就不得不回到一个基本的问题，即当代诗意如何生成？众所周知，20世纪哲学经历了语言学转向，即从我们如何认识的问题转向语言认识如何可能的问题。同样，对于文学研究来说，也有着语言学研究中的相同问题，即意义如何产生的问题。也就是什么是文学的意义，文学的意义源泉何在等问题。由此，解决诗歌中的"诗意"问题，或者说诗歌意义的生成问题，便是我们重审文学、重建诗歌框架的必经之路。

对于当代诗歌的"诗意生成机制"，本文不拟从宏观的角度对该理论进行细致的剖析，而是从20世纪90年代诗歌出发，来诊断中国当代诗人对"诗意生成"的思考。进而将中国当代诗歌的"诗意生成机制"释放出来，并以此重新理解当代诗歌。

90年代诗歌的登场，首先是建筑在第三代诗歌的基因之上的。

"九十年代的诗歌是在八十年代的诗歌土壤中生发出来的，特别是第三代诗歌，为整体九十年代诗歌提供了合理性和合法性的空间。从八十年代第三代诗歌的日常生活到九十年代对生活细节的处理，对自我身份的确认和回归，以及地下诗刊对地上诗歌界的构造，都隐含着八十年代诗歌对九十年代诗歌的互动和渗透！"[1]涌动在第三代诗人血液中的生命冲动和自我表达欲望，赓续于 90 年代诗歌的骨髓之中。更为重要的是，90 年代诗歌在探索"诗歌意义是如何生成"的问题上，实现了中国当代诗歌发展的一次重大推进。王家新等编选的诗论集《九十年代备忘录》，对"90 年代诗歌"这个名词予以清理，其中思考 90 年代诗歌"诗意如何生成"也是他们诗学探寻的重心。欧阳江河认为，1989 年后"诗歌写作的某个阶段已大致结束了。许多作品失效了"[2]，这可以说是 90 年代诗歌探索"诗歌意义生成机制"的开始。另外，程光炜认为"90 年代诗歌：另一意义的命名"寻求着"表现的可能性"[3]；臧棣不断地追问诗歌"写作的有效性在哪里呢"[4]；孙文波说"我宁愿把 90 年代的诗歌写作看做是对'有效性'的寻找"[5]；也都在思考着当代"诗歌意义的可能性何在"

①李怡、王学东：《新的情绪、新的空间与新的道路》，《当代文坛》，2008年第五期。
②欧阳江河：《89 后国内诗歌写作：本土气质、中年特征和知识分子身份》，《中国诗歌：90 年代备忘录》，王家新、孙文波编，北京：人民文学出版社，2000 年，第 182 页。
③程光炜：《90 年代诗歌：另一意义的命名》，《中国诗歌：90 年代备忘录》，王家新、孙文波编，北京：人民文学出版社，2000 年，第 173 页。
④臧棣：《后朦胧诗：作为一种写作的诗》，《中国诗歌：90 年代备忘录》，王家新、孙文波编，北京：人民文学出版社，2001 年，第 212 页。
⑤孙文波：《我理解的 90 年代：个人写作、叙事及其他》，《诗探索》，1999年第 2 期。

这样一个重大的诗学问题。由此，什么是"诗歌意义"？诗歌意义的生成机制是怎样？成为90年代诗歌中非常重要的问题。

90年代诗歌在通常的诗学史看来是分裂的，这是两种诗学观念斗争着的历史：即从90年代一开始就发生了变异，在第三代诗人狂野的自我喧哗的基础上，诗歌逐渐划分了楚河汉界，一边是"知识分子立场"，一边是"民间立场"。而世纪末的一场"盘峰诗会"使这种分裂达到顶峰，诗歌选集《岁月的遗照》和《1998年中国新诗年选》将这种分裂定格，并最终将这样的两种诗歌写作模式或者说诗歌意义生成的模式定型并固化。

二

在20世纪80到90年代之际，王家新由于呈现了"时代的诗歌的这样一面镜子"[1]，在知识分子写作中获得了其他诗人难以比肩的殊荣，他的写作有着标杆性意义。对于王家新的诗歌，程光炜在《岁月的遗照》中写道，"……我震惊于他这些诗作的沉痛，感觉不仅仅是他，也包括我们这代人心灵深处所剩的变动。我预感到：80年代结束了，抑或说，原来的知识、真理、经验，不再成为一种规定、指导、统驭诗人写作的'型构'，起码不再是一个准则"[2]。而就在同一本书里，洪子诚也说，"我也产生了类乎程光炜的那种感觉，这一切都在提醒我，我们的生活、情绪，将要（其实应该

①臧棣：《王家新：汉语中的承受》，《诗探索》，1994年第四期。
②程光炜：《岁月的遗照·序》，北京：社会科学文献出版社，1998年。

说是'已经')发生改变"①。另外，陈思和在"重写文学史"的《中国当代文学教程》中，也列专章论述王家新的诗歌《帕斯捷尔纳克》②，这是朦胧诗人北岛也没有得到的一种荣誉。在这所有的评论背后，无不隐含着这样一个前提，王家新是在80到90年代诗人的代表，是这一时期中国诗歌发展中一个重要象征。那么，王家新的诗歌，在90年代诗歌中属于怎样一种类型？他代表了中国当代诗歌怎样的一种转变？

对于自己的诗学观念，王家新在论文《从一场蒙蒙细雨开始》中阐释说，"而90年代诗歌之所以值得肯定，就在于它在沉痛的反省中，呼应并在一定程度上承担了这样的历史要求，并把一种独立的、知识分子的、个人的写作立场内化为它的基本品格"③。同样，陈均在《90年代部分诗学词语梳理》一文中，也将"知识分子写作""个人写作""中年写作"这三个概念排列在前三位。④那么，这几个基本的诗学概念也就完全可以理解为王家新诗歌的主要观点。我们知道，在王家新所有的诗歌文本中，《帕斯捷尔纳克》一诗被论述的次数最多。这首诗歌也就成为我们对90年代诗歌理解的一个重要象征，当然也包含着我们对90年代诗学的基本观念。陈均认为，"知识分子写作，指在中国这样一个语境中，写作者对时代、

①洪子诚：《岁月的遗照·序》，程光炜编，北京：社会科学文献出版社，1998年。
②陈思和主编：《中国当代文学史教程》，上海：复旦大学出版社，2004年，第346页。
③王家新：《从一场蒙蒙细雨开始》，《中国诗歌：90年代备忘录》，王家新、孙文波编，北京：人民文学出版社，2000年，第3页。
④陈均：《90年代部分诗学词语梳理》，《中国诗歌：90年代备忘录》，王家新、孙文波编，北京：人民文学出版社，2000年，第395页。

生存处境与写作的一种认知，反映了诗人对写作的独立性、诗歌精神、专业性质、人文关怀的要求"①。而在这首诗歌中，王家新说，"终于能按照自己的内心写作了／却不能按一个人的内心生活"。我们看到，他所强调的"能按照自己的内心写作了"，也就成为了西川所说的"在修辞方面达到一种透明的、纯粹和高贵的质地。在面对生活时采取一种既投入又远离的独立姿态"②。其落脚点就在于一种修辞，一种复杂的诗歌技巧。这也是 90 年代诗人写作的基本状况，"90 年代诗人，用写作从不同层面上体现了'知识分子'……"③即在诗学修辞的本质和基础上，我们才看到了一种欧阳江河所说的"知识分子身份"，专业的诗人身份。

而 90 年代诗人的知识分子的专业性特征，在诗歌写作中的一个重要特点就是"互文性"。所谓互文性，"特指当代写作与西方及中国古典诗歌传统的关系，已不再是影响和继承的关系，而是一种多重互文性的关系"④。而此"互文性"，除了在诗歌中强烈的灌注古代诗歌或者西方诗歌的精神以外，另外一个重要的特点，即强调对古代诗歌语言、西方诗歌语言等"语言资源"的借鉴。"在一个民族文化由统一的意识形态干预左右的现实境遇中，所谓的地

---

① 陈均：《90 年代部分诗学词语梳理》，《中国诗歌：90 年代备忘录》，王家新、孙文波编，北京：人民文学出版社，2000 年，第 395 页。
② 王家新：《答鲍夏兰、鲁索四句》，《中国诗选》，沙光编，成都：成都科技大学出版社，1994 年，第 376 页。
③ 陈均：《90 年代部分诗学词语梳理》，《中国诗歌：90 年代备忘录》，王家新、孙文波编，北京：人民文学出版社，2000 年，第 396 页。
④ 王家新、孙文波编，《中国诗歌：90 年代备忘录》，北京：人民文学出版社，2000 年，第 395 页。

方习俗、话语习惯，无可避免地要受到将'历史语境'与'现实语境'胶合为不可分离的'文化共在'的牵制，并由此发生'此在'变异，从而形成'现实的语言'与'语言的现实'。"①于是，在王家新的诗歌作品中，像作品《瓦雷金诺叙事曲》《帕斯捷尔纳克》《卡夫卡》《叶芝》《伦敦随笔》等都是在"互文性"的笼罩之下，从世界语言资源或者说西方语言资源中来搭建现代诗歌，然后从中升起当代人的思想和灵魂。在此创作过程中，如姜涛所说，"诗是一种知识"②，隐含诗歌是一种语言资源的借鉴，并以之作为90年诗歌"诗意生成"的阿基米德点。也正是在此基础上，可以说90年代诗歌所谓的"知识"，是一种语言知识。知识分子写作，更像是一次大型的语言突进运动。

在此基础上，知识分子写作中除了"修辞技巧介入"之外，"个人写作"就是一个很值得玩味的词语。90年代诗歌中的"自我把捉"，"在对各个领域的权势话语和集体意识的警惕，保持了你独立思考的态度，把'差异性'放在了首位"，就很难说是一种与意识形态、大众文化和商业文化等对峙的"个人"。这种"个人写作"，提供的是一种"文字的声音"的个人形象，而很难成为孙文波所说的"独立的声音"的个人形象。由此，个人形象就成为了一种知识形象，也正如程光炜在评价王家新时所说的，"正像本雅

①孙文波：《我理解的90年代：个人写作、叙事及其他》，《中国诗歌：90年代备忘录》，王家新、孙文波编，北京：人民文学出版社，2000年，第12页。
②姜涛：《辩难的诗坛：作为策略而区分的本体写作与辩证写作》，《北京大学研究生学刊》，1997年第一期。

明'用引文写一部不朽之作'的伟大遗愿，他们试图通过与中国亡灵的对话，编写一部罕见的诗歌写作史"①。那么从"互文性"的写作角度来看，90年代诗歌"或许更接近于诗歌的本来要求——它迫使诗人从刻意于形式的经营转向对词语本身的关注"②。

同样，"中年写作"这一概念，"它相对于'青春写作'或'青春崇拜'，意指一种成熟的、开阔的写作境界、严格的写作要求和复杂的、深入的诗歌构建手段"。进而，"它要求我们不仅仅是靠激情、才华，而是靠对激情的正确控制、靠综合的有效才能、靠理性所包含的知识、靠写作积累的经验写作"③。而对此，罗振亚也曾提到，"'知识分子写作'拒绝商品文化、世俗文化的选择令人肃然起敬，但也必须警惕技术主义和修辞至上"④。这正是对知识分子写作中，凸显语言和修辞技术的一种反思。

我们知道，知识分子写作、个人写作和中年写作是从王家新的诗歌为代表的90年代诗歌的三个诗学核心观念。在对"知识写作""个人写作""中年写作"的追问中，除了要追求复杂的技艺、洞察现实世界以及自身生命的困境之外，诗歌还要回答的问题是："诗人的天职就在于寻求语言表现的可能性。他是为语言的最理想的存在

①程光炜：《不知所终的旅行：90年代诗歌综论》，《中国诗歌：90年代备忘录》，王家新、孙文波编，北京：人民文学出版社，2000年，第351页。
②王家新：《回答四十个问题》，《游动悬崖》，长沙：湖南文艺出版社，1997年，第206页。
③陈均：《90年代部分诗学词语梳理》，《中国诗歌：90年代备忘录》，王家新、孙文波编，北京：人民文学出版社，2000年，第398页。
④罗振亚：《朦胧诗后先锋诗歌研究》，北京：中国社会科学出版社，2005年，第205页。

而写作的"①。这不是对 90 年代诗歌简单地寻求语言的表现性，而且更是对语言本体的关注，"对语境以及话语的具体性和差异性的关注，意味着一种写作的依据和指涉性，显示了我们对目前中国大陆的话语实践的关注以及对其话语资源进行利用和转化的兴趣"②。由此，我们可以重新理解王家新的"知识写作"，以及孙文波的《散步》、张曙光的《尤利西斯》、西川的《重读博尔赫斯的诗歌》、欧阳江河的《咖啡馆》等诗歌所展示出来的诗学意蕴了。

盘峰争论的硝烟，其表面的分歧掩盖了 90 年代诗歌"诗意生成"的共同背景。"民间写作"与虚拟的"知识分子写作"一样，是一个虚拟的对立面。他们对于"诗歌意义的生成机制"的理解，其实是走在了同样的一条路上，只是"知识分子写作"远在"彼岸"，而"民间写作"则是在"此岸"。

民间诗歌的诗歌理论是"真正的艺术必须具有原创性，生存之外无诗"③。而这个"生存之内的诗歌"思考可以转化为沈浩波提出的问题，"'口语写作在当下还有可能吗''口语写作还能像 80 年代那样具备勃勃生机吗？'进入 90 年代，这样的疑问几乎遍存于每一个对中国诗歌心存关怀的人们心里"④。由此，民间写作的立场

①孙文波：《我理解的 90 年代：个人写作、叙事及其他》，《中国诗歌：90 年代备忘录》，王家新、孙文波编，北京：人民文学出版社，2000 年，第 13 页。
②王家新：《对话：在诗和历史之间》，《夜莺在它自己的时代》，北京：东方出版中心，1997 年，第 206 页。
③杨克：《〈中国新诗年鉴〉98 工作手记》，《1998 中国新诗年鉴》，杨克编，广州：花城出版社，1999 年，第 518 页。
④沈浩波：《后口语写作在当前的可能性》，《1998 中国新诗年鉴》，杨克编，广州：花城出版社，1999 年，第 479 页。

问题也就成为了一个语言问题，也是一个当代诗学的语言学转向问题。不过，"民间写作"的转向不是转向"知识"，而是转向"口语"。伊沙曾说，"我是在下班的自行车上来了灵感的，我从第三代诗人那里学到的高度的语言意识（韩东名言：诗到语言为止）终于涨破了，一个极端的灵感产生宣告了我是这个时期的终结者"①。诗歌《结结巴巴》正是伊沙语言转向的代表作品。于坚长诗《0档案》，也具有一定的代表性。正如张柠的评价，"那真像是一个汉语词汇的清仓'订货单'"②。在一定程度上他们的创作也展现出了当代诗歌的"语言学"转向。不可否认，沈浩波的诗歌是一种日常生活的表达，如陈仲义所说，"他不仅仅表现个人的一己悲欢，做自我抚摸，更多的是楔入历史文化背景里，透过与之'潜在对话''隐性交流'互文性，来尝试超越个人"。同时，我们也看到了在他诗歌中"个人的许多东西总和琐屑、细小、凡俗联系起来，故世纪末，此路诗气大举入侵庸常日子，排除与'宏大'有关的东西，热衷于具体、个别、豁然、小不丁点、烦琐、破碎的'记事'"③。如诗歌《一把好乳》，就是围绕着"胸"，来呈现人的潜意识，来展现真实的人性。在作品中，我们不仅看到了一个生物性的人，一

①伊沙：《扒了皮你就能认清我》，《十诗人批判书》，伊沙等著，长春：时代文艺出版社，2001年，第275页。
②张宁：《0档案：词语集中营》，《1999中国新诗年鉴》，杨克编，广州：花城出版社，2000年，第428页。
③陈仲义：《诗写的个人化和相对主义》，《1999中国新诗年鉴》，杨克编，广州：花城出版社，2000年，第503页。

种生命冲动的宣泄，也看到了一种语言学的游戏。

特别值得注意的是，此类写作方式也呈现出了当代诗歌的语言转向问题。我们知道，人是"使用符号，创造文化的动物"[①]，与知识分子写作一样，民间写作最后也将自己定位在语言上。他们所关注的语言，就是"口语"，甚至是"后口语"，"20世纪90年代以来，'后口语'写作的青年诗人们一直居于时代的背面，没有与这个血气流失的卑鄙的时代同流合污，但依然形成大致相近的诗学立场，共同完成了'后口语写作'的深刻内涵"。他们写作的模式，就是沈浩波所说的"语言自律"。进而，在他们的诗学观念中，其核心问题便是"语言问题"，"他们是在用口语，用完全属于自己的嘴唇说出的完全属于自己的感受"，"但仔细阅读，我相信不难看出，深刻的技艺其实就隐藏在貌似平易的诗句之下"[②]。由此，"民间写作"关注的核心也是语言操作，或者说是对口语的操作的问题。

对于"民间"，韩东认为，"这精神核心便是独立的意识和坚持创造的自由"[③]，同时也是沈浩波所讨论的"后口语写作在当下的可能性"[④]。而所谓的民间立场，也是一种语言立场。其"诗意的生成机制"，也在于对语言资源的挖掘，特别是在对口语的挖掘中

①（德）恩斯特·卡西尔：《人论》，甘阳译，上海：上海译文出版社，1985年，第206页。
②沈浩波：《口语写作的可能性》，《1999中国新诗年鉴》，杨克编，广州：花城出版社，2000年，第480页。
③韩东：《论民间》，《1999中国新诗年鉴》，杨克编，广州：花城出版社，2000年，第467页。
④沈浩波：《后口语写作在当下的可能性》，《1999中国新诗年鉴》，杨克编，广州：花城出版社，2000年，第479页。

实现的。当然，谢有顺所阐述的"较为显著的平民、日常、人性化无疑更契合这种新的诗性品质"①，也是"民间写作"绝对不容忽视的重要特征。

三

其实，西方现代哲学的"语言学转向"早已是一个不新鲜的话题。可以说，语言已经走出了传统哲学的工具属性，而成为了现代哲学的一个重要起点和基础。现代哲学的问题，就是语言的问题。现代哲学的思考，便是对语言的思考。

而在当代诗歌中，第三代诗歌也早已在"语言"中操练诗歌了。20世纪80年代非非主义的"诗从语言开始"，"他们"诗群的"诗到语言为止"，以及海上诗群的"语言发出的呼吸比生命发出的更亲切、更安详"……这些重要的"语言本体"命题，使"第三代"也被称为是"以语言为中心"的一次诗歌运动，或者就是一次"语言运动"。他们将当代诗歌从宏大叙事拉回到生活世界，有着功不可没的成绩。但是，正如追求语言"三度还原"的周伦佑一样，他试图用语言超越语言，用语言反叛语言，最终呈现出了非语义、反语义的纯语言世界。同样，20世纪90年代诗歌，也可以说是在"语言的牢笼"中奔突的诗歌。

从朦胧诗人的"自我崛起"到第三代诗人的"自我喧哗"，再

---

① 谢有顺：《1999中国新诗年鉴·序》，《1999中国新诗年鉴》，杨克编，广州：花城出版社，2000年，第14页。

到 90 年代的"盘峰诗会",实际上暗含着"词语转向"的一种诗歌发展态势,即"自我"最终成为了"词语自我"。张柠就认为,"朦胧诗后,许多诗人都走了,剩下的诗人就干着这样的两件事情,'词语沙龙'和'词语集中营'"①。而 20 世纪 90 年代的诗歌论争和诗歌创作,也就是在"词语"这个层面上展开的,诗人们纷纷开始打磨自己生命的语言座驾,并由此去实现一种"语言自我"。特别是海德格尔提出的"语言总是作为他或者她有所施展的领域存在于个人的主体之前"②,以及托多洛夫"诗的语言是不及物的,没有功用的。他不表示意义,他只是存在"③,显然对 90 年代诗歌创作有着重大的启示。

那么,面对宏大的启蒙、救亡、革命、民族、历史、社会等重压,当代诗歌如何轻装上阵,从语言开始找回自己的语言使命,并从语言中扎实推进以构建出自己的诗学体系呢?当代诗歌又如何与启蒙、救亡、革命、民族、历史、社会等厚重命题深度兼容呢?

实际上问题在于,对于当代诗人来说,他们诗歌写作的核心问题是如何精确地处理繁复的语言材料。也就是说,当代诗歌诗意生成的机制是:如何持续地构建,并完成丰富的语言体验。哑石在《多元文化境遇下的当下新诗》中就认为:"呼唤新诗宏观上的形态转

①张柠:《0 档案:词语集中营》,《1999 中国新诗年鉴·序》,杨克编,广州:花城出版社,2000 年,第 438 页。
②(德)马丁·海德格尔:《存在与时间》,陈嘉映、王庆节译,北京:三联书店,1987 年,第 197 页。
③(法)茨维坦·托多洛夫:《批评的批评》,王东亮、王晨阳译,北京:三联书店,1988 年,第 56 页。

向（现代—当代），但这必须以微观的个人技艺建筑作为前提。因为在今天，诗歌的进展不再可能是观念的结果，而是与语言材料、经验材料深入搏斗、交流的自我教育和塑型；另一方面，汉语新诗在技艺层面上尚未形成对每个写作者而言有效的传统（虽然历时的成果并非稀罕）。所以，当下新诗的技艺考量，不仅仅是'匠人'层面的'纯制'问题，更是一个精神感性和语言材料遭遇的问题，换句话说，技艺的精神属性比抽象的精神立场更为可靠。我认为，当我们孤立地谈论精神立场时，就已经远离了诗歌中的精神真实。"由此我们看到的是，当代诗人们恪守对诗歌的本质追问，主要体现在奉"词语"为至高律令般姿态的投入。于是，当代诗人们将诗锁定于词语，将诗艺固定于句子，将诗性全部重压到章节之中，精心地打造高古的词语青铜，这成为了他们诗歌写作的主要姿态。他们在语言、修辞、技巧上作种种尝试和探索，在词语的世界中感受诗，在句子组建中聆听诗，在章节搭建中触摸诗。在他们的诗歌中，呈现出来的是持续不断的语言经验和语言事件。也只有这样繁复的语言材料，这样朴实、厚重的词语青铜，才能让诗歌中的经验更加透明、清澈。

由此，在当代诗歌"诗歌意义"的生成过程中，诗人们并不直接处理启蒙、救亡、革命、民族、历史、社会等命题，而是着力于凸显并雕刻启蒙、救亡、革命、民族、历史、社会等命题之下，与具体的人、可感的物、有细节的事等有关的语言。正如李龙炳所说，"人性如此丰富，时代如此复杂，经验单一的诗歌已不值得信任。因此，语言在表面推进必然使诗歌清晰而平庸。诗要有意义，但意义只能藏在词语的背后，我认为直接说出的意义对诗而言就是无意义。也许，对语言的敬畏，对生命的独特体验，晦涩之于诗是深入的、内部的、积极的、核心的、真实的，是向着未来，呼应着无常的命运与未知的空间"①。于是，当代诗歌大多远离空洞的人性、尊严、价值主题，远离无常的历史、命运、身体，远离未知的时间、空间和宇宙，而仅仅是对具体的人、事、物以工笔画的精细，以究天人之际的雄心和苦心，致力于构造出具有细节的、可感的、多层的，而绝对令人惊心动魄的如青铜器般的人体、物体和事件。也正是在这些被打磨的人体青铜器、物体青铜器、事件青铜器之中，他们完成了人体青铜器的精神重组，他们赋予了物体青铜器的生命属性，他们才发现了事件青铜器的灵魂空间。最终他们不仅完成了语言的诗歌使命，而且还让诗歌的诗性超越了语言使命，进入到澄明的个体精神与历史经验之中。

总之，我们看到，语言本身、语言技术所蕴含的精神属性，比孤立的精神立场更可靠、更真实。马雁说，"艺术的尊严和力量在此，发明词语者，发明未来"②。发明词语，可以说是90年代诗歌"诗意生成机制"的重要体现。

20世纪90年代的诗人应该都很熟悉维特根斯坦的言说，"全部哲学就是语言批判"。在当代诗歌中，没有"语言"的介入，人的精神、灵魂、价值、意义、经验，将成为一种空洞的、抽象的"无"；

---

①李龙炳：《水至清则无鱼》，《星星》，2011年第一期。
②马雁：《隐喻式的阴影——克兰译诗及其他》，《马雁诗集》，北京：新星出版社，2012年，第217页。

没有"语言"的照亮，人的世界、时间、空间是"空"；没有"语言机制"，就没有当代诗歌的"诗意机制"。海德格尔说"语言是存在之家"，而当代诗歌对精神、灵魂、价值、意义、经验的拥抱，便体现在对语言的拥抱之中。

当然，对于20世纪90年代诗歌中的"语言转向"，我们也得谨记诗人戴望舒说过的话，"真的诗的好处并不就是文字的长处"[1]。否则，当代诗歌意义的"诗意的生成机制"，也便成为了当代精神滑坡的体现，即"表征了一个思想犹疑的诗歌时代——这就是先回到精神后滑向词语的风尚"[2]，而不能为我们精神的飞扬提供可靠且坚实的平台。

[1]戴望舒：《诗论零札》，《戴望舒诗全编》，梁仁编，杭州：浙江文艺出版社，1989年，第693页。
[2]陈晓明：《词语写作：思想缩减时期的修辞策略》，《最新先锋诗论选》，陈超编，石家庄：河北教育出版社，2003年，第13页。

如何欣赏中国现代新诗？

通常所说的中国现代新诗，指的是五四前后出现的白话诗歌。较早发表新诗作品的是胡适，他在 1917 年 2 月的《新青年》杂志上，率先发表了《白话诗八首》，包括《蝴蝶》《风在吹》《湖上》《梦与诗》《醉》《老鸦》《大雪里一个红》和《夜》等八首诗歌，这些诗歌成为了中国现代新诗的开山之作。

中国现代新诗持续到今已经将近100年的历史，出现了郭沫若、徐志摩、戴望舒、冯至、卞之琳、艾青、穆旦、食指、北岛、海子等著名诗人，产生了白话诗派、小诗诗派、象征派、新月派、现代派、七月派、九叶派、朦胧诗等现代新诗派别，为我们留下了《天狗》《再别康桥》《雨巷》《十四行集》《断章》《我爱这土地》《诗八首》《相信未来》《回答》《面朝大海，春暖花开》等经典名篇。到现在，中国现代新诗已经构成了当代中国人文学遗产和精神需要的重要组成部分。

但凡诗歌艺术，无论古今中外都有着欣赏的共同方寸，如诗歌意象、情感、节奏等。不过，作为适应现代中国人生存状态、反映现代中国人精神思想的诗歌形式，我们对中国现代新诗的阅读欣赏就有必要格外注意其形态、精神和价值的特殊性，并在熟悉和了解这些特殊形态的基础上，调整我们的阅读心态和阅读方式。

在欣赏文学作品的一般过程中，每一个人的自我生活、情感、思想制约着他对文学的阅读方式，形成不同的接受途径。而一个人的生活历程以及其经历是无法改变的，但作为人存在的生活经验，就有着人类共同的思考，因此从欣赏的角度来看，不同的人生经历不足以影响我们对现代新诗的切近。但是，对于中国现代新诗欣赏，我们的阅读却产生了与古典诗歌经验相比而来的强烈异样感。特别是古典诗歌传统从小就开始对我们的欣赏习惯进行熏染，使我们形成了对诗歌认识的固定思维模式，并有了与之相应的欣赏习惯，因此面对现代新诗，我们必须首先认识到她别于古典诗歌的新质。

这种新质的重要标志就是中国现代新诗中白话的运用，并由此建立了一套新的诗歌体系，构建出与古典诗歌伦理道德的"言志、载道"思想不同的现代新精神，即对民主、科学、个性解放的追求。进而言之，中国现代新诗的地界，就不再是古代中国乡村农业文明的简单再现，而是突破中国传统的封闭状态下的工业文明、商业文明、城市文明的新型复杂社会样式的体现，这便有了与古典诗歌相异的表达意象、表达内容和表现方式。再者，现代新诗将对"人"的思考推向纵深，从对"群"的关注推进到对"个"的优先，从对"外"的感受进驻到对"内"的追问，形成了同时关切个体问题与人类问题复杂纠结的情感，造就出感性和理性交融的高深思想。而这些都是古典诗歌很少涉及的，也是古典诗歌在严谨的格式下难以容纳的诗歌新质。

这样就产生了中国现代新诗新的诗歌品质和新的诗歌样态。因此，在中国现代新诗的欣赏中，我们必须以进入中国现代新诗自身诗歌特质为基点，相应地建立现代新诗的欣赏结构，来作为我们通达中国现代新诗感受能力和认知习惯的路径。

一、注意把握新诗的现代情绪

1. 个体觉醒

五四运动的变革，给中国从文学到社会带来的一个重大的转型就是现代社会中"个"的发现，即"个人"发现。这个"个"或者是"个体"的明显特征就是，个体是与社会、国家、民族等大的群体观念相对立的，不再被"群"的概念所笼罩和压制，也不再被各种规范所吞噬。个人作为一个独立个体、独立存在得到了尊重和肯定，并且在现代社会中个体的价值得到了前所未有的彰显。于是个体的生命、个体的感受、个体的价值的思考，产生了强有力的个体自我形象。而且这种对自我形象的追求，成为现代诗歌的一个最重要的价值向度和目标。沈尹默的《月夜》就敏锐地感受到了并努力地张扬着这一点：

> 霜风呼呼的吹着，
> 月光明明的照着，
> 我和一株顶高的树并排着，
> 却没有靠着。

这是中国现代新诗中较早的一首诗歌。在这首诗中，诗人将时代思想的冲击内化为自己的思考，融情感和思考为一体。霜风、月光形成寒冷、压抑的气氛，而对这压抑人性、扼杀个性的时代，诗人却与"一株顶高的树"一起傲然屹立，与之对峙，与之抗争，诗人饱含热情地表达了自己强大的个体意识和独立人格，呼喊出了一代人"个体"觉醒的心声。

于是，在个体觉醒和个性复苏的情况下，人的价值就被重新地发现和审理，人本身无限的丰富性和复杂性就被绽放出来，形成了现代人繁复的情绪。正是在这样的"个体"觉醒的背景之下，"现代情绪"成为了新的欣赏对象，也成为了现代新诗表达的一个核心。

2.现代情绪

相对于古典诗歌，中国现代新诗侧重的是情绪，是一种"个人性的现代情绪"。首先这种现代情绪出现了一种极端的趋势，可以说达到了"极情"的样态。古典诗歌的情绪是"乐而不淫，哀而不伤"，显得含蓄、优雅，而有韵味。而现代新诗中的情绪，不是在"规范"中行进，也不是处于"常态"之下的感受，而是在摆脱了一切自然规范的内心的最原初的冲动和体验，展现出情绪的自由奔跑。最具代表性的是郭沫若的《天狗》，在诗歌中，我们感受到的是解除了束缚、获得自由、畅快的自我，一个充满了力量和充满自信感的自我。同样，这个"自我"就不是古典的"天人合一""物我交融"的审美境界下的自我，而是一个高度空前和位置优先的"自我"，正如在这一首诗歌中，诗人就是自我主体的意志、欲望和精神的强化，并完成自我能量的释放。与古典诗歌相比，自我在不断扩张，不断强大，不断冲破一切，大有让"我"统驭世界之势。这样极端绝对的自我的表达，展示出了现代诗歌新的表现对象和欣赏对象，这就出现了新的诗歌美学。

极端和绝对的自我，带来的是繁复和多样的现代情绪。现代诗人有着更加明确的自我意识，对自我价值的认知更清晰，并充分认识到个人内在的生命，因此也更加注重挖掘生命本身深层的欲望、本能、潜意识、冲动、梦幻等个人情绪。如穆旦的《诗八章1》：

你底眼睛看见这一场火灾，
你看不见我，虽然我为你点燃；
唉，那燃烧着的不过是成熟的年代。
你底，我底。我们相隔如重山！

从这自然底蜕变底程序里，
我却爱了一个暂时的你。
即使我哭泣，变灰，变灰又新生，
姑娘，那只是上帝玩弄他自己。

这一组诗歌内在精巧，但又情感强烈。该组诗共八章，我们仅从第一节，就可以触及现代诗歌中繁复的现代情绪。作为一首爱情诗，这首诗根本没有一点浪漫的氛围，没有一点浪漫的矫情，而是直截了当地点明"你看不见我"，爱情的产生是如此的随意和荒唐，情绪却又如此错综复杂。接着，诗人进一步感慨，爱情只是"成熟的年代"，只是一种生物性的成熟而已，而且还随时受到上帝或者自然力量的随意玩弄。这样，情绪中矛盾着的爱与恨、生与死、幸福的来临和幻想的破灭交织在一起，多变、纠结、繁杂的感性相互交叉，形成一个多层面的情感整体。并且在个人情绪的基础上，进一步上升到人生的层面，触及到时空的意义。在整组诗歌中，现代情绪的书写方式呈现了多样化，有时是直接呈现，有时是借助意境和意象，有时是情绪、情感、感觉甚至玄思的高度融合，并最终在诗歌中呈现出多结构的现代情绪。在现代情绪的维度上，现代新诗深入到现代人的个人精神世界，而通过对现代新诗中情绪的欣赏，我们就更能理解整个现代人，更能理解"完整的人"。

当现代情绪成为现代诗的表现对象，我们就有必要以特定的方式来欣赏它，从现代情绪的特征出发，调整我们的审美感受，采用更为合适的方式去欣赏。

3. 现代情绪的把握

现代情绪的把握，我们可以从这样三个方面来进行。首先是掌握诗歌中情绪的界限。现代新诗，可以说都是情绪诗。因此，我们在阅读现代新诗的时候，首先是对"情绪"进行追问和认知。但是，这种追问和认知不是僵化地将情绪进行简单的分类、归纳和总结，而是要将那隐藏在诗歌文本中间的繁复情绪给释放出来，并界定出其情绪的边界和范围。

然而现代新诗文本自身就是一个复杂的"织体"，多重的情绪和多重自我在其间错杂交织，个人和世纪、个人与时代、理性与非理性等都在其中不断地呈现矛盾和冲突。要把握其情绪的界限，就得先回到文本，重视诗歌文本，从文本出发，对文本进行细致的解读。只有在细读诗歌文本的前提下进入情绪，进入诗歌的内心，才能进入到诗人丰富的个体情绪。比如戴望舒的《我的记忆》：

> 我的记忆是忠实于我的，
>
> 忠实甚于我最好的友人。
>
>
> 它生存在燃着的烟卷上，
>
> 它生存在绘着百合花的笔杆上，
>
> 它生存在破旧的粉盒上，
>
> 它生存在颓垣的木莓上，
>
> 它生存在喝了一半的酒瓶上，
>
> 在撕碎的往日的诗稿上，
>
> 在压干的花片上，
>
> 在凄暗的灯上，在平静的水上，
>
> 在一切有灵魂没有灵魂的东西上，
>
> 它在到处生存着，
>
> 像我在这世界一样。
>
>
> 它是胆小的，
>
> 它怕着人们的喧嚣，
>
> 但在寂寥时，
>
> 它便对我来作密切的拜访。
>
> 它的声音是低微的，
>
> 但它的话却很长，很长，
>
> 很长，很琐碎，而且永远不肯休：

它的话是古旧的，老讲着同样的故事，
它的音调是和谐的，老唱着同样的曲子，
有时它还模仿着爱娇的少女的声音，
它的声音是没有气力的，
而且还挟着眼泪，夹着太息。

它的拜访是没有一定的，
在任何时间，在任何地点，
时常当我已上床，朦胧地想睡了；
或是选一个大清早，
人们会说它没有礼貌，
但是我们是老朋友。

它是琐琐地永远不肯休止的，
除非我凄凄地哭了，或者沉沉地睡了，
但是我永远不讨厌它，
因为它是忠实于我的。

在这样的一首诗歌中，作者有怎样的情绪呢？作者表达的是怎样的一个个人呢？回到文本仔细阅读，表面上我们看到的是平淡、简单、琐碎的生活写实，没有强烈的情感冲突和情绪流动。但是从对记忆的描述来看，"破旧""颓垣""撕碎""凄暗""没有灵魂"所造就的记忆空间就呈现出了诗人最内心的情绪，有爱情的欢快也有枯萎，有生命的痛苦也有生命的凄凉。于是我们看到一种被损伤的暗淡的记忆成为了诗人情绪的核心。而"胆小""寂寥""低微""无力""眼泪""太息"与回忆的内容结合在一起，痛苦的记忆成为了生活的密友，记忆的所有内容就展示出一种辛酸的无奈心情，于是寂寞和辛酸也就成为了这首诗歌的主要情绪。

有了对情绪进行的界定，我们要进一步对情绪自身的运动进行了解，认识情绪自身组成的方式和情绪方向，并把握它的情绪运动。这首诗里，诗人靠着记忆生活，于是真实且忠实的记忆成为了诗人中心。诗人的情绪是这样运动着的，首先点明记忆成为了诗人的生命形态，是"诗人最好的友人"，接着说记忆无处不在，然后转入记忆的形态刻画，最后表达记忆的来临不确定，并且忠实于我自己。最后"记忆忠实于我"，又回到诗歌的开始，回环往复，让自身的情绪产生了一种持久的力量。

在界定了情绪和把握了情绪的运动之后，我们还必须明白现代情绪的一个重要的特征，就是现代情绪的矛盾性。现代生活、现代生命的构成本身就充满了许许多多的矛盾。比如此诗中，能回忆固然是美好的，但是真实的回忆却是凄凉的、痛苦的，而诗人也只能以这样的记忆为友，生活中只有这样的记忆才忠实。从这样的矛盾中，我们看到现代人的深层自我，看到现代生活和心境是多么的荒凉和寂寞！在矛盾的特性之下，我们领略到现代情绪的繁复，并理解了现代心灵和现代新诗内部的真正构成。

二 . 注意理解新诗特殊的意象结构

1. 以意驭象

意境是中国古代艺术审美理想的核心，这体现了一种对待生命的独特意识：顺应宇宙万物变化，遵从天命，与天地万物合一而并生，形成一种宁静的生命形态。并且在敬畏之心下聆听自然的启示，达到生命与自然之间的亲密无间和谐共一。这样，中国古典诗歌发展出了独特韵味的"意境"诗歌旨趣，如"人闲桂花落，夜静春山空"的生活之境，"采菊东篱下，悠然见南山"的生活情趣。他们陶醉于这种人与自然的"共在"关系，不以主体的世界主宰世界万物，也没有征服和去改造世界的愿望，不去打破自然界的和谐秩序，任其自在自为地演化生命。

但是在现代社会的发展中，中国现代工商业文化发展成为了主流，中国古典诗歌的文化基础受到了严重的影响，失去了生成意境的社会和文化基础，在这样的环境下，古典诗歌的意境美学规范基本失效了。

虽然在现代新诗中，也有自然物象的呈现，但是，这时人与自然的关系已经不再是那样的理想的意境，而是一种破碎的自然。这种自然是人的主观思想和情绪的影射物，人与自然，人与世界的相遇没有了最原初的和谐与亲近。特别是现代性的"我"的出现，现代新诗的创作进入了"意象"的时代，这就使现代新诗从"意境时代"进入到"意象时代"。在古典诗歌中，也有意象，但是，在现代新诗中，这种意象融合的是现代生活的破碎，呈现的是现代人的生命矛盾。我们来看看余光中的《乡愁》：

小时候
乡愁是一枚小小的邮票
我在这头
母亲在那头

长大后
乡愁是一张窄窄的船票
我在这头
新娘在那头

后来呵
乡愁是一方矮矮的坟墓
我在外头
母亲在里头

而现在
乡愁是一湾浅浅的海峡
我在这头
大陆在那头

在这首非常典型的乡愁诗歌中，我们却感受到一种与古典诗歌完全不同的审美感受。首先就是主体的强烈介入，形成的一种现代意识。该诗以个体"我"的成长经历为基础和核心，呈现了相当的私人化特质，而且个人的精神欲望是在邮票、船票、坟墓、海峡等意象中展现的。而这种意象的呈现是一种明显的对立，一种情感冲突寓于诗中，如诗歌中人与人的关系"我与母亲""我与新娘"的分裂，人与自然如"我与海峡"的对峙。诗歌就不再是人与人之间的和谐境界，也不是人与自然之间相通，不是对意境的追求了，而是强烈的个体意识和矛盾对立意识的呈现。这样就形成了以"意"观"象"、以"意"导"象"、以"意"显"象"的现代诗歌意象特征，"意"特别是私人化的"意"成为现代诗歌的核心。这不但与现代人的个体解放和觉醒呈现一致性，更在私人化的特色之下，让诗歌进入到现代人的多层内心。

以意象为核心的现代新诗与古典诗歌的意境追求发生了偏离。但是作为现代情绪的寄托，诗人所创造的"客观对应物"，其主观化和意志化特点成为了现代诗歌的特征。

2. 意象呈现

于是，在现代新诗欣赏中，我们要对现代诗歌中的意象有一个清醒的认识，明白其表达方式。现代新诗，诗人摆脱单纯的主观抒情和客观写实，用一种融合了主观情思的客观物象来展示诗人对现实的感觉。意象呈现的一个重要特征就是向内转，正如卞之琳的《圆宝盒》：

我幻想在哪儿（天河里？）

捞到了一只圆宝盒，

装的是几颗珍珠：

一颗晶莹的水银

掩有全世界的色相，

一颗金黄的灯火

笼罩有一场华宴，

一颗新鲜的雨点

含有你昨夜的叹气……

别上什么钟表店

听你的青春被蚕食，

别上什么古董铺

买你家祖父的旧摆设。

你看我的圆宝盒

跟了我的船顺流

而行了，虽然舱里人

永远在蓝天的怀里，

虽然你们的握手

是桥！是桥！可是桥

也搭在我的圆宝盒里；

而我的圆宝盒在你们

或他们也许就是

好挂在耳边的一颗

珍珠——宝石？——星？

首先诗人说"幻想在哪儿"、捞到"圆宝盒"，意象的设置就是诗人主观精神的神游，于是形成了这样一种背景，一个诗人在思想中追求诗。而作者最终的"得道"和"悟"，也是作者对自己精神之美、理智之美获得的畅快之感而已。也正是这样意象与内心的精神活动的交织，意象的主观化、内在化表达，让这首诗获得了一种灵动之感。

这里我们也看到诗人对于现代生命新的书写和表达，即以戏剧化的表达方式，呈现出了戏剧化的意象。"别上什么钟表店""别上什么古董铺""买你家祖父的旧摆设"等，将大量的生活信息融合在一起出现，既凸显生活现象的本身，让生活、生命的丰富性在"行动"中展示和上演，又看到了这首诗歌中诗人对人生和世界的多角度观察，呈现出"圆宝盒"的多重意味。

而且在叙事的展开中，意象也展现了原生态特征。这种意象与古典诗歌相比更加切近生活，更加深入到平凡生活和世俗生活。在简单的平常的生活中，达到对"圆宝盒"的本真描述，最终透视生命的本相。从"圆宝盒"中，我们看到人生的获得与失落、欢乐与痛苦，这也使得我们必须重新审视现代诗歌。

3. 对意境的留恋

在意象成为主导的时候，由于中国古典诗歌耀眼的光环，以及现代生活的不堪之重，现代新诗和现代诗人不时对古典诗歌意境抛出缅怀的目光。在他们的创作中，情不自禁地把古典诗歌意境带入到现代新诗之中。白话诗初期刘半农的《教我如何不想她》就具代表性：

天上飘着些微云，
地上吹着些微风。
啊！
微风吹动了我头发，

教我如何不想她？

月光恋爱着海洋，
海洋恋爱着月光。
啊！
这般蜜也似的银夜，
教我如何不想她？

水面落花慢慢流，
水底鱼儿慢慢游。
啊！
燕子你说些什么话？
教我如何不想她？

枯树在冷风里摇。
野火在暮色中烧。
啊！
西天还有些儿残霞，
教我如何不想她？

这首诗中，诗人明显地利用了汉语与音乐的绝妙组合，使用严格的格律形式，让诗歌产生了强烈的感情。诗分四节，每节五行，前两句写景，后两句抒情，再结合一年四季的季节转换，形成了一幅优美的图画。此诗以情的触动为基础，让时空完美地融合，达到了情景交融的古典诗歌境界。由此可见虽然个性解放，个体独立成为了时代的主流，但一些现代诗人的创作仍然以"意境"为自己创作的标杆。在对古典诗歌的景仰下，许多诗人对古典意境不断地探索和创新，形成了表达现代情绪的现代意境。他们的努力，不但丰富了古典诗歌意境的概念，而且也丰富了现代新诗的表达。

三、注意体悟诗歌的哲理内涵

1. 理性强化

中国现代新诗在对待古典诗歌的态度上，如前面所述，并非一种完全的反叛和断裂，而是融合了古典诗歌若干的要素，与古典诗歌有着深刻的内在勾连。为了现代的人生，为了现代生命，中国现代新诗在价值和取向上就必定要契合中国现代生活。因此以个体为价值中心，以意志为文化特色的现代诗歌，就与古典诗歌有了相应的区别，并且在创作实践过程中不断地凸显，出现了感性特征弱化，理性力量强化的这一特色。

中国的古典诗歌以感情的抒发为主，并且形成了感性的抒情方式。虽然儒家强调的是"克己复礼"，但是并没有妨碍和抵消诗歌中的情感因素，出现了"言志""载道"独特的抒情方式。古典诗歌的抒情，一般都不直接地宣泄情感，而是常常寄托在景物之中，在景物中呈现。这样，就使得古典诗歌情感处于一种相对自我压抑的状态，缺乏了情感的强度和对情感深层次的追问。

虽然在古典诗歌中也有屈原式的"天问"、李白式的洒脱等强烈个性、独具张力的诗人和诗篇，但是由于社会存在的限制，他们的情感范围在一定程度上还是没有超出家、国、天下、人伦道德等范畴。故而在对人生的本质，对人的终极追问等问题上的思考是相当有限的。当中国古典诗歌发展至宋代，诗人对现实生活开始了冷静客观的观察和思考，在诗歌中加入了新的特质"理"作为他们对古典诗歌的反叛和丰富。但是我们仍然看到，将"理"融于景物之中，对人事社会和人生意义进行议论，诗人们最终关心的是"理趣"，而且思考也主要是局限在伦理道德的层面。

现代新诗思考的是现代人在现代生存中所遭遇的现代困境，它是以强烈的个人体验为基础，透过个体的存在经验楔入现代生存的深处，更以理性之光来审理生命和宇宙。

2. 理性思考

在鸦片战争后，中国知识分子在经历西方资源的洗礼后，在新旧文化中痛苦地挣扎和思考，面对现实中太多的问题，理性抒情就成为了一种必要。现代新诗的哲理内涵，也就是胡适所说的"高深的思想和复杂的情感"，不只是对爱情、亲情、友情等人事道理的简单感悟，而更是对人、生命、时空、宇宙、存在等问题的思考和清理，与古典诗歌相比，现代新诗的哲理内涵就更加的复杂和深邃。

在现代新诗中，出现了这样的称呼，即诗人哲学家或者哲学家诗人，这也正好体现了现代新诗的理性特色。古典诗人，也都有自己对社会、人生、生命、世界、宇宙独特的见解，这些认识是从儒家传统中体悟出来。而在现代新诗中，现代新诗从思想自身呈现开始，敏感和自觉地让诗歌直接进入到"思"本身，也就是说，在现代新诗中"思想"本身成为了现代新诗的一个命题和抒写对象，他们以自己独特的思考和观察方式，让读者深思而不是给读者以经验的展现，实现对现代生命和存在的整体思考。冯至就是这样一位出色的诗人，我们来分析他的《十四行集·二》：

什么能从我们身上脱落，
我们都让它化作尘埃：
我们安排我们在这时代
像秋日的树木，一棵棵

把树叶和些过迟的花朵
都交给秋风，好舒开树身
伸入严冬；我们安排我们
在自然里，像蜕化的蝉蛾

把残壳都丢在泥里土里；
我们把我们安排给那个
未来的死亡，像一段歌曲

歌声从音乐的身上脱落，
归终剩下了音乐的身躯
化作一脉的青山默默

当人从强大的"群"中分裂出来的时候，要寻求个体的意义就必须有个体之思。这样在五四"人的文学"建立的个人的而非集体的、独立的而非依附的个体之下，对个体的本质意义的思考也就成为了现代诗歌的主题。这一首诗，从本质上来说就是一首"思的诗"，诗人从"我自己"的内心出发，抒写了"我"的内在情绪，表现出深刻和令人深思的哲理的"我之思"。

现代新诗的理性表现，并非就是说现代新诗只与哲学命题纠缠，而失去了鲜活真实的个体的生命体验和感悟。恰恰相反，现代新诗的形而上思考是建立在对现代生活和生命的真实体验之上，来源于诗人的现代生命观。这首诗歌中，从"我们身上"，诗人看到自我的脱落，从树与花朵交给秋风、蝉蛾蜕壳、歌声脱离乐谱的历程，诗人感受到自然的蜕变。而生命意义、个体生命存在，与死亡一样，是一个生死统一的自然过程。有了这样的眼光，我们才能获得永恒。

而个体生命的意义，同样涉及整个人类生存的境况。现代新诗在个体之路上，从"我之思"出发，从日常生活中，在对生命完整的理性之思中，通达到生命存在之思。在个体的常态生命中，也灌注着对价值的思考。最终现实的感受、哲理的思考、终极的意义都被整合在了现代新诗中。

四、注意把握"抒情"和"叙事"的组合方式

1. 现代叙事诗

诗歌的表达方式是多种多样的，可以抒情，可以说理，也可以叙事。但是，在传统的诗歌知识以及诗歌欣赏中，我们对于诗歌的分析和讨论都集中在抒情上，而说理和叙事并非是关注的重点。在现代社会的发展之下，经过几代诗人的努力探索，"叙事"对中国现代新诗的丰富和多样起了很大的作用，而且，现代叙事诗也成为

了中国现代新诗的一个重要组成部分。了解和欣赏中国现代新诗，就需要进一步分析"中国现代叙事诗"和中国现代新诗中的"叙事"，进一步认识中国现代新诗中的抒情和叙事的特殊组合方式以及复杂的关系。

与西方的叙事诗传统不一样的是，占中国的古典诗歌主导地位的始终是抒情诗。《诗经》和《楚辞》奠定了中国诗歌的两大抒情传统，在以后的诗歌历程中，抒情诗成为了中国古典诗歌的主要的呈现方式，虽然我们也出现了《木兰诗》《孔雀东南飞》这样的经典叙事诗名篇，但这些诗作并未真正改变和动摇中国诗歌的基本面貌和已经形成的基本格局。

五四新文化运动为叙事诗的生长提供了一个新的契机。随着"作诗歌如作文""散文化"等诗歌概念的提出，中国现代叙事诗新的生长成为了可能。吴芳吉的《婉容词》、沈玄庐的《十五娘》，以其清新浅显的语言，将人物的命运以故事的形式一波三折地展现出来，再现现代人的生存状态，成为了现代叙事诗的滥觞。朱湘的《王娇》和冯至的《蚕马》《吹箫人的故事》，把叙事和抒情完美地结合起来，展现了一个个生动活泼的故事，又体现出强烈的时代精神，将现代叙事诗提升到一个新的高度。

在抗日战争的后方，中国现代诗歌发生了一次大的转变，现代新诗融入了民间诗歌的资源，为现代新诗的发展注入了新的活力，也使得叙事诗兴起，李季的《王贵与李香香》、阮章竞的《漳河水》是其代表作。五六十年代叙事诗继续发展，但是由于时代政治主题压抑了个体的内在掘进，这时期的叙事诗创作质量明显下降。"文化大革命"后期，中国现代新诗一度回到抒情为主的特征，即以情感、情绪、精神为表达的主要特质，尽管叙事诗衰落，我们却在当代诗歌中看到了更多的"叙事"因素，"叙事"成为了现代诗歌一个重要特质。

2. 中国现代诗歌中的叙事

90 年代的现代新诗，便是将"叙事"作为诗学概念提出，强调诗歌中叙事因素的使用。这与"叙事诗"的文类划分是不一样的，它更重视诗歌新的建构的可能。在诗人与现实的关系上，90 年代诗人认为，抒情的、单向度的、歌唱性的诗歌，不能进入到矛盾、悖论和噩梦多层生命中，因此他们看到了现实的变化而导致新诗的叙事及其可能性。"叙事性"是诗人对于现实的新的回应，是诗人寻求对现代情绪和经验新的超越的努力。

比如在于坚的《0 档案》中，诗人通过大量的叙事，特别是碎片式的叙事，深入到现代生命，展现个体生命被体制化的过程，看到现代人生命被符号化的荒谬的过程。这首诗歌在叙事中见证了当代的历史，记录了时代的历史，体现出了叙事对时代强大的"及物"能力。这类诗歌中的叙事的运用和叙事性特征，进一步展示了现代新诗新的可能性。

另外，这首诗偏向于写实和叙事，体现了对个体生活中独特的自我经验的极度关注。该诗中"出生史""成长史""恋爱史"和"日常生活"的编年式的记录，体现出独特的叙事风格。通过个人档案的历史叙事，档案背后所蕴含的专制、压力、虚无、荒谬等体验，呈现在我们面前，打动了我们。诗人就是在事件、故事、场景中完成对人的意义的思考，实现对情绪和情感的升华。而这种叙事，也就不仅仅局限在个人烦琐的细节中，而是将个体的叙事升华为对社会民主等问题的思考。

其实在中国现代新诗中，叙事和抒情不是相互对立的两面，而在一定的程度上是两者的复杂结合。本来叙事中就包含着浓烈的情绪和感觉，借助于故事，诗歌达到情绪和情感呈现的最佳状态。可以说，叙事的目的也就是通过生活的事件，通过人物的命运，进入到现代人精神的深处。而正是这些个体的叙事，让中国现代新诗散发出了新的魅力。

另外，与阅读欣赏不同，中国现代新诗的写作并不是一件需要广泛普及的事业，它的实际操作也远比表面看上去的更为复杂和微妙，虽然它已经改变了古典诗词的格律和规范。

但是真正涉及现代新诗的写作，没有固定的方子和模板，作为创作的指导方向。创作最重要的是创造性，而这种创造力源于写作者个体的体验。只有在尊重自我和真诚的生活中，认识自我，了解自我，最后形成一种独特的自我，才能在写作中找到与别人不同的"异样体验"，写出独具特色的现代新诗。除了"异样体验"的形成之外，现代新诗写作最后要付诸实践，对现代新诗自身的特色认识是首要具备的素质。如果真的要提出现代新诗写作的技巧，以下这些方面的训练是不可缺少的。

以个人的生命感知和体验为基础，寻找"与别人不同的感受"。个人的体验是创作的原动力，这是一种深层的、从内心出发的生活经历，而绝对反对虚伪和做作。由此需要的是作者对生活细致和细腻的观察，以及对生活和生命热爱，只有这样方可形成独特"异样体验"的诗歌之路。但是，在现代新诗中，我们又无意和刻意地将

"异样""新"作为了现代新诗审美的标准，作为新诗评判的价值标准。于是我们看到许多在现代新诗中打着"新"和"异样"的旗帜，个人走向极端的现象。虽然追新求异是创作的一个基本特色，但是我们的"新异"必须和价值评判结合在一起，在新诗中，不是追问我们的创作带来了什么新的东西，而是要追问我们的新诗创作给予了我们什么。因此，一个虔诚的诗歌创作者，是一个严肃的思想者，是一个保持自我独立性的哲人，他的创作过程是一个自我的寻找过程，只有这样，他才有真正的"新异"发现。这样他的感知和体验或许将给人们呈现出一个完整的世界，而这个诗歌世界，照亮的是人类心灵。

大胆地发挥想象，严格地经营意象。所有的创作过程都是主体的想象和创新的过程，而对新诗来说，这个特征尤为明显。想象力决定一个人表达方式、表达深度和表达的水平，体现出一个人的创造能力，因此在诗歌创作中，必须有敏锐的联想和想象的能力。而想象涉及的问题是意象的选择和组合，正如刘勰所说的"神与物游"。因此，在想象的过程中，天地之间、古今之时，都随着诗人的思考而动，那些不可知、不可识的事物，那些虚无缥缈的世界，都被诗人精心设计的意象所澄明。想象通过意象得以显现，意象是想象和情感的基石，这就需要一个诗歌创作者必须对诗歌意象有精确和独特的探索。

现代新诗是非常自由和跳跃的，但是这并不是否定了现代新诗内在严谨的结构设置，在某种程度上，诗歌内在结构保证了诗歌之思的开拓。而且，诗歌内在结构支撑其全部的思想、感情、意象和语言，只有在这样的建筑之上才能架构其心灵与创作。特别是在具体的创作过程中，创作者只有在头脑中有完整清晰的结构，才有可能顺利将所有的想象和创造力实践出来。在现代新诗的写作中，这样几种结构方式可以予以借鉴：以某种感情为中心，来推移诗歌表达的进程；或者从时间的、空间的顺序来展开，暗中形成一条明晰的思路；或者围绕某个思考的中心，然后不断变换角度表现；还有就是借助多种意象或者事物的并列或对立，将思想表达出来。

寻找语言的魅力，再现汉语之光。诗歌一直站在文学之塔尖，因此诗歌对于语言的要求近于苛刻，甚至现在有诗人提出要将诗歌语言本体化。可见，诗歌对语言提出了一项很高的要求，这也就对创作者的创作提出了至高的语言律令。因此，在诗歌创作中，作者创作的诗歌语言必须经过仔细琢磨，最终实践出诗歌语言新的特色。而且也只有这样才是真正的诗歌语言，才是真正有活力和力量的诗歌语言。由此，创作中必须大量的借鉴多种表达手法和修辞手法，以交叉融汇、多层展示，来完成语言的命运，来丰富现存的诗歌语言。一个人的语言能力主要是源于阅读，通过阅读来进行语言训练是不可缺少的一个重要的环节。在现代新诗的创作中，口语浓郁的生活气息和鲜活的生命力，能更真切地表现现代人的生活状态，从口语出发开始创作，也是一条可行之路。

现代新诗的创作是一个复杂的过程，要创作出一首好的现代诗，需要我们对自我、生命、人类、情绪、意象、结构、语言等方面的深入思考、实践和投入。而我们介绍中国现代新诗的写作，也是为了通过它的写作过程，加强对现代新诗其独特形态的理解和认识。

（与李怡先生合作）

现 象 篇

拯救的几重含义

——论汶川"地震诗歌"

一

汶川地震诗潮引起了热议。

给人的印象是，灾难拯救了不景气的中国当代诗歌。这次大地震，是新中国成立以来影响最大的地质灾难，但是这一突如其来而且损失惨重的大天灾，却似乎改变了中国当代诗歌的命运。一时间，全民的诗心、诗情都被地震灾难复活了，形成了一波几乎是全国性的、全民性的地震诗潮，它被称为"第四次全民诗歌运动"，"由2008年汶川特大地震引发的中国诗歌大潮，是继'五四'新诗、抗战诗潮、天安门诗歌运动之后的第四次全民诗歌运动，出现的作品数量之多、感人作品之多，是近二十年来少有的景象"[①]。的确，地震灾难所产生的地震诗潮，同以往诗歌大潮一样，作者群体广泛，

① 王干：《在废墟上矗立的纪念碑——论"5·12"地震诗潮》，《当代文坛》，2008年第4期。

可以说是全民皆诗人；作品数量庞大，诗集众多。更独特的是地震诗歌传播媒体和形式较之以往更为多样，既通过网络、广播、电视、杂志、手机等多种媒体，又在各种诗歌纪念活动中朗诵、交流……诗歌一下子从小众的、精英的诗歌回到了大众诗歌，进入了大众视野。遗忘已久的诗情从灾难中回到了大众心中，诗歌失落的读者和市场也从地震中回来了。因此，这场全民性的诗歌运动，似乎成为了中国当代诗歌一次全局性的、整体性革新的契机。

地震不但复活了这样一个所谓的"第四次全民诗歌运动"，而且复苏了一个专业的诗歌界，震醒了诗人自我活泼强劲的灵魂。一时间，似乎所有的专业诗人都回到了作为诗人的最原始的身份，他们不再有江湖派系之分，而是共同面对灾难，以心、血、泪进行创作。出自心声，源自真诚的诗人们，让诗最源初的生命力复活、绽放，最终使地震诗歌的创作获得了较高的品质，"可以说，在对地震灾难、人性磨难和民族悲怆的苦难想象与叙述中，众多'地震诗歌'作品交织着生命、死亡、苦难、大爱与民族精神的繁复旋律，这些繁复旋律正演绎着'启蒙'与'救亡'的复调叙事，而非一种声音压倒另一种声音的'双重变奏'"①。因此，地震诗歌在其交织着的生命、人性、生死、爱与民族等主题之下，成为"启蒙"与"救亡"双轨道的"双重变奏"。这样看来，这一次地震诗潮，不仅仅是一个全民性的诗歌运动，而且还是主体的觉醒、人的启蒙的重要关口。

由此，一些评家认为，这次汶川大地震成为了中国当代诗歌发

---

①李祖德：《苦难叙事、人民性与国家认同——对当前"地震诗歌"的一种价值描述》，《文艺理论与批评》，2008年第四期。

展的一个重要拐点，"如果能够客观地评价这次新诗历史上罕见的'井喷'，抓住这一契机，总结经验教训，找出优点缺点，无疑会获得'多难兴诗'的美好结局"[1]。通过灾难，诗歌可以得到重生和繁荣。

当然，这样的议论或许有一定的道理，灾难的确可能激发人性的潜质。面对巨大的灾难，每个人都不得不重新思考自身存在中基本的生与死问题，重新去发掘和探讨自我存在的意义与价值。灾难激发了人生中亲情、爱情等最基本的生命情感，鼓舞着人面对困境、苦难的斗志，激起人与天地抗争、与命运抗衡的崇高精神。最终人在与灾难抗争之中，实现人对现实苦难的超越。由此，在灾难之下，人的心灵可以得到一定的拯救与超越。而此拯救中，最重要的还是灾难或应急措施对人的积极正面作用。因为面对灾难，最直接的问题是对人身体以及心理的救治，直接的拯救是恢复人受到灾难伤害的身体和灵魂。而这一拯救，提升了当代医疗机构对于人身体和心理治疗的理论与技术，提高了个人应对灾难、创伤的能力，形成了自我在灾难中的拯救能力和意识。并且在对人身体的直接拯救中，还能重新审视灾难的救治流程，建立有效的公共应急制度、搜救制度、救灾制度等，提高和改善灾后的重建，增强社会救灾意识，等等。总之，灾难过后，人的身体和心灵，以及社会的医疗机构、灾难应急制度等方面都在一定程度上得以拯救。

由此，地震改变平庸状态的人类生活，也改变了由生活平庸所

---

[1]王珂：《声讯问题真的大于艺术问题吗——汶川震灾诗热后的冷思考》，《诗探索》（理论卷），2009年第一辑。

决定的文学的平庸，让我们看到了当代新诗在灾难后再一次崛起的希望。

二

但是，中国当代诗歌是否真的得到拯救了？这依然是个需要持续观察的问题。事实上，地震之后的中国诗歌几乎没有什么本质的改变，过去的问题依旧。

尽管这次灾难引发了一场全民性的诗歌运动，出现的诗人多、作品多、诗会多，但是这次灾难，并没有对整个社会格局有任何的改变，诗歌的灵魂依然是一个无根的问题。这就是当下诗歌、当代诗人、当代人所依存的社会格局，并没有因地震灾难的发生而有任何的改变。在地震灾难之后，尽管有着许多的拯救，却并没有构建起相应的良好的社会格局。现有社会仍然处于统一的社会意识形态、技术统治的量化标准、物质主义的多重制约和控制之下，物质的追求仍然掩盖着其他一切的追求，世俗的追求仍然是社会的唯一追求。在这一格局之下，人继续迷失人生的方向，失掉做人的准则，人的价值继续沦陷。特别是整个社会仍旧被功利主义席卷，为金钱所俘虏，成为物质利益的奴隶。于是，在此基础上，社会文化不但对一切既有信仰体系怀疑、排斥，最终否定和拒绝，而且也使得其他任何价值体系与信仰体系在这个时代都无法立足。由于自身信仰系统的缺失，其他信仰系统又处于崩溃的状态，也没有建立起任何一种新的信仰体验，中国人的个人信仰危机依旧，社会信仰体系无法建立，文化也还陷入在信仰的迷惘和困惑之中，文化生态仍旧不容乐观。

诗歌是一种形而上的追求，一种超越性的精神追求。当代诗歌同信仰一样，也要寻找人的终极意义，在无限的空间与时间中确定人的行为与意义。并对理想、信念、无限的虔诚与热诚，产生超越世俗的价值与理念。只有在精神和信仰之中，才支撑起了文学的灵魂，才有文学的意义。但是，这一信仰却在整个社会格局中缺失，不但当代诗人自我的存在没有精神信仰的支撑，诗歌所依存的社会文化也没有精神信仰的底座。尽管地震灾难，一时唤醒了这样一种精神信仰，但是没有触动和改变整个社会的基本文化生态。灾难一过，所有的精神状态又恢复到原有的状态之中，社会的精神存在仍旧是原初的精神状态。当代诗人的精神没有改变，当代诗歌所依存的整个社会信仰没有变革，诗歌的灵魂就不可能革新。

灾难过后人的觉醒、人的启蒙仍然是一个问题，我们所期待着的启蒙与救亡的双轨变奏并没有出现。地震后的当下诗人并没有激活自我的生命力，当下诗人的主体精神大厦并没有巍然耸立。当下诗坛上，诗人内在的感受力仍然受到多重禁锢，任何一时的灾难都没有将之唤醒并承传下来。这些多重禁锢既来自于商业、市场、媒体，也源于诗人自我。一方面，诗人自我不是作为诗歌实践的主体而存在。诗人无法运用自己主体的权利，安排自己现实的个体存在，不能用自己的主体精神，支配自我的诗歌创作和实践。另一方面，诗人却又继续深陷入自我主体的孤芳自赏之中，漠视他人的主体性。他们并不期待与他人的经验进行交流与分享，也没有与其他经验对话的能力、包容其他经验的能力。因此，诗歌实践中自我认识、自我控制、自我实践以及自我体验的主体精神依然空缺。当诗人失去了自我主体精神，也就失去了个人感受世界的能力与活力，当代新诗自身也就失去了创造的可能性。地震之后的诗人，既不能对个人经验进行有效地挖掘，也不能认同他人主体经验的努力。

主体性的思考，一直是文学中的一个重要的范畴。主体意识的觉醒和强化，强调主体性的建构，强调文学中大写的"人"的形象，这一直是文学的母题。而地震中，作为个体的人的精神主体在于，是自我在灾难事件中直接面对人、生命、自我、人生、现实、历史、社会、国家等所生发的体验，个体直接与自然、生命、自我的倾听、对话与交流。也就是面对灾难，不仅是写灾难，而是写人，写人的主体精神的体验，这样灾难对于文学的拯救才有可能性。但是，灾难中当代诗人主体精神，不但没有自我内心对于灾难之中个人的感动和领悟，也没有在灾难中实践个体对于个体命运、意义的自我创建与赢获。总之，灾难之后，当代诗人的主体精神并没有矗立起来。

当代新诗严重的语言问题，在灾难过后也没有获得突破。灾难并不直接面对诗歌中的现代汉语问题，而且语言也有着自身运行的特质。语言是一魔方，她有抵达事物、抵达生命、抵达未知世界的特有魅力。但是语言又是一深藏的陷阱，是一冰冷的牢笼。语言的表达既是有限度的，又是可以无穷延展的。那么对于诗歌本身来说，没有一套一劳永逸的诗歌语言原则，不同的精神、价值、伦理均有不同的语言维度。而且，也没有一种诗歌语言模式可以囊括人所有的感情与体验，即使是同一个个体，在不同的境域中对语言的感受和认识也是不一样的。正因如此，语言命运就成为了当下诗人的命运，当下诗歌的创作成为了一种语言操作，或者是一种语言操作的技艺而已，缺少相对的稳定性和严肃性。

地震也并没有催生出现代汉语独有的光芒，中国当代诗歌中语言困境的突破仍然微小。地震，虽然激起了当代诗歌语言闪亮的光辉，但是地震诗歌没有抛出任何一条当代诗歌语言相对稳定的基本原则。地震之后的诗歌语言，仍然是一种手段而已，诗人仍旧在各自创作中追求种种奇异法则的个人言说。同样，地震也没有给当代诗歌展示出一个独有且有效的当代诗歌意象，被语言所追逐的当下诗歌意象，仍然在这个时代与自我生存的外围活动，没有触及当代中国人自我存在之核。而种种激进的诗歌语言实验仍是当下诗歌运行的基本模式，从语言中崛起仍是当下诗人突围的主要方式。当代个体生存的意义，文化价值以及批判价值，淹没在语言的泥淖之中。

这表明，要拯救当代诗歌，仅仅是暂时的"激发"还根本不够，我们需要更大范围的改变甚至重构。文学获得拯救归根结底是人获得拯救，尽管地震激发过中国人的善良、爱心、人道主义等，但是更大的社会格局和文化生态并没有根本改变：一个让人重建信仰的时代尚未真正降临，我们无法革新文学与诗歌的灵魂；文学与语言的实验常常淹没在当代中国特有的游戏与嬉闹中，缺乏更严肃执着的坚持；文学与诗歌创作主体的精神的独立大厦也没有巍然屹立，人们的"思潮"甚至还在嘲笑致力于主体发现的"五四"，讽刺我们严肃的"启蒙"的光辉……总之，"人"并没有获得特别的拯救，继续在固有的怯弱与平庸中徘徊，文学的光辉只能是短暂的。

<h1 style="text-align:center">三</h1>

灾难可以拯救很多东西？多灾多难的中国人似乎愿意相信。

的确，灾难可以产生伟大的作品：战争灾难产生了《荷马史诗》《战争与和平》，瘟疫灾难孕育了《鼠疫》，人为灾难诞生了《古拉格群岛》……但是，灾难却不是文学，深重的灾难既不能拯救文学，也不能成为文学兴旺的基础和标志。同样，所谓"多难兴邦"，作为自我鼓舞的动力是非常可贵的，但灾难绝不是国家兴旺繁盛的起点。文学、国家的真正繁荣和发展，并不是在于借助灾难的力量，更不是靠灾难得以拯救的。

那如何才是拯救？针对当代诗坛仍然面临的种种问题，我们不得不另外思考。

第一，中国当代诗歌的问题是长期积累下来的，必须有整体的根本改变才会发生效果。

所谓整体的根本改变，也就是说中国当代诗歌的改变，首先需要整个社会原则的改变，即进一步在我们当前社会的现代化努力的基础上，继续坚持和维护现代的基本原则，打破物质主义的一元论，而这并不是简单的全民性的诗歌运动所能实现的。在"现代"这一概念的原则之中，一是理性原则，一切以理性来证明，在理性的证明之外均不予承认。特别是对各社会部门实行合理化管理，即对生活、社会、国家等一切领域都以理性安排、设计。哈贝马斯指出，古典社会学家韦伯"把欧洲的现代化理解为具有普遍历史意义的合理化过程的结果"①，其中欧洲的现代过程包含社会合理化、文化合理化和个体合理化三个维度，即社会维度中的民主政治、市场经济、法治权威，文化维度中的科学与技术、艺术自律、伦理合理化，个体维度中的职业伦理。因此要实现整个格局的改变，就要坚持现代的基本原则，"政治上的民族主权国家，经济上的资本主义经营，法权上的世俗人本自然法，知识学上的意识历史化原则，精神上（艺术、哲学、道德、宗教）的非理性个体化"②。现代原则的第二个原则就是主体性原则。坚持现代社会的基本原则，即使维护启蒙原则中人的价值原则，这就是黑格尔指出现代"主体性"的"自由"和"反思"原则，这与后面所说的人的拯救是一致的。由此，没有现代社会的基本原则的确立，就不可能有整个社会的根本转变，也无从建立一个良性的社会格局和文化生态。

　　而这一现代原则的建立，需要长期的努力，并不是任何突发力量所造就的。人类现代文明的成就，都是一个潜移默化、一个渐进积累的过程。罗马不是一天就建成的，西欧的启蒙运动历史也不是一天完成的。它首先就与15、16世纪的文艺复兴与宗教改革相关，这不但关联着悠久的古希腊、古罗马文明，也与作为整个中世纪精神支柱的基督教有关。而且从西方启蒙运动自身的历史来看，也是一个漫长的历程，并且各个国家对启蒙的历史和奠基都有不同层面的推进和延展。从英国的培根、牛顿、洛克、霍布斯，到法国的伏尔泰、卢梭、狄德罗、孟德斯鸠、霍尔巴赫、达朗贝尔、爱尔维修，

①（德）哈贝马斯：《交往行为理论》（第1卷），曹卫东译，上海：世纪出版集团，2004年，第141页。
②刘小枫：《现代性社会理论绪论》，上海：三联书店，1998年，第89页。

再到德国的康德等，一起掀开了18世纪轰轰烈烈的启蒙运动。并且至今，不管是尼采、韦伯、福柯，还是法兰克福学派的霍克海默、阿多诺、哈贝马斯等，对于什么是启蒙这一问题，都直接回溯到他们长久的探索和累积。他们的知识奠基至今仍受重视，成为启蒙不断推进的有效源泉。因此，这种长期的积累比其他的一切都更为重要。此一长久的积累，不妄图一时的突破和转机，才真正成为一种良性的循环和建设。他不但继承现代、启蒙、理性的基本范畴，承认主体、合理性、自我意识等概念的具体所指，而且还接受启蒙、现代生存方式，直接面对现实日常生活。在此长期的文化积累中，现代文明的成果才能真正地融入人的心理，实现人的心理转换。

第二，这种根本的改变最终在于人的拯救。现代性的主体性原则，现代社会的完整建构，无论怎么展开和延伸，都是在人的基础上展开的，都是围绕人的问题而形成的。"是故将生存两间，角逐列国是务，其首在立人，人立而后凡事举，若其道术，乃必尊个性而张精神。"①没有对人的肯定，所有一切的变革都难以实行。同样，没有人的根本改变，就没有中国当代诗歌的改变。

人的根本改变，就是立人，就是人的启蒙。"启蒙运动就是人类脱离自己所加之于自己的不成熟状态。不成熟状态就是不经别人的引导，就对运用自己的理智无能为力。当其原因不在于缺乏理智，而在于不经别人的引导就缺乏勇气与决心去加以运用时，那么这种不成熟状态就是自己所加之于自己的了。Sapere aude！要有勇

---

① 鲁迅：《坟·文化偏至论》，《鲁迅全集》（第1卷），北京：人民文学出版社，1981年，第57页。

气运用你自己的理智！这就是启蒙运动的口号。"[①]人的启蒙，就是人为自己立法，做一个理性的人。也就是人按照自己的理性自己决定自己的命运，人按照自己的愿望实施自己的行动。当然，康德所说的人的启蒙也不是靠灾难而诞生的，这也是需要在一个良性的社会格局与文化生态中，在人的日常生活中长久地培养起来的。

此种启蒙的意义在于在常态生存中对人的赞美和尊重，并确定人的基本权利。现代社会是个体的展现，也就是说个体对于社会、国家、民族等观念来说，是独立的，有自我运行的机制和模式。并且个人是作为一个独立个体、独立存在得到了尊重和肯定的，个体的生命、个体的感受、个体的价值的思考由此才成为现代人自我最重要的价值向度和目标。因此，作为个体存在的人，对人的个性追求，最终确立人的基本权利，就是洛克所说的财产、生命、言论三大权利。也就是，人必须作为一个有权力的人，必须有这些基本权利，而且社会必须保障这些权利。尊重个人权利，就是实践个体的独立与自由。没有这些"人的基本权利"的长久建设和推进，就没有"人"，没有个体，没有精神，所有的拯救都将只是一种泡影。

第三，对于现代新诗自身来说，内容和形式都很难说得上成熟。中国当代诗歌的拯救不但与整个社会格局的变革相关，也与人的拯救紧密相连。在以上二者基础之上，从现代诗学自身来说，更有其特殊性。

当代诗歌自身的拯救，是拯救当下诗人的主体感受，即重建当

---

① （德）康德：《历史理性批判文集》，何兆武译，北京：商务印书馆，1996年，第22页。

代诗人的主体精神，展现当代诗人强大的主体体验。没有强大的主体，就是个体的消退、个体的隐藏、个体的失落，结果就是个体体验被毁弃，个体体验的缺失。因此，当代诗人的一个重要的目标就是要从构筑自己的主体性基础上，形成强大的生命冲动和主体体验。只有以个人的生命感知和体验为基础，只有有了强烈的个体生命冲动，才能寻找中国当代诗人对当代生活独有的异样感。此时，诗人才能挖掘自我生命深层的欲望、本能、潜意识、冲动、梦幻等等个人情绪，才能深入人类存在中矛盾着的生与死、爱与欲、天与地、古与今、灵与肉等交织的种种生命感受境界之中。只有进驻这些多变、纠结、繁杂交叉而又涌动复合的现代感受，深入到当下人的个人的精神世界，绽放当代中国人本身无限的丰富性和复杂性的思想，形成当代诗歌特有的繁复情绪，才是诗歌拯救的目的。在个体觉醒和个性复苏的情况下，具有个体体验的当代诗人才是一个成熟的诗人，一个严肃的思想者，一个保持自我独立性的哲人，他的创作过程才是人类心灵自我寻找的过程。

此一拯救，即要建立当下诗歌独立的诗艺体系。中国当代诗歌要寻找到一套与当下生存相同的表达意象、表达内容和表现方式，建构出一套属于自我自觉的诗学传统，这当然不是灾难所能完成的。而此意象、结构、表达、修辞体系的建构，除了建构起强大的、具有丰富的自我体验的主体以外，还必须面对中国当下社会，面对当下人的具体生存，一种在常态中的人的生存。与主体体验这一内部主体的确立相比，当下社会，是当下诗人人生体验唯一的外部空间。只有建立在当下社会这一核心维度上的现代诗艺体系，才是当下诗歌独立、当下诗歌拯救的前提。当下新诗的问题，并不是要与古代大师对话、西方大师对话的诗学问题，也不是面对灾难的诗学问题，而是一个诗人面对日常生活的诗学问题，而是与当下社会生存对话，与当下人在常态中的存在状况对话的诗学问题。与中国当下人具体的生存与发展真实摩擦，这才是中国当下诗艺体系成熟和完善的根本。

诗歌中现代汉语是否成熟，也是现代新诗能否得以拯救的一个重要砝码。在当下新诗中诗人对现代汉语的拯救，在于诗人对现代汉语质素、现代汉语经验的感知，也在于诗人本人对于语言的驾驭，对语言这一匹烈马的驯服。这需要建立在作为主体的诗人对于现代汉语、对于语言自身以及语言传统的真正理解的基础上，需要诗人继承中国现代新诗中现代汉语的成熟经验，占有优秀的诗歌经验。当下诗歌语言的拯救，不仅是当下诗人对于语言以及汉语自身的理解和认识，是对于古代诗歌语言与西方翻译体语言中语言力量的领悟，还是对于百年来中国现代诗歌语言实践中留下的重要的传统这一重要库藏的继承和占有。而这种语言能力，也需要诗人长期的写作实践，需要诗人对于新诗语言历史的熟稔、领会与把握，以及在一切文本中对语言的词语、结构、修辞、意义等的深入琢磨。只有综合性的语言，才是真正的成熟的诗歌语言，才是真正有活力和力量的诗歌语言。

这次汶川地震诗潮引发了我们的"拯救"话题。中国当代诗歌的拯救首先与更为宏大的社会格局和文化生态紧密相关，如果没有这一良性社会格局、文化生态的建立，"人""自我"便不能获得拯救，文学也只有短暂的光辉。自我拯救包括文学的拯救，从本质上更需要持续不断的坚守、奋斗、拼搏、努力，靠在"常态"人生中点点滴滴的细致的建设，只有这样持续性的努力才可能积累更丰富的文化的遗产，而这个时候发生的灾难也能适当产生特殊的推进效果。但是如果没有扎实的长时间的奋斗，什么突发性的力量也拯救不了我们。

（与李怡先生合作）

"煤炭体验"与当代诗歌

　　为庆祝新中国六十华诞，《星星》诗刊社与四川嘉阳集团公司联合举办了"嘉阳杯"煤矿工人诗歌征文大奖赛。这次征稿的范围，主要包括写煤矿工人，以及反映嘉阳集团旅游文化的诗歌作品。这些作品中，关注最多的主题是煤炭和煤矿工人。由此，这些关注煤炭和煤矿工人的当代诗歌所引发的"煤炭体验"，给予我们诸多的启发，成为我们考量的焦点。

　　关于煤炭的诗文作品，在漫长的古代文学历史中，有着丰富的展现，而这也带来了古代人对于煤炭的感受和诗意。在古代，煤炭有香炭、石炭、煤炭之称。尽管煤炭并未占据古代人生活的中心，但是也在古代人的精神情感中形成了独特的"煤炭体验"。在这些"煤炭体验"中，有的从煤炭中生长出人生的情感，如梁代吴均的《行路难》中，诗句"金炉香炭变成灰"，呈现人世生存的艰难，以及生命的悲伤之情。也有的从对煤炭的描绘之中呈现一个时代的生活面貌，如陈代徐陵的《春情》"薄夜迎新节，当炉却晚寒。故香分细雾，石炭捣轻纨"，唐代李峤的《墨》"长安分石炭，上党结松心"等。而在古代诗歌中，对于煤炭的感受，最重要的是以煤炭来喻人，以煤炭来言志，来表达诗人建功立业的伟大志向。宋代苏轼的《石炭》，就从煤炭中生发了"为君铸作百链刀，要斩长鲸为万段"的豪情。明代于谦的《咏煤炭》中，诗句"凿开混沌得乌金，蓄藏阳和意最深。爝火燃回春浩浩，洪炉照破夜沉沉。鼎彝元赖生成力，铁石犹存死后心。但愿苍生俱饱暖，不辞辛苦出山林"，则展示了一种忧国忧民的胸怀，以及舍身救国的伟大意志……这便是古代诗人为我们所展现出来的主要的煤炭体验。

而在当下，中国现代社会已经不再是古代中国乡村农业文明，而是在西方文明之下工业文明、商业文明、城市文明的新型复杂社会样式。特别是在现代工业的发展过程之中，作为重要能源的煤炭，显示出越来越重要的地位。煤，成为现代人生活的一个重要事件。并且，由于煤炭开采环境的困难，矿难常常发生，许多煤矿工人由此失掉了生命，也使越来越多的人关注这一领域。我们看到，煤炭、煤矿、煤矿工人被作家们关注，也使得与煤有关的文学作品大量涌现。而在这些现代诗歌的煤炭书写之中，这一次煤矿工人诗歌大赛，可以说是现代人或者说现代诗人"煤炭体验"的集中展示。更为重要的是，这些诗歌中所彰显出来的煤炭经验，不但为底层文学的底层经验提供了丰富的活化石，见证了当下人的精神状态，还展现出了中国当代诗歌的精神向度。

在这次大赛的"煤炭体验"之中，首先引人注目的是对煤炭的赞美和热爱。这一体验是现代诗人在现代生活方式之下所产生的对于煤的直接体验，也是在现代社会之下才有的特别感受。张作梗在

《煤》中就将现代人对煤炭的这种独特体验发挥到了极致："这大地窖藏的美酒，/唯有火焰能痛饮。火焰拧开它乌黑的/瓶盖；火焰，以飘拂的嘴/探进它冷静而又/沸腾的体内，/痛饮。——痛饮/如/自焚。//我看见火焰酡红的脸庞。/我看见污黑的煤被火焰饮得雪白，浑身炙热。/我看见一个自美酒中出浴的美人，/一袭红装，翩然而舞，/像是时间的新娘。"在这首诗歌中，我们看到现代诗人恋人般的"煤炭体验"。此时"煤"呈现出了中国古代诗歌难以见到的面容，是美酒、美人、新娘等美好的事物。诗人还以现代派的手法，将煤的燃烧过程展示得如酒、如火一样多姿多彩。而这一"艳丽的煤"，呈现了煤在现代人生活中重要的地位以及人对于煤的热爱的感情。与郭沫若《炉中煤——眷念祖国的情绪》相比，郭沫若借用"煤"，特指"炉中煤"这一意象，写煤的熊熊燃烧。煤如诗人心爱的女郎，其展示的是自我为人民、为时代而牺牲的伟大之情，揭示了一个时代蓬勃向上的精神。而这一首诗，则是直接对于煤本身的赞扬和热爱，不仅是现代人对煤这一"出浴的美人"的直接歌唱，也是对现代社会的深入挺进。

诗人们热爱、赞美"煤"的"煤炭体验"，正是源于煤炭自身中蕴藏着的"火"。"火"的体验，是现代诗人对"艳丽的煤"的进一步探索和思考。正如赵兴高的《给我的煤矿兄弟》中说"黑暗里藏着太阳/煤炭里藏着火"，煤是火的象征，也成为了生命的温暖的象征。"火"是现代诗人煤炭体验之中爱煤的原因，"火体验"也成为了他们爱煤的最重要的感受。"……关于煤 我找不到时间轴上对称的中心/而在空间的曲面上 煤 是最亮最暖的事物。"（张国军《关于煤》）正是因为煤有了超越时间和空间的明亮和温暖，便获得了诗人的赞美。特别是光和热，只有蕴藏着火的煤才能释放出来，由此煤又获得了更高的价值。也正是由于煤所具有的"光"一样的品质，当下诗人对于煤的体验也更加细腻。"嘉阳的煤，比黑更黑 / 比光更光。他每天以蜂窝的方式 / 进入我们的胃 / 成为我们的口粮 / 每一个时光的窝口 / 是煤一生的出路，和眼睛 // 圣火无须盗取 / 在嘉阳，只要心存一粒煤的温暖 / 属于我们的春天 / 就永远不会腐朽。"（许岚《嘉阳的煤》）我们看到，在这位诗人的书写之中，煤带了生命之火、光与温暖，让现代生命的存在也具有了"煤"的品质，由此希望现代人与煤炭一样，具有火的特性和光的神性。现代生命中的"煤"的体验，不但在于诗人对于煤这一"出浴的美人"的感官的直接呈现，也紧紧根植于煤本身所具有火的特质。这次煤炭诗歌大赛中呈现的爱煤、恋煤的"煤炭体验"，将现代人煤炭体验中的"火"的感受体现得如此丰富，也让中国当代诗歌呈现了独特的生命感受。

这次大赛之中的"煤炭体验"，是从煤的体验来关照人的体验。我们知道，所有的诗歌表达，所有诗歌技巧的展示，都是对于人的体验，对人的精神的展示。没有对人的生存状态有特别的揭示，没有对人的精神状态深入揭示，就没有优秀深刻的现代诗歌作品。这次煤炭诗歌中的煤炭体验，正是在"煤"的视野之下，对现代人的精神进行了深入的展示和揭露。这不仅体现在他们对煤矿工人生存状态的直接表现，也体现在他们对于人的主体精神的深入探究。

这种"人的体验"的展现，首先在于诗人看到了煤炭所具有的大地般的品质。"煤在缝补时光，有一掬太阳的光芒 / 煤是太阳疼

痛的心脏 / 我的苏北，就住在煤的心脏上一年年秋风，吹透 / 煤含着动人的光泽，成为土地谦逊的品质。"（黑马《苏北的煤》）应该说，煤动人的光泽，有着大地一样谦逊的品质，正是煤矿工人的象征。在煤矿工人简单的体力劳动之中，尽管他们像"煤"一样，埋在地下，是处于生存环境的"最底层"，但是他们也有光泽，也有人性的追求。正如徐国志《煤炭的力量》中展现的："在低微处，我看见你的黑 / 散发着人性的光亮。"这就是在煤炭体验之中，诗人对于底层煤矿工人所具有的"大地特征"的展现。

进而，这次诗歌中的"煤炭体验"，更展现了底层煤矿工人的心灵追求，特别是呈现了煤矿工人作为"人"存在的基本体验和感受。煤矿工人，首先是一个人，是一个有着鲜活生命感受的人，这是煤炭体验之中"人的体验"的最重要的展示。由此，在这类煤矿工人的"人的体验"的诗歌中，我们看到了一个个鲜活的生命个体，一个个有着自我的人生感受的生动的煤炭工人形象。邓德舜《黑色的味道》中："这些黑色的男人在死神发呆时 / 常会掏出一张三人笑的照片 / 看着看着 就会情不自禁地 / 把手伸到地上 摸摸美好的女人 儿子和阳光。"诗中，工人伸手到地上触摸的动作，就呈现出了他们丰富的内心世界：这就是他们在死神的面前，对于生的渴望，对于家庭的留恋和热爱。一个完整的家，一个简单的家庭，就构筑了他们生命的基本要素，也构成了他们作为人的全部的追求和目标。特别是对于儿女的牵挂，是煤矿工人内心精神的集中体现，也是诗人对工人内心世界的主要关注点。"他很腼腆他说存够钱 / 开春，妮子就可以上花轿了 / 从未走出大山的妮子，把定亲 / 日子选在这个温暖的冬季 // 矿井很深，今冬的雪很薄 / 像煤价和汗水，

不适合抒情 / 挖煤回来，他说自己是 / 有家的兵马俑，妮子无须门票 // 二号矿道，那天是他回家的必经之路 / 人们仅仅用一天的时间就挖通了 / 回不了家的他，手死死指的方向 / 有他的妮子，甜甜地在等待着春天。"（邱名广《最后这个冬季》）工人的追求是如此的简单和朴实，但是又是如此的真诚和执着，甚至是牺牲了自我的生命也在所不惜。同样，这些底层煤矿工人也有着自我的朴实和生命追求，"嘻嘻哈哈二叔盛满一壶壶祛病化灾的泉水 / 嘻嘻哈哈二叔说我喝了这福水将来一定能考上状元 / 嘻嘻哈哈二叔又照旧帮那个每天来挑水的寡妇装满一担水 / 嘻嘻哈哈地帮她挑过那段他们用心雕刻的坡路 / 她的男人是二叔的煤炭兄弟 / 多年前死于稀里糊涂的矿难 / 都说二叔多年未婚是因为这个伤心的女人 // 那天二叔嘻嘻哈哈进来矿井后再也没有出来 / 矿井塌了　水井枯了　嘻嘻哈哈成为了鬼……"（邓德舜《井》）诗歌中的这一个嘻嘻哈哈的工人二叔，却最终没有逃过死神。但他那朴素的追求、简单的生命意义，就成为煤矿工人们的心灵写照。他们简单的生命追求，如大地一样朴实，这正是煤矿工人形象的闪光之处。

在煤矿工人对爱情、生命等简单人性的追求和渴望中，他们的个人形象实际上也融合到了煤的特质之中。我们看到，在煤矿工人的人性之歌中，有着底层煤矿工人简单而灿烂的精神追求，而这种追求，更如"火"一样的激越、高亢。如黑马的《致煤海中的英雄们》，"爬满皱纹的井巷，有分娩的阵痛和喜悦原始的禁锢打开 / 生命的梦幻 / 开拓者的身影走出力与美编织的日子 / 沐风栉雨，荡开生命的热流""缩身于火焰，以燃烧书写青春 / 摆动大地的灵魂，铸就一腔精英气魄 / 从煤炭到宗教是一种历史性飞跃 / 开采阳光，抵达爱情和信仰。"在诗歌中，诗人以煤特有的火的力量开始，荡开了煤矿工人的生命力的热流，抵达了他们内心所绽放的渴望。于是，我们进一步看到，诗人对于煤炭工人的展示，是对他们汗水和劳动的赞扬。如赵大海的《矿工的姿势》："每一个矿工，都是一座活着的雕塑！／坚硬！可以燃烧默默展示／劳动的美。"以及邓诗鸿的《在一滴汗水面前低下头来》："这些细小的生命，他们从不抱怨／自己的卑微、渺小和孱弱／它不紧不慢、不言不语，一阵连着一阵／在我的山川、大地、村庄，轻轻掠过／惊醒了我的追逐和梦想——"因此，在煤炭诗歌中，煤矿工人的追求是朴实和简单的，但又是火热的、有力的。正是在这样一个复杂的交融之中，这些诗人为我们展现了煤矿工人原始的生命本能，又彰显了他们坚强、不屈的生命激情。

在这些"煤炭体验"之中，诗人也集中呈现了煤矿工人生存中强烈的死亡意识。在现在的技术条件之下，矿难频频发生，可以说煤矿工人就是直接与死神打交道。煤矿体验中，煤矿工人最尖锐的感受就是对于死亡的感受，生命变成绝望的生命。这一"死亡意识"的煤炭体验，是诗人们对于像煤矿工人一样的底层人苦难的揭示，以及对底层人精神内核最深入的挖掘。

死亡体验是煤炭体验的高峰体验，也是诗人对煤矿工人内在精神的终极刻绘。张作梗的《煤》，就呈现了煤炭生涯与死亡之书的紧密关联，"我幼年失怙，／风和岩石曾被我拜为爹娘；／现在，我吞吃沉默，／将死亡之书当成生的习字簿，日日抄写，／直至把非我，／涂改为本我"。这是一个煤炭工人生命个体的成长历程，一方面是自我与煤炭密不可分，煤炭已经进入了他的生命。另一方面，这样的生命历程，也就是挖煤的生命经历之中，我们看到，死亡成为了生命每日的练习，死亡成为了挖煤本身，死亡成为了生命本身。这是诗人对于煤矿工人命运一次惊心的展示，是对于煤炭体验中死亡意识的一个大特写。而且，这种死亡体验，又带出了煤矿体验中绝对的苦难意识。在诗歌中，煤炭不光是闪光"出浴的美人"，而且煤炭的黑色就是死亡的象征，是"沉默的死神"。"今生今世 / 我将在黑色中度过 / 用我黑色的手 黑色的躯体 / 啃嚼黑色的天地 // 那黑色的煤层 / 黑色的车轮与箱体 / 以及 延伸出的黑色坑道 / 还有那认不出面容的黑色兄弟 / 那些我熟悉的 / 黑色的汗水与泪滴 / 都悄然爬上我黑色的记忆 // 那是个黑色的日子 / 矿区的天 / 飘落下黑色的雨 / 当我从坍塌的坑道爬上井口 / 我听见满世界的狼嚎鬼泣 // 那一天 / 我失去了好多 好多曾患难的兄弟 // 他们悄悄地走了 / 带着他们不同的爱与恨 / 带着同一个梦去了 / 那个梦 / 至今还流淌着黑色的染体。"（苦力《黑色的记忆》）诗歌中，黑色的煤炭，照见了黑色的死神，让煤炭工人的世界变成了一片黑暗：手是黑的、躯体是黑的、面容是黑的、坑道是黑的、车轮是黑的、记忆是黑的、日子是黑的、雨是黑的……这是诗人对煤矿工人精神的焦虑、痛苦、不幸的展示，让我们看到了一个个游走在底层，并且不断挣扎着的现代灵魂。这一痛苦挣扎的灵魂，也是直接与死神照面的苦难灵魂。而且在诗歌中即使是活着的生命，其肉体也残留着煤的黑色般的灾难。"那些粉尘 / 在你的肺叶中沉淀、集合 / 淤塞成你生命里的沙漠 / 你的呼吸日渐艰难 / 从骨缝里透出来的痛 / 扩散到每一个日子 / 一粒粒致命的粉尘 / 掏空了你的青春 // 当城市为废气、

噪声 / 惊恐不安的时候 / 我以亲历者的名义 / 我作证 / 即使最肮脏的城市 / 比起矿工的生存环境 / 都要好过不只百倍。"（李小平《我所认识的矿山人》）由此，我们看到了在诗人的煤炭体验之中，死亡意识不但是人灵魂在面临着死亡时苦苦地挣扎，而且也体现在人身体在痛苦的疾病之中的艰难挣扎。通过这次诗歌大赛中的煤炭体验，诗人们展示了现代底层人最为沉重的苦难，照见了当代人的灵魂，而且给当代诗歌注入了厚重的苦难意识。

煤矿体验中的"死亡意识"的呈现，是对现实的介入，由此也展开了诗人对现实社会的批判。在此方面，李小平的诗歌《传说》比较有代表性，"传说矿工成了领导阶级 / 虽然我不知道矿工领导了谁 / 传说矿工不再被剥削 / 但我仍然见到拿不到工资的矿工无助的眼神 / 当传说被善于歌颂的蝉唱成了金色 / 矿工依然过着清苦的日子 / 在冷硬的岩缝里延续细细的血脉 // 像煤一样沉默 / 像煤一样感恩 / 像煤一样燃烧 / 只把灰烬留给自己 // 但此起彼伏的矿难 / 紧揪着无数家庭的心 / 透水、冒顶、瓦斯突出 / 那是一国之痛啊 / 在骨质嶙峋的矿山 / 仍用百万吨死亡率标示安全 / 黑色煤块上那丝暗红的血痕 / 是殉难矿工无声的呐喊"。诗歌中，诗人认为那些对于工人美好生活的种种宣言，始终是未能兑现的"传说"。现实生活中的工人仍旧没有地位、没有工资、没有安全。他们仍在矿难中不断地死亡，他们的生存状态依然是一个严峻的现实问题，他们的精神仍旧在苦难、不幸、痛苦、焦虑中无力地盘旋。这不仅仅只是诗人对于工人苦难的展示，以及对于社会的简单批判，其中还饱含着现代诗歌对于社会公正的期待，对于一个民族未来的忧患。如果没有作为最底层的煤矿工人的生存境遇的改善，如果没有底层的拯救，一个民族新的精神的建立将永远没有根基。

当然，诗人们在煤矿体验的死亡意识书写之中，除了直接展示这一苦难，展开对于社会的强烈的批评之外，也为我们呈现了煤矿工人另外一种直面死亡的抗争精神。作为最严酷的、最底层的存在状态，面临着各种巨大的灾难，经常面临死亡，这是他们生存的基本状态。而煤矿工人们战胜死亡的雄心，却又在这一群朴素的劳动者中得以彰显。既有着尖锐的死亡体验，而又以坚强的毅力战胜死亡，这成为诗人们煤炭体验中一种重要的精神向度。如邓德舜的《黑色的味道》，"这些比煤炭还黑的男人 / 用男人的方式 / 让空间在恐惧后微笑 / 穿透死神的声调 / 让时间在凝滞后发亮 / 看遍死神的目光"。诗歌中，人类具有像煤炭一样的力量，比煤炭还要黑，人以自身的力量抗争死亡。最终，在这一生命的抗争和张力之中，我们看到："这火的精魂，人生的力量和高度 // 啊光明，这成吨的渴望！ / 这生命的张力和厚重，注定要踏遍煤海 / 我看见可敬的矿工：黑色瞳孔含着太阳的光芒 / 璀璨的灯盏，对应着银河与漫天星斗 / 只有矿工对应着我们心灵的星座"。（黑马《矿工心灵的星座》）煤矿工人们与自然抗争、与死亡抗争的信心和力量，展示了他们对生命的热爱和战胜死亡的力量。对苦难和死亡的抗争精神，让底层煤矿工人的形象有了新的高度。而这种精神，也成为了诗人们诗中"煤炭体验"书写的重要维度。

这些诗歌中"煤炭体验"的死亡意识，直逼底层煤矿工人的精神，并呈现了现代诗歌中强大的苦难意识、批判意识以及抗争精神。由此，这次大赛中诗人们的煤炭书写，不但进入了底层的日常生活、底层的命运、底层的精神状态，也是对所有现代人精神进行了观照。

总之，在这一次煤炭诗歌大赛中诗人的"煤炭体验"，展示了丰富而真实的生命经验，如对煤炭的现代感受，煤炭工人自身的"生的体验"，以及他们生存中的"死亡意识"，等等，这些都为中国当代诗歌提供了较为丰富的诗歌经验。而且，这一次煤炭诗歌大赛中所释放出来的煤炭体验，也展示着当代诗歌向前挺进的一些向度。第一，煤炭诗歌创作呈现了当代诗歌视野的"向下转"的向度，他们着力关注边缘、少数、底层的生存状态，进一步展现了当代文学写作中的"底层意识"。第二，在他们的写作中，凸显出了对底层精神的展示和刻画。这些煤炭诗歌是一种原生态的诗歌书写，是当下诗人对于现代生命原生态的展现。特别是对底层人最原始的生命状态的书写，给予了现代诗歌最直接的文学经验。而正是这些原始的生命的展示和体验，或许将成为中国当代诗歌重要的突围方式。第三，煤炭体验的书写，就是对于人生的直接书写，体现出强烈的现实主义精神。诗人们不仅展现了当下诗歌强烈的现实介入精神，而且还赓续了中国现代文学中最重要的"为人生"的精神传统。

"时间之诗"的"时间之思"

—— 评《在时间的深处》

　　面对这组短诗，我被不断地卷入到时间的旋涡之中，被时间这一问题所缠绕、控制、涌动。我认为这些诗堪称是围绕"时间"而伸展开来的"时间之诗"，而更重要的是，这些"时间之诗"背后所呈现的当代人个人存在的"时间之思"击中了我。尽管这组"时间之诗"，对于时间的思考是多维的和多向的，难以整合。但这组"时间之诗"中，那种对于当代人生存状态中"时间深处"的特别感受与体验，我称之为"时间深处"体验，是有相当特别的意义与价值。

　　这种"时间深处"体验，首先是在诗歌中直接逼视、检阅我们的日常生活。在诗歌中诗人们对于平常时间的感悟，让我们重新体验平常生命之重，在生命的常态中找到皈依。在虎西山的《好日子》中，"……把狗/拴在了好日子的边边上/三三两两的人/在好日子里/走到了一起……"诗人的时间已成为一种日常生活的好日子，常态生命已褪去了繁华的色彩、崇高的理性，以及绚烂的未来指向，甚至是剥掉了文化的外衣，而直接指向当下的、简单的、直接的生存，并"充满了意义"。当然，这样的时间在海德格尔看来，是处于"沉沦"状态的庸常时间，是需要拯救的存在时间。但是，对长期以来陷溺于天人合一的传统思维的中国人来说，特别是在当下的生存中，要接受现代的价值，要面对现代的人生，就必须直视生命中的平凡时间，从生命的常态中找到世界、自我的意义。常态生命、世俗生活，是这组诗歌"时间深处"体验对当代个人命运向度的最真切标示。

"时间深处"实际上就是我们平凡的日常生活时间，而"时间深处"更重要的着力点是当下具体的时间。由此这些诗人不再是迷恋宏大的时间，而是转到对于具体的时间、碎片式时间、非连续性时间的刻画。正是在这破碎的时间中，诗人彰显了在常态中"偶在"的个体生命的价值。如赵雅君《五点二十分》中的时间，不再是海德格尔"四位一体"的生命状态的绽出，也不是本雅明有着"光晕"的时间绽出，而就仅仅是一个个时间的节点，一个个具体的鲜活的个人时间，这是当下诗人对日常生活中常态生命的直接明示。可以说，个人生命的时间，便是"时间的深处"。于是，诗歌中的时间深处便是对于个体的时间、具体的时间、偶在的时间这样的"深处"的点击。在破碎的时间中坚实地存在，深入体验属于生命本真状态的碎片时间，是诗人们在失去轮回时间、永恒时间中获救的一条径路。

这一"时间深处"的体现，最为直接、最为集中的便是对于"衰老"以及死亡的思考。杨明安的《命运》，对于衰老的态度就是作者对于时间的态度，"我知道，这是我今生最后的归宿／也是我不可抗拒的命运"。于是，在作为时间深处的"衰老"成为了人的命运的同时衰老的尺度也成为了命运的尺度。这种态度，同时也体现着诗人对于常态时间的迷恋与珍视。而在"时间深处"这一尺度之下，或者说在这样的命运之中，让时间慢下来，让时间变具体实在，回到常态的生命，这也成为处在"时间深处"的当代个人存在的一种选择。如马宁的《余生》，就细细地向我们吟出了处于时间深处的我们生命的样态，以及对时间深处的我们的真切的认知。由此，在诗歌中呈现出了特有的从死亡中获得救赎的思考。还有像任先青的《喜欢老》，"老 / 是一部旧式汽车 / 坐进老里 就得喜欢"。在诗歌中，我们的存在，不仅呈现在常态时间、碎片式的时间深处之中，也紧紧绑定在终止时间的衰老之中。面对着急速推进的现代道路，坚守和认同常态的、碎片的、衰老的"时间深处"，是个体生存不可不面对的生命向度。

于是，在"时间深处"的笼罩之下，诗人们在凝视当代个体生命存在的时候，"时间深处"的向度就有了多重意蕴。如舟歌的《纽扣》，就让妈妈站立在时间深处，为我指路，找寻个体的价值；张静波的《我用木刻修改自己的生活》，则不断地以修改深处的时间来修改自我、修改生命、修改自我的存在。雨林的《文化馆的夜晚》中，那"不安分的心""在黑暗中斗智斗勇"，"在黑暗中露出雪白的锋芒"（《乡村的黄昏》），成为一个新的个体存在。

但是，以上"时间之诗"中的"时间之思"是否就表明，"时间深处"的体验就已经看到现代性危机之下我们生命的拯救？我们是否就由此获取了我们生命的真谛？其实，不管是"时间"还是"时间深处"，作为人类的我们，始终是难以抵达的，也是无法抵达的。正如柳士同的《蓝色忧郁》所言，"音符飘得到的地方 / 人却难以抵达 / 暮色渐渐合拢 / 我沉默在藤椅上 / 陷入时间的深处"。我们只是陷入到了时间的深处，但是对于时间本身、对于生命本身，我们是难以到达的！在李倩的《日子》中，"日子只是井下的月亮 / 是天上星，清亮可见 / 是一点点，显露的原型 / 是花，不可得到，无法抵达"。我们在对这些如梦幻泡影的时间，以及对生命存在本身的苦苦追问中，就如加缪所探讨的西西弗斯神一样，永远没有可以到达的终点。由此，我们是否能够从"时间深处"拯救我们，或许是一个难以用诗歌来求解的大问题。

不过，在这些"时间之诗"中，诗人们观照到的"时间之思"中所展开的碎片式生命常态，以及在这些庸常生命中的心灵悸动，和现代人心灵中的繁复情绪，等等，形成了当下诗人的"时间观"。这些"时间之诗"及其"时间之思"，已呈现了当下诗歌发展的一种新图景。

当下诗歌的"空间感"

——简评《诗人地理》

在人的生命过程中，人正常的物质需要、欲望追求、情感表达、自由向往……无一不受到种种限制，其中"时间"和"空间"的限制是两种最主要的限制。突破"时间"和"空间"的限制，就成为人的生命中一项重要的活动。当然，也正是生命在时间上和空间上的限制，才更加彰显出生命的价值和意义。由此，在文学创作中，对于时间和空间本质的追问，对于时间和空间的感受和体验，就成为了一类重要的主题。这类"时间诗歌"和"空间诗歌"不但数量庞大，而且有相当多的优秀作品，在诗歌的长河中占有重要的一席，泛出了灿烂的波浪。

在当下语境中，当代诗歌的"空间感"与"现代时间"感受同样丰富而重要。这一组《诗人地理》中，当代诗人们在"空间"维度上形成了一些特殊的感受和体验，比较突出地凸显了当代诗人的"空间感"。而且他们诗歌中的"空间感"也是较为独特的"空间感"，有着特别的意义。

在这组《诗人地理》中，诗人们从这几个方面展示了当代诗歌的"空间感"。第一，直接面对具体的"空间"，以呈现我们生存的"诗意空间"，这是诗人们在《诗人地理》中的一个重要主题。在这些诗歌中，面对着一个个"具体地点"这样无数的小空间，诗人们不但想象丰富，语言独特，而且时时有一种诗意般的境界扑面而来。如刘成东的《金沙江》中，金沙江在"岁月的水面"，掀起了"滚滚金沙"；徐澄泉的《黄鹤楼看云》，在黄鹤楼，诗人已融入这一个空间之中，感受到了"一个季节的温度，如鹤飞升／一座名楼的内心，楚天辽阔"；而在郭静的《鹿攀山》中，则是"东水东流。西月西去／千年萧关锁住清月／月下留着鹿群鲜亮的蹄声"。这样一个个的"诗意空间"，让诗人们都沉浸于自然的天籁之中。这些"诗意空间"既有传统诗歌天人合一，人与自然亲密无间之感，又体现了诗人以丰富的想象对于自然的赞美和讴歌。第二，在"诗意空间"之中，诗人们进而展开了对于现代人自我生命的思索和考量。他们或感悟生命，"一切都是足下的一小粒微尘"（刘义《夜》）；或淡定心态，"人世的争斗／不如一杯淡酒／宽容者／云水襟怀 鸟语花香"（谢荣胜《凉山笔记》）；或者在"诗意空间"中懂得了对于生命的尊重，如徐小华的《九龙灌浴》，"我们就在明知的虚幻中／感受神圣，并接受它的指引"；或领悟到爱情的真谛……由此，他们对"诗意空间"的讴歌与赞美，其最终的目的是指向当代人生命意义的探索，让自我精神在"诗意空间"里获得超越。而对"诗意空间"的构建，就显示了他们对于"个体存在"的深切关注。由此，这些诗歌中的"空间感"，与其说是当代诗人对于空间的书写，不如说是他们对自我精神的书写，对当代人自由灵魂的展现。第三，他们还在具体的历史空间中，展开了对历史和文化的宏大反思。董培伦在他的《帝王大街》中，从漫步在古罗马的帝王大街开始，揭示了"这世界没有永恒的统治／一切辉煌都将被岁月抹去"这一个历史发展的必然规律。何生则在《腾冲的感动》中，对凝聚在国殇墓园碑石上的"威武不屈的震古烁今的精神"无比的感动。所以，他们的诗歌中的"空间感"，在跨越古今的基础上，展示了他们从各种"空间"中发掘现代人精神资源所做出的不懈努力。

进而，在《诗人地理》这组诗歌中所呈现出来的"空间感"，体现出了一些特别的意义。首先，当代诗人诗歌中，诗人的感受更多的是一种"空间感"，而不是"地域文化感"。也就是说，他们的"空间感"，更多的是把一个具体的地理环境当成一种"生命空间"，而不是"文化空间"。他们没有把一个具体的地理环境还原为一种文化，而是把具体地点、地理或者空间作为生命存在的一种形式，以形成一种有生命意义和价值的"空间感"，这体现了这些诗人独特的追求。其次，这组诗歌中，大多数诗人的"空间感"具有强烈的"中国古典式"特征。他们向中国古典诗歌意境投出羡慕的眼光，并不断地逼近"意境"，这让我们的灵魂获得超拔、升腾，在古典式的意境空间中获得生命的皈依。于是他们书写，为处在城市、工商业、科技等"现代牢笼"之下的我们走出现代危机、现代困境，呈现出了一种独特的选择。最后，这些诗人中的"空间感"还更多地体现了对于生命"超脱精神"或者说"超越空间"的关照。由此他们召唤着生命超越肉体，走向"精神"。毫无疑问，这对于席卷当下社会的"物质追求""肉体欲望"来说是一种坚实的反抗和斗争。

当然，这组诗歌所呈现出的"空间感"也值得我们进一步反思。在我们不断走向"古典诗意空间"的过程中，当代诗人该如何让诗歌进驻当下社会空间，呈现出当代人的生命感受，彰显出"当代空间"的独特意义，这或许是更值得关注的一个问题。同时，关照当下人"精神超越空间"，诗人也绝对不能忽视当下人"物质空间""肉体空间"的呈现和展示。人首先是一个"灵与肉"的综合体，而且在当代社会这一"物质走向""肉体迷恋"的大潮中，当代诗人就更应该展示出属于当下存在的感受和体验。这些"非精神空间"，不仅是当代人存在更为真实的空间，而且也是更难以逃离的存在困境。

当代诗歌如何在"当代空间"中探寻和掘进人的精神和灵魂，还需要诗人们更多的努力与思考。不过，这一组《诗人地理》中，在当代诗人对"空间"的特别感受，以及展现我们生命存在中独特的"空间感"等方面的呈现，恰好是我们当下诗学探索和实践的一个重要起点。

当下诗歌中的"都市"

——读《人在都市丛林中穿行（都市篇）》

　　这组《人在都市丛林中穿行（都市篇）》诗歌作品，尽管作品数量不多，且诗歌篇幅大都短，但由于这些作品大多具有比较鲜明的"都市意识"，因此这组诗可以看作是当代诗歌中"都市诗"创作的一次小型集结。同时也正是由于其"都市意识"的凸显，在一定程度上凸显出了当下"都市诗"创作的诗学追求，使得这组作品在当下诗歌创作中具有独特的意义。

　　与"都市"相遇，并参与到现代都市化进程，这是现代诗歌自身发展历程中的一件大事。我们知道，近代中国以来"三千年未有之奇局"的"天崩地裂"，不仅产生于西方文明、西方科技的冲击，更是中国传统农业乡村文化与西方现代工业城市文化冲突的体现。进入到当下社会，当时面对西方现代工业城市文化所产生的那种天崩地裂之感不仅消失，而且都市已成为了我们生命存在的基本领域。此时，都市化、城市化、城镇化发展一路飘红，已成为了国家发展的主导政策方针，并出现了一批大都市和都市群。可以说，都市不仅完全主宰了当下中国整个社会，而且也成为当代人安身立命的重要选择对象。都市，不仅重组了我们的生活，也重构了我们的价值体系和思维方式。由此，诗歌走向都市、拥抱都市、思考都市，不仅是社会变迁使然，也是诗歌向前推进的重要方向之一。然而，尽管新诗在诞生之初，充满工业机械之声、商业躁动之气、城市浮华之风，出现了郭沫若、李金发、施蛰存、袁可嘉、杜运燮、穆旦等都市诗歌创作者，但正是由于我们固有传统文化的浸润和审美趣味的熏染，在现代诗歌中"都市诗"很少整体出现，集体亮相。以至于鲁迅在《〈十二个〉后记》中就发出了"中国没有这样的都会诗人。我们有馆阁诗人，山林诗人，花月诗人……没有都会诗人"的感慨。在20世纪80年代虽然上海也出现过有影响的"城市诗人"群体、《城市诗人》诗刊以及城市诗歌选本，但总的来说，当代诗歌中的"都市诗"发展也是绝对难以和当代社会的"都市化"进程并驾齐驱。于是在这样的背景下，直面都市、理解都市、透析都市，以构筑出具有中国都市特征的"都市诗"写作，就具有特别的意味了。

这组都市诗歌，就为我们带来了较多鲜活的"都市感受"，凸显出了我们当代诗歌发展中的"都市诗"形态，比较集中地展示出当下诗学追求中的"都市维度"。更为重要的是，这些都市诗人在诗歌中，还不断地目击、展示和提醒着我们存在中的"都市问题"。一方面，在面对都市时，这些"都市诗"大部分都将之等同于现代工业，由此展开了对都市精神，特别是对现代工业文明的强烈批判。如陆子的《废墟上的钢筋》："咚 咚 咚 / 大锤冒火星 / 废墟上忙着 / 砸钢筋的民工 / 乱麻一样的废钢筋 / 像不屈的阴魂 / 紧紧地抱着一堆瓦砾 / 看上去好像快要耗尽气力 / 又似乎在深深地呼吸 / 彷佛还想东山再起。"诗歌中，诗人在面对都市时，就直接将都市这样一个宏大而宽阔的世界，定位在"废钢筋"这一都市意象之上，并由此延展出他的"都市意识"。也就是说此时诗人直面的都市，便只是一个废钢铁一样的都市。同时诗人们认为，"都市"是与他们心中的理想世界相背离、相对立的另一世界。欧阳昱《那首诗》中以"那时"与"此时"来展开强烈的今昔对比，他写到"那年我26岁，在武汉，读书／已经进入了爱情／而此时，墨尔本穿绿衣的工人／正用电刀割地"，这让我们看到，"那时世界"是诗人理想的古典的爱情时期，而"此时世界"则是现代的都市机械时期。年微漾的《看不见的城市·火车上的黄昏》中也表露："背阴的山坡长满绝句，但火车打破了低矮的平仄／舷窗内外的我们，熟悉而又陌生。"都市的象征物"火车"，则更明显地与诗人心中的"山坡"以及"山坡上的绝句"对立。进而，这些诗人在他们的都市诗中对"废钢铁都市"这样一个现实的生存环境，展开了决绝的质疑和否定。"六月的城市，因雨有些狼藉。连思绪也一地阴湿／像我们啃苹果一样啃蚀生活的"（邓万康《咏叹调》）……可见，这些诗歌中所呈现出来的"都市形象"，是一个异化扭曲的废钢铁世界。另一方面，这些都市诗歌还集中展示了在都市之下，人的生存困境和精神困境。王步成的诗歌《2.2平方米》以精确细致的表达，将都市之下的个体存在的困境纤毫毕现地展现出来："2乘以1.1约等于2.2是一间温暖的房子／1.5厘米厚白色白板环绕一周。敲一敲声音清脆响亮／1.8乘以0.7约等于1.26是一扇门／……80厘米乘以1.76是一张床／我的肉身和灵魂安歇的地方都在这里／2.2平方米"。在诗人冷静的精确计算之中，我们不仅看到了都市之下个体生存艰辛，又看到了"都市"所蕴含着的冰冷、无情特质，进一步展现出都市诗中凌厉的否定和批判精神。所以王楠在《病床听雨》中感叹到，"脚下 天之深渊 / 一切都在坠落 / 灵魂病了 / 世界无药可救"，"都市"在这些诗人的笔下，就是一个代表机械文明的恶的世界，一个没有生存空间的世界，一个没有灵魂的不可救赎的世界。由此，在这些诗歌中，形成了"都市性本恶"这样一种带有强烈批判意识的都市诗歌主题。

与此同时，这些都市诗歌在展示和释放"都市性本恶"的主题下，又不断地超越都市，而走向自然，回归到原始，试图为都市困境之下的都市人找寻拯救之途。于是，诗人们的诗歌就轻易地从"都市性本恶"向"都市丛林"飞越，将都市诗的"都市批判"主题置换为"丛林自然"主题。李尚朝在《都市丛林》中，就将都市与丛林结合，构造出一种独特的"都市丛林"追求，"所谓丛林，就是老虎，狮子，虫虫，蚂蚁 / 夕阳燃尽，老虎穿上花衣，来回走动 / 我在拔地而起的高楼之间，短暂地思考片刻 / 怕上帝发笑，就低头急走 / 虫虫，蚂蚁，虫虫，蚂蚁，我正走在它们中间"。可见，在这些都市诗歌中，他们的"都市"又非"都市"。既然"都市性本恶"，那么诗歌中的都市完全可以越过都市，或者说都市本身就是丛林，就可直达自然之境。于是，这些都市诗表面上是写都市，其实也就是写丛林、写自然，以自然的原始本真，来拯救都市对人的扭曲。所以在李哲夫的《隐喻》中，典型的都市意象"麦克风""KTV 包房"，就具有了丰富的诗境和诗意。栖代的《丹青手》，也在都市之外的自然中找到了生命依托，"如果，来一坛好酒，就可以 / 满纸一泻千里的月白风清，流泉的巨石 / 印在左下角"。总之，这些都市诗，试图以走向乡村、回归自然之路，来拯救"都市性本恶"问题。

在我们已深陷到"都市"境域，但我们又没有"都会诗人"这样一个背景之下，这组诗歌将中国诗歌发展过程中的"都市维度"鲜明地呈现出来。这些都市诗所显露的"都市批判"和"自然拯救"主题，对我们反思当前高歌猛进的都市化进程当然有着重要的启示意义。

不过，也值得我们重新思考的是，都市是否就"性本恶"？即使都市展现出性本恶特征，自然主义是否就是其中的拯救之路呢？如果我们仅仅将都市诗的主题限定于"都市性本恶"基础上，我们不仅会忽视掉都市本身的多元、多层意蕴，也会抽空掉乃至删除掉"都市"为诗歌所带来的新主题和新内容。施蛰存在《又关于本刊的诗》中说："所谓的现代生活，这里面包括着各式各样的独特形态，汇聚着大船舶的港湾，轰响着噪音的工厂。深入地下的矿坑，奏着 Jazz 乐的舞场，摩天楼的百货店，飞机的空中站，广大的竞马场……甚至连自然景物也和前代的不同了。这种生活所给予我们的诗人的感情，难道会与上代诗人们从他们那的生活中所得到的感情相同吗？"都市确实为诗歌贡献出特异的新质，那么对这种新质的呈现便是"都市诗"进一步推进的重要根基，也是当代都市诗人需要着力之处。当然，也只有投入、涌进到客观、原初、世俗的都市之中，去触摸都市、拥抱都市，与都市纠缠、与都市对话，才能使都市诗歌具有进驻人的情感和心灵的力量，才能释放出人类情感和心灵的丰富性和复杂性。进而，才能在当下轰轰作响的都市化进程中，创造出我们丰富多变的都市诗文本，构建出我们特有的都市诗歌语言体系，形成新的诗歌范式和审美思维，最终为中国当代诗学贡献出期待已久的、属于我们自己的"都市诗学"。

"新咏史诗"：诗歌与历史的新融合

——读《卸妆桃红的朝代（历史篇）》

历史于人是如此之重要。历史有着穿透时空的锋芒之光，直逼人存在的幽暗之底。作为此时的人，既被未来所牵引，又被紧紧固定在历史的巨柱之上，甚至是被历史所决定。在人与历史无限的纠缠之际，诗歌也被时时卷入到历史的庙宇之中，构筑出一幅特有的"咏史诗"图景。同时，在滚滚的历史波涛中，历史本身如江水一样在变换，诗歌也就必须不断地变换着打量历史的眼光和视野。因此，在现代语境之中，古典诗歌的"咏史诗"走向了现代新诗的"历史篇"，形成了一种特别的"新咏史诗"。这组《卸妆桃红的朝代（历史篇）》，便是当下"新咏史诗"的一次小型集中展示。

中国古典咏史诗，有着悠久的历史传统，涌现了一批令人拍案的咏史诗作品。早在《诗经》中便存在着大量的咏史诗，汉代班固就有以缇萦救父历史事件为内容的《咏史》之作。南朝萧统甚至在所编的诗文总集《文选》中，专为"咏史"辟一空间。古典诗歌史上，左思、杜牧等均为咏史诗人之拔萃者。关于古典诗歌中"咏史诗"之精神向度，清人袁枚之说可谓定论，"咏史有三体：一借古人往事抒自己之怀抱，左太冲之《咏史》是也；一为隐括其事而以咏叹出之，张景阳之咏二疏，卢子谅之咏蔺生是也；一取对仗之巧，义山之'牵牛'对'驻马'，韦庄之'无忌'对'莫愁'是也"①。质言之，古典咏史诗所形成的传统，指向于历史如何被想象，以及历史如何被叙述这类问题。在古典咏史诗中，历史如何被想象置换为"借史抒怀"这一沟壑流出：或吊古伤今，以凸显出个人的内心情怀和主体意识；或以史为鉴，以释放出锋芒毕露的批判精神。而历史如何被叙述的诗学呈现，则成为"就史论史"的历史关怀，特别是直指历史本事，以通达真实的历史，或者说呈现为对大历史的叙述。

而现代新诗中"历史篇"，也就是"新咏史诗"，是建立在现代社会所特有的"新史学观"这一重要的背景之上的。所谓"新史学观"，诚如梁任公所言："史也者，记述人间过去之事实者也。虽然，自世界学术日进，故近世史家之本分，与前者史家有异。前者史家不过记载事实，近世史家必说明其事实之关系与其原因结果。前者史家不过记述人间一二有权力者兴亡隆替之事，虽名为史，实不过一人一家之谱牒。近世史家必探察人间全体之运动进步，即国民全部之经历，及其相互之关系。"②从记历史本事到究历史之原动力，从述一人一家之官史而析人间全体之经历，成为新历史观的重要动向。由此，在新的历史观之下，现代新诗中的"咏史诗"便有了一个较新的诗学空间。正如刘贵高在《飞舞在古诗中的燕子》

①袁枚：《随园诗话》，北京：人民文学出版社，1998 年，第 467 页。
②梁启超：《中国史叙论》，《饮冰室合集：文集之六》，北京：中华书局，1989 年，第 1 页。

中所表达的，"飞舞在古诗中的燕子 / 缠绵雨意 / 那质地坚硬的黑羽 / 磨出了火的锋刃"，"历史"成为进入现代社会的重要入口。这组"新咏史诗"，不仅体现了当下"咏史诗"写作的一些可能性向度，也呈现出当下诗歌与历史之间的融合和冲突。

一、人如何激活历史的诗艺书写

在诗歌与历史的融合之中，如果说古典"咏史诗"的思想向度是"历史"与"现实"的对话与融合，那么现代"新咏史诗"则呈现为"历史"与"未来"的对话。遭遇现代性时间神话的剧烈碰撞，是现代性的一个重要特征。现代性，首先是一个时间概念，一个具有鲜明未来指向的时间概念。由此延伸出现代性所特有的直线性的未来时间向度，并隐含着求变、求新冲动，和以"新"为方向的进化论价值取向。当然，也正是由于这种时间性神话，历史与未来的扭结，不仅成为现代性困境的一种表现，也成为"新咏史诗"的行进方向。

面对现代性的未来时间指向，"新咏史诗"对历史本质的诗艺反思，正是在历史与未来的滑动中展开。左文义的诗歌《黑花瓷》便是将对未来的信仰，转化为对历史的皈依："我从不怀疑他的质地 / 只是越来越多地想到 / 洁白的陶土和红色的火 / 以及 黑花瓷炒成的午夜里 / 那颗飞逝的流星"。另外诗歌中的历史也是为了从历史中谛听未来之声："你不能讲话，声音回荡 / 野草撑上窗子，不知从顶上哪儿的缝隙 / 楼下静静的光线，让人发怵 / 仿佛在那飞舞的灰尘里，有许多情景 / 将要重现 / 血液也会干涸。"（汪抒《旧

时代》）可见，在现代性的未来向度之中，"新咏史诗"展开了对
历史的本质之思。进一步而言，"新咏史诗"对历史本质的诗性反
思，并不是要提供一个真实而完整的历史图景。于是在当下新诗歌
的"咏史诗"中，以个人独特的意象，以及细致的历史细节，重新
进入历史，成为他们创作中的一种重要倾向。如谭宁君在《读史：
当金针菇的腰软下来》中，对楚怀王、屈原、虞姬、楚霸王的另类
历史展现，"楚王搂着柔软的细腰，漫步宫苑／冷看清癯消瘦的屈原，
腰绑石头／《哀郢》长啸，纵身跃入汨罗波涛／顺流而下，垓下，琵
琶独奏十面埋伏／虞姬腰如水中荇草，依偎楚霸王臂弯／脖子与嘴角，
桃花灿如云霞"；魏广瑞在《红线侠女》中对红线女的想象，"紫
绣短袍 青丝青履／髻上的露水像山下的灯笼／剑梢的寒气／令五千
铁甲望而却步／一场涂炭／于更声之上烟消云弥"；以及葛筱强将
宋代历史定位在李清照的形象之上，"在宋朝，晨起的雾不是我所
能歌唱的／它曳地的长裙必是李易安／掌上的款款新荷／抑或是她
玉簪上的一声鹧鸪／惊醒的梦魂，无据／彷佛她在夜晚的耳语／抖
动我飘忽的长发，顾盼中／如秋千荡起的一蓑烟雨"（《在宋朝》）……
这些诗歌中呈现出了如此之多的历史"细部"。"新咏史诗"正是
在"人间之全体运动"的基础上，去打开历史那晦暗不明的内核，
去追问历史那错综复杂的横截面，最终激活历史的本质。而这些历
史内核，也正是诗人们对未来的构想。

二、历史如何承担人的诗性呈现

当下"新咏史诗"对"立体历史"的诗艺展示，凸显为具有鲜

明现代特征的"历史意识"。也就是"新咏史诗"在对历史事件的诗艺书写过程中，对历史的反思进入到对现实的反思。即在诗歌中打捞出另外一种历史的"小传统"，从而将现代生命意识融入其中。由此，"新咏物诗"的这些"人之思"，重要的指向就是个体的历史，一种"小历史书写"。陈修元的《题根雕：李白举杯邀月》里，"千年树根，化作李白举杯邀月／多年了，我亦暗疾在胸间"，历史与我纠缠、与我成为一体，历史纯然就是个人史。孙可歆的《窗口》，也从历史中牵出个人之思，"马从一匹窗帘里跃出，跃过千年／又在另一匹窗帘里凝固　古街上／窗帘的一角从潮湿的文字里牵出千种相思／在阳光里飘摇如旗　等待／另一根竹竿落下"。这些诗歌中所展开的历史，正是诗人对人的追问，对人之本质、人之存在、人之归宿等的究览，以书写出个体的心灵史。

同样，"新咏史诗"这种个人小历史的书写，更蕴涵着强烈的社会之思。布衣《在梓州》中的历史，就释放出一种浓厚而持久的社会关怀："在梓州／要放下熟视无睹这样的词语／扭头山上／每一棵草都是忧国忧民的草／他们　来自杜甫的诗句／念着茅屋和唐朝的飘摇。"而余峰《访鲁迅故居》中的历史，则绵绵不断地敲打着当下的生命和存在："你的故乡只有川流不息的人流／你的文章在课文里越来越少／你的小说里所写的人物却复活了／长势高过荒原的野草。"在"新咏史诗"中，历史承担着个体小历史，也承担着未来历史和现实世界。对历史的这一使命的诗性表达，便成为当下咏史诗推进的一个重要向度。

总之，从古典诗歌的"咏史诗"，到现代新诗的"历史篇"（"新咏史诗"），我们看到了诗歌与历史之前的融合，以及在当代创作中的新的向度。然而正如姜涛在《诗歌想象力与历史想象力——西川〈万寿〉读后》所说："当代少数有抱负的诗人，正在挑战诗歌的文体限度，不只是扫描历史风景，而是尝试真正进入其内部，用诗歌的方式去严肃应对重大的思想、历史、政治问题，锻造'此时此地'的历史想象力。"现代新诗的"新咏史诗"，在人激活历史、历史承担人的诗性书写中，不仅需要有严肃的诗艺追问，更要有锻造此时此地的历史想象力。这种"诗歌与历史"之间的融合，就不是几首短诗、几个诗人能完成的使命，而是当代诗人们共同努力的方向。

校园诗歌带来了什么？

——读《书香满芳径（校园篇）》

　　回顾新诗近百年的发展历史，她每一次前行和推进，都与校园有着比较密切的关联。从白话诗、小诗的诞生，到现代派、中国新诗派的崛起，再到 20 世纪 80 年代轰轰烈烈的诗歌运动，在现代诗歌茁壮成长的历程中，都伴随着校园诗人们清晰的影子，诞生了胡适、郭沫若、冰心、俞平伯、朱自清、闻一多、冯至、卞之琳、李广田、何其芳、穆旦、陈敬容、郑敏等，以及当代的王家新、西川、海子、翟永明、柏桦、张枣、于坚、韩东等著名的校园诗人。一方面，校园诗歌以其先锋精神和探索热情，为诗歌的发展不断地注入了新的活力。另一方面，校园又是诗歌传播的最佳丰腴之地，诗歌作品不仅能在校园里得到积极的回应，还能在校园中寻找到真正的知音。可以说，在中国新诗的发展过程中，校园诗歌已经成为了新诗发展的极为重要的力量。

　　而校园诗歌发展到了当下，情况变得更为复杂，也更值得我们关注和思考。因为在当下语境中，校园诗歌已经发生极大的变化，已受到了多种文化的冲击和侵蚀，具有了与此之前完全不同的面目和样态。特别是商业文化的冲击影响甚大，在商业炒作之下，媚俗、肤浅、通俗、娱乐、快感文化等碾碎了校园诗歌蕴藏的精神空间，趋同性、从众性、功利化、标准化湮灭校园诗歌的精神独创。与此同时，更有传媒文化、网络文化、影视文化等多种因素的介入……在整个大环境背景下，甚至可以这样说，校园已经不再钟爱诗歌，诗歌也难以在校园中觅寻到知音，校园诗歌难以再有充沛的气场。尽管这样，校园诗歌依然是诗歌发展的一个坚实堡垒。因为校园中依然有着一批执着的诗歌坚守者，依然有一批具有丰富才能的诗学探寻者，这批《书香满芳径》中的诗歌作品就是这样一种诗学见证。值得注意的是，这批校园诗歌还显示了当下校园诗人不断挺进的种种努力和实践。

那么以《书香满芳径》为例，当下校园诗歌给我们带来了什么呢？我觉得在这些校园诗歌中，这样一些诗歌质素是比较突出的。第一，大部分诗歌都以彰显自我的心灵世界为指向，高举"精神"旗帜。如朱绍章的《抚仙湖月夜》中，"你一个人在山顶上盘坐／像一块墨沉醉于大海的研磨"，此时诗人就完全沉迷到个人所营造的心灵世界之中。"昙花开放的时候 惊醒了／午夜的一只蚊子 一匹猫 和一顶帽子／有赶路的农人／月光下 蓑衣染了尘和露"（刘烨《轻盈》），诗句也精巧地编织出个人独特的灵魂世界。作为诗歌的重要阵地，校园诗歌首要特点就是面对校园之外强大的物质的世界，极力地宣扬和营造出人的精神世界，以精神之火，抵御物质欲望的入侵。第二，校园诗歌中展示出对于无垠青春的歌唱，且充满了激情。校园本来就是一个青春绽放之地，校园就是属于青春的、属于诗歌的。抒写青春，高扬生命的激情，这是校园诗歌的另一个重要特点。如"瀑布奔泻 / 我要选择怎样的倾诉啊 / 才能在她心里 / 留下湿漉漉的伤口"（任波《高原记忆》），"明知道山高路险 荆棘丛生 / 我还得收起自己的劳顿 继续行走"（刘新吾《差别》），以及王攀的《梵高死前的一夜——给我的瘦哥哥》，都充溢着青春的力量，张扬着生命的激情。第三，在张扬的青春背后，校园诗歌，更有着单纯而又充满创造力的生命世界。对于这样一些单纯、质朴、简单、宁静生命世界的挖掘，是这些校园诗歌的又一重要主题。如迟风忱的《这真是幸福》，"我只在这条返乡的路上反反复复 其他路 / 我很少走第二次 好几十年了"，以及王小忠的《愿望》，"这苍凉的尘世 / 我只需要一截蓑草的刚健 / 只需一片雪的润泽 / 只需一份恬淡 / 只需要一切浮华背后的安宁"，集中展示了校园诗人们明净的内心，纯洁的情感。第四，校园诗歌中还饱含着一种善良、真诚的人间情怀，这一主题展示出他们更广阔的社会关怀。如周兴在《悼祖父》中的悼念，"十四年，无法用时间之尺衡量的悲伤 / 在这个秋天，彷佛 / 风暴击碎海上的渔船，又彷佛 / 荒凉的野地里 / 一只受伤的乌鸦在哀嚎"；包文平在《妻子是怎样回家的》中展开的对于世界的关怀，"知道了这些之后，那么孩子，现在我还是 / 希望您能够把掉下去的那个面包渣，能够——/ 重新捡起"。这让我们看到，校园诗歌也有着走出封闭世界的努力，具有透视社会的向度和能力。

正是校园诗歌中的这些心灵、青春、生命和现实主题，对当下诗歌及文化的发展极有启示意义的。我们知道，在当代诗歌的演进过程之中，修辞的联系和诗艺的冒险成为了当下诗歌挺进的主旋律。戏拟、对话、独白、叙事、戏剧、反讽等修辞在当代诗歌中不断涌现，词语的断裂、对接、错位、变形等诗歌技巧在诗歌中屡屡成为当代诗学话语的主要形式。但诗歌写作的几个基点，如心灵、青春、生命、人间等，却一再被忽视、拖延和遗忘。而在诗歌创作中，我们必须表达出人的心灵、展示出人的生命、思考出人的命运，才能创作出更好的诗歌。由此，远离繁复的技艺和貌似深邃的思想，从人的心灵、青春、生命等基本感受开始，从一个个体的、真实的、现实的人重新出发，这才是诗歌首先思考的问题。《书香满芳径》中的诗歌，正是这样的一组作品。在这些诗歌里面，没有复杂的诗歌技艺，也没有多变的诗歌技巧，表述朴实、简洁、有力。以"校园"这样一个独特的视野，以校园所具有的自然、原初、本真、激情等生命特质，在诗歌中将我们对生命最本真、最真诚、也最令人心动的情感体验释放出来。也正是由于校园诗歌所具有的精神性、青春性、单纯性，不仅让当代诗歌保持着自身那种不可多得的诗意品质，也为我们涌动的时代潮流保留了一份干净的世界，还让我们拥有了一次重新回到自己、认识自己的诗意机会。

当然，如何进一步有效触摸诗的本质真谛，仅仅有校园诗歌是完全不够的。当代诗歌要进一步深入掘进人的精神和灵魂，需要当下校园诗人们的持续而执着的努力，同时这也是所有当代诗人继续探寻的神圣使命。

"古诗今译"与中国现代文学

——以郭沫若《卷耳集》为研究中心

一

在当下文化中,有一极为特别而又重要的文化"今译"现象,并形成了用现代汉语将中国古代典籍翻译为现代人所熟悉易懂的白话文的"今译体"这一特殊文体。特别是在当下,由于我们在教育中以简体字代替繁体,以现代白话文代替古代文言文,使得古典文学中的"文字障碍"这一问题更加凸显。因此,古籍的"今译"由于破除了古代文言文的文字障碍,故而对普及古典文化知识,认识古代社会,以及丰富和提高我们的文化素养都起着重要的作用。所以,不是古籍本身,而是"今译"出来的古籍,成为了大众广泛阅读和接受的对象。由此,"今译"成为中国当下文化发展过程中的一种重要的文化现象。

随着社会的发展和需要,"今译"愈演愈烈,不但成为传统文化自身转变中的一个重要的事实,而且是现代文化发展的一个重要现象,其影响不容忽视。特别是在"国学热"的背景中,我们对于古代典籍整理的热情，以及弘扬中国传统文化的心态，让古籍的"今译"有着前所未有的庞大数量的读者群。"古籍今译"，更显示出了她的必要性和重要性。这使得"今译"这一现象在当下文化语境中尤为突出，对此的探讨也就极有必要。

当然，对于这样一个数量巨大而且涉及面极广的"今译"领域，笔者不能一一触及予以全面论述。本文仅从一个点切入，即从"古诗今译"，特别是郭沫若的"古诗今译"入手，对这一现象背后所隐含着的诗学问题以及文化问题作一个初步的反思，从而对当下众多的"古籍今译"提供一个思考视角。

二

"古诗今译"，即是用现代汉语将中国古典诗歌翻译为现代白话诗歌。这里的古诗，泛指中国古代的诗歌样式，包括诗经、楚辞、汉赋、唐诗、宋词、元曲等古代诗歌形式。"古诗今译"，就是指用现代白话文将这些古代诗歌翻译为现代白话诗歌。

同众多的"古籍今译"热潮相比，"古诗今译"在译著的数量上更大，涉及的作家作品也更多，翻译出来的"今译"版本也不少，成果也比较丰富。因此可以说，在中国现代文学以及当代文学史上，数量巨大的"古诗今译"文学形式已经存在，这值得我们进一步去关注。从1923年郭沫若将《诗经》这一类古诗集翻译为白话诗集《卷耳集》的尝试开始，"古诗今译"到现在已逾90多年。其间，涉及诗经、楚辞、汉魏乐府诗、汉赋、唐诗、宋词等古诗的"今译"版本已相当多，数量庞大。比如《诗经》的"今译体"，就有40

多种，从郭沫若开始，之后有李长之、张光年、余冠英、姜亮夫、陆侃如、金开诚、陈子展、文怀沙、陶文鹏、弘征、杨光治等译者及其"诗经今译"。同样，楚辞等其他古诗也都有大量的"今译"，这里就不一一列举。

当然，与所有的"古籍今译"的目的一样，"古诗今译"的基本目的就是扫除"古诗"的"文字障碍"，还原古诗的原始生命力，最终激活古代诗歌在现代社会中的活力。而与其他"古籍今译"不一样的是，"古诗今译"还有一个重要的目的就是"建构现代新诗"，试图在"今译"过程中让古代诗歌为现代诗歌的发展提供更为丰厚的资源，成为现代新诗建设的动力。由此，"古诗今译"有着这样的双重使命，即在"古诗今译"的过程中，呈现古代诗歌与现代诗歌的双赢局面，"这将有利于引导唐诗初读者去窥探唐诗的宝藏，有助于唐诗爱好者去进一步欣赏唐诗的精粹，而古典诗歌研究者也会从其中受到新鲜的启发，新诗创作者也会从其中得到传统的借鉴"[1]。一方面，通过"古诗今译"保存和弘扬古典诗歌的精粹；另一方面，让"今译体"为中国现代新诗的发展提供一种新的资源。众所周知，中国现代新诗的发展，一直在古代诗歌、西方诗歌、现代生活这样三个方面寻找着自我更新的力量。但是，相对于西方诗歌、现代生活所给予的资源来说，古典诗歌在某种程度上是一种沉重的负担和压力，甚至成为一个"负面"的传统。但是，传统诗歌又是现代诗歌发展绕不开的一个重要背景，那么转化古典诗歌，让古典诗歌成为现代诗歌成长的坚实地基和源泉，就成为

---

[1]《唐诗今译集·编辑说明》，北京：人民文学出版社，1988年，第1-2页。

"古诗今译"所蕴含着的另外一种宏大目的。在这样的思考之下，"古诗今译"这一领域中的研究和探讨，大多数研究者均是言在此而意在彼，"更为重要的还是，通过古诗今译，更多地保存古代诗词的精神与意境，使古今诗学理念实现自然有效地对接，同时反观中国现代以来的新诗，思考新诗如何通过继承和发展传统，推动自身的诗体建设问题"①。也就是说，在"古诗今译"的研究领域中，他们的"言在此"即是"古诗的今译"，而实际上"意在彼"即指向"今诗建设"。

由于指向现代新诗自身的发展，"古诗今译"首先就是要在"今译"出来的现代白话诗中还原古诗的魅力。由此在现代文学的"古诗今译"中，形成了这样一个特有的"今译"倾向，即如何用现代汉语传达出古诗的原汁原味，以达到在现代汉语、现代新诗中还原"古诗"的目的。在"今译"领域中，与先秦诸子、散文、文言小说等古籍的"今译"相比，"古诗今译"的"还原"要复杂一些。第一，"古诗今译"首先涉及文字层面的还原问题。大多数研究者对"古诗今译"的关注，就是思考古诗文字层面上的意义的"文义还原"问题。即"古诗今译"如何突破"文字障碍"，以及如何还原出古诗语句特征这样一大问题。特别是如何在白话诗歌中还原出古诗的格律，以及如何在白话语句中也呈现古诗的语法，是古诗今译研究的第一个重要话题。龚杏根在《译诗八憾——兼与某些古诗今译商榷》中指出了古诗今译的漏译、误译等错误，正是看到了

---

① 陈玉兰、骆寒超：《论古诗今译中汉语诗体传统的继承与发展》，《中国社会科学》，2006 年第二期。

"古诗"在文义、句式、风格、情感等方面特征的复杂。汪耀楠在《古诗的今译》中，从诗歌语言这样一种特殊性出发，展现了"古诗今译"的特殊性，呈现了"古诗今译"的难度。在陈玉兰、骆寒超的《论古诗今译中汉语诗体传统的继承与发展》一文中，他们也从"古诗"诗歌语言的特殊性出发进行探讨，对于古诗的译法及问题作了多角度研究。第二，"古诗今译"更涉及古诗"诗性还原"的问题，特别是古诗自身内在"神韵"还原的问题。罗洛就曾提出，"在古诗今译中，我想有一点是为多数译者所认同的，那就是不能逐字逐句照字面直译。古诗所依附的古代汉语有其独特的官感，不可能用现代汉语简单地传递出来。因而，译者必须依据原作重新创造，求神似而不求形似"[1]。也就是说，还原出古诗的本义还只是"文义还原"的"形似"而已，古诗今译还须要在精神层面达到"诗性还原"的"神似"。所以，针对"古诗"这一特殊的诗歌文本，探讨如何用现代汉语传达出古代人的情感？如何在现代汉语白话诗歌中还原出古诗所特有的诗歌特性？这是古诗今译者翻译的难点，也是研究者研究中的另一个重点。最终大多数译者和研究者都以严复的"信、达、雅"为"古诗今译"的核心准则，提出了"古诗今译"的非常具体的原则、步骤和方法。

但是在"古诗今译"的过程中，新的问题却出现了。今译能否还原古诗？大多数研究者的态度是否定的。这在于"古诗今译"，不仅要求今译者通文学，熟悉古代相关文化，还要求其需具有诗人气质，懂现代汉语和现代新诗。而在"今译"出来的诗歌文本中，

[1]罗洛：《关于古诗今译》，《读书》，1988年第四期。

以上所说的"两种还原"似乎还没有实现。实际上从对古诗的"文义还原"来说，"今译"存在的问题是，不但没有从根本上扫除"文字障碍"，而且还陷入了新的困境之中。就从文义层面来说，"今译体"白话诗是存在着较多问题的："纵观当今的各种古诗词'今译'，我感觉到'今译'实际上是从三个方面损害原诗的：一是改变内容，二是增加内容，三是减少内容。"①从高玉的论证来看，今译出来的白话诗，就没有还原出古诗的内容，而且还损害了古诗。其次，"今译体"，不但没有从文字层面的"形似"还原出古诗的内容，而且更难以从精神层面的"神似"上还原出古诗内在的"神韵"。"今译尤难，这不是难在传达原意，而是难在重现神韵，特别是古典诗词，简直无法今译。不信，请翻译杜甫的《秋兴八首》《北征》等名篇试试，或许译者传达句意不难，但要表现其沉郁顿挫、慷慨悲怆的意境和风格，谁能做的到？可以说，像这类诗干脆就不宜今译。"②在古诗的"今译"过程中，属于基础性的文字层面上的"形似"工作都难以实现，何谈精神层面上"神似"呢？所以，"古诗今译"所呈现的"今译体"，不但"形"不似，文字上不能将古诗的原意呈现出来，甚至成为对于古诗词本身的意义曲解。而且"神"也不似，即使较好的翻译，也没有原诗的"神韵"。与"古诗"原作的意境和韵味相比，"今译"确实逊色得多。因此，对于"古诗今译"中出现的"今译体"，大多数研究者认为是"失败之作"。

更为严重的问题是，"今译体"即使是能在一定程度上达到"还

①高玉：《古诗词"今译"作为"翻译"的质疑》，《社会科学研究》，2009年第一期。
②常乐：《古籍今译难评量》，《晋阳学刊》，2000年第二期。

原古诗"的地步，但它也只是作为一个中介，只是一个跳板而已。这种文体，仅仅是一种"还原"，而并未具有创造价值，也没有独立的文体价值。有研究者就将"古诗今译"这种行为看作"嚼饭与人"，"古诗今译，在某种意义上说，也是'嚼饭与人'。人处在婴幼阶段，咀嚼与消化功能较弱，嚼饭喂养，或许是必需的，但有谁是靠嚼饭长大成人的呢？这个道理，不言自明，对待古诗今译，亦应作如是观"①。对于"古诗今译"，以及所有的"今译"文体来说，作为一种"中介文本"，一种"跳板文本"来说也是有意义的。"古诗今译"也就只能作为一种中间跳板而已，当读者自身阅读能力达到一定程度之后，这一中间跳板就毫无存在的价值和意义了。这样"今译体"并没有自身独立的价值，难以成为一种独立的文体。由此，在研究中对于"今译体"的讨伐之声不绝于耳，"至以白话而改文言诗，我是极其怀疑的。我觉得文言有文言的味，白话有白话的味，这两种味，截然不同。在适当范围内，以白话改白话诗，以文言改文言诗是可以的"②。尽管在当代，各种"古诗今译"大量地出现，但在大多数研究者看来，他们已经没有存在的理由和必要了。

因此，在众多的"今译"中，"古诗今译"是比较特殊的一种现象。从"难译"到"如何译"，最后是"不能译"甚至是反对古诗今译。而其他的"古籍今译"却并没有走向这样被"反对"的境地，这其中最根本的问题当然是在于"今译诗歌"自身的诗学

①龚杏根：《译诗八憾——兼与某些古诗今译商榷》，《宜春师专学报》，1997年第四期。
②王无为：《改诗的问题（致吴芳吉）》，《新的小说》，1921年第四期。

问题。所以"古诗今译"尽管在当下是一种普遍的现象，但是对于这一现象的研究却难以有更进一步的推进。

三

作为一种"古诗今译"，正如我们前面所看到的，郭沫若的《诗经今译》本身，也是失败的。朱光潜就曾怀疑说："记得郭沫若先生曾选《诗经》若干首译为白话文，成《卷耳集》，手头现无此书可考，想来一定是一场大失败。"他站在语言的音和义的角度上，认为，"现代文的音节不能代替古代文所需的音节，现代文的字义的联想不能代替古代文的字义的联想"①。他从还原"古诗"的角度上否定了郭沫若的"古诗今译"，这种观点是很有见地的。既然有着众多的"古诗今译"反对之声，"古诗今译"是一种失败的文体，已没有存在的理由和必要，那为什么还要研究郭沫若的"古诗今译"呢？

首先，郭沫若对于"古诗今译"有开创之功，这对于我们重新思考"古诗今译"有重要的意义和启示。1923 年郭沫若选译了《诗经·国风》，编辑为《卷耳集》，做了"古诗今译"的首位实践者，《卷耳集》成为"古诗今译"的滥觞。而且，郭沫若的"古诗今译"还形成了一定的规模。他除了选《诗经》之外，1957 年还"今译"了楚辞，出版了《〈屈原赋〉今译》。由此，郭沫若对于"今译诗体"

①朱光潜：《替诗的音律辩护——读胡适的〈白话文学史〉后的意见》，《诗论》，北京：三联书店，1984 年，第 242—243 页。

不但具有开创之功，并且它包括《诗经》与《楚辞》在内的"今译"数量相对较大，在"今译诗体"中也有典型的特征。所以，郭沫若的"古诗今译"成为我们考察"古诗今译"的一个重要关节点。

其次，郭沫若的"古诗今译"，特别是《卷耳集》，在当时就引发了一次小小的论争。当时部分诗人与学者参与了讨论，并提出了一些重要的诗学问题。虽然早在20世纪20年代徐志摩就曾有"古词今译"，他今译了李清照的词12首。[①]比较而言，郭沫若的古诗今译引起了论争，产生了一定范围内的影响，这就更值得我们注意。据伍明春统计[②]，围绕郭沫若的"古诗今译"，这次争论所涉及的文章包括：梁绳炜《评郭沫若著〈卷耳集〉》（《晨报副刊》，1923年2月6-7日）、小民《十页〈卷耳集〉的赞词》（《时事新报·文学》第93期，1923年10月22日）、施蛰存《蕨华室诗见——〈周南·卷耳〉》（《时事新报·文学》第100期，1923年12月10日）、蒋钟泽《我也来谈〈卷耳集〉》（《时事新报·文学》第102期，1923年12月24日）、梁绳炜《评〈卷耳集〉的尾声》（《晨报副刊》，1924年7月27-28日）。尽管这次论争的主题是古诗是否可以今译，古诗如何今译等问题，但众多人参与讨论，也由此凸显了郭沫若"今译"的特殊性和重要性。

最后，也最重要的是，郭沫若的"古诗今译"与一般古诗今译的"还原"追求不一样，其有着独特的文化追求和文化思考。因为在"古诗今译"的过程中，郭沫若首先旗帜鲜明地反对古诗今译，"我

①陈从周：《徐志摩白话词手稿》，《新文学史料》，1985年第四期。
②伍明春：《古诗今译：另一种"新诗"》，《重庆邮电学院学报》，2006年第六期。

希望这些译文和注释能够帮助读者对于原作的了解。离开原文单读这些译文，我觉得也还顺口。我是用了工夫的。无论怎样，总不及原文的简洁、铿锵"[①]。在他看来，"古诗今译"可以不必译、不需译。由此，在郭沫若"古诗今译"的背后，隐藏着的就不仅仅是"形似""神似"等还原倾向，而是弘扬古代文化的新思考，以及建设现代新诗的新追求。郭沫若的"古诗今译"，展现了他对于现代文化建设的思考。所以，通过对郭沫若的"古诗今译"的研究，我们可以重新审视郭沫若早期文学创作以及文化思考，重新思考郭沫若的文化价值与地位。这对于中国现代文学的建设和建构，有着重要的意义。

我们看到，郭沫若的"古诗今译"具有相当特殊的地位。他的"古诗今译"既是"古诗今译"的滥觞，也引起了学术论争。同时他的"古诗今译"并不在于"还原故事"，而是还有着一种更为宏大的文化关怀，有着重大的文学意义和文化意义。对郭沫若"古诗今译"的进一步深入研究，就非常有必要。

四

郭沫若的"古诗今译"，在他的创作历程中，有两部重要作品，即《卷耳集》和《〈屈原赋〉今译》。这两部"今译"文本，时间跨度大，前者是 1923 年今译，后者是 1957 年今译，有近 30 年的时

①郭沫若：《郭沫若全集（文学编）》（第 5 卷），北京：人民文学出版社，1984 年，第 273—274 页。

间跨度。《卷耳集》翻译时期的"卷耳阶段"和《〈屈原赋〉今译》时期的"屈原赋阶段"反映了郭沫若思想的不同历程，其背后所隐含的文化内容也是不一样。由于《卷耳集》在"古诗今译"中的开创之功以及其背后丰富的文化内涵，故而其成为我们研究的主要对象。我们这里仅从《卷耳集》出发，展现郭沫若早期"古诗今译"的特征和文化意义，并以此考察中国现代文学史上的"古诗今译"现象。

《卷耳集》是郭沫若对《诗经》中《国风》的集中今译。1923年由上海泰东图书书局，作为创造社"辛夷小丛书"的第二种出版。《卷耳集》从《诗经·国风》中选诗共四十首，这些"今译"，从选诗，到译诗，不但体现了郭沫若"古诗今译"的态度，而且反映了郭沫若早期思想的一个侧面。1957年人民文学出版社出版的《沫若文集》收入第二卷，做了一点改动，但变化不大。这里的研究也就不再考虑版本变化的问题。

第一，在郭沫若的"诗经今译"中，他对待原始文本《诗经》的态度，是把《诗经》当作了"古籍"而并非当成"古诗"，这成为郭沫若"古诗今译"的一个独特起点。在《卷耳集·序》中，郭沫若说，"我这个小小的跃试，在老师硕儒看来，或许说我是'离经叛道'；但是，我想，不怕就是孔子再生，他定也要说出'启予者沫若也'的一句话"[①]。因此，《诗经》的今译，是一次"小小的跃试"，其主要体现首先就是以"古籍"的眼光来看待《诗经》，

---

①郭沫若：《郭沫若全集（文学编）》（第5卷），北京：人民文学出版社，1984年，第157页。

把《诗》还原为"古籍"。并且此后，把《诗经》当成古籍而不是"诗"，成为了郭沫若研究中国古代社会的基本态度。他在1930年上海联合书店出版的《中国古代社会研究》，更加鲜明地体现了这一倾向。他将《诗经》作为中国古代社会变革的研究材料，如在《〈诗〉〈书〉时代的社会变革与其思想上之反映》①一文中就是以《诗经》来研究中国古代社会的。

我们知道，在新文化初期，郭沫若的《女神》创造了中国现代新诗的精神。他的诗歌展现出了与传统文化"静"和"家国"追求所不同的，一个"动"的时代，一个"自我"的时代，"动"和"自我"成为了中国现代新诗的重要精神。而与此同时，他更关注整个中华文化的发展和走向，在他看来，这是一个比中国现代新诗发展更重要的一个话题。所以他的"诗经今译"，并不指向中国现代新诗，而是指向未来社会文化的建设。他在《中国古代社会研究·序》中认为，过往社会正好决定着未来社会的去向。对于未来社会的期待和构建，使郭沫若不得不将眼光放回到古代社会。他说，罗振玉、王国维、胡适等人，以科学的态度，在整理古代文化典籍上做出了重要的贡献，为我们的研究提供了无数真实的材料。而在他看来，在这些整理出来的国故之上，还有"批判"的必要。"整理"是"批判"的必经之路，不过与整理方法的"实事求是"和"知其然"相比，"批判精神"的目标是"实事之中求其所以是""知其所以然"。由此，《诗经》成为了他清算、批判中国古代社会的

①郭沫若：《郭沫若全集（历史编）》（第1卷），北京：人民文学出版社，1982年，第90页。

一种史料。郭沫若今译的《卷耳集》，也正是他对中国古代社会清算、批判的一个史料基础，而并不仅仅是当成诗歌来对待。所以，郭沫若的"诗经今译"并非是为了"中国现代新诗的建设"，他是要在"诗经今译"中梳理中国的国情和传统，清算和认清古代社会，为未来中国的发展做铺垫。

第二，郭沫若有了从"诗经今译"中清算、批判中国古代社会这样一个"小小的跃试"之后，他的《卷耳集》就包含了"小小的野心"。这就是他要在"诗经今译"中展现出来的中华民族"极自由"和"极优美"的灵魂，为中国的未来社会文化指出了一个方向。在《卷耳集·序》中，郭沫若明确提出了他"今译"的这样一个重要目的，"我们的民族，原来是极自由的极优美的民族。可惜束缚在几千年来的礼教之下，简直成了一头死象的木乃伊了。可怜！可怜！可怜我们最古的优美的平民文学，也早变成了化石。我要向这些化石中吹嘘些生命进去，我想把这个木乃伊的思想苏活转来"[①]。因此，在他的《卷耳集》中，"自由"和"优美"便是他的今译《诗经》所要体现的重要主题。

实际上，郭沫若《卷耳集》中对于"自由"和"优美"宏大主题的思考和追求，与《女神》中郭沫若的追求是完全一致的。在新文化运动初期，"民主"和"科学"是两杆重要的大旗。于是在这种思想背景之下，"打孔家店"和"尊孔读经"是两条不同的思想战线。《诗经》作为"五经"（或者"十三经"）之中的一经，

①郭沫若：《郭沫若全集（文学编）》（第5卷），北京：人民文学出版社，1984年，第158页。

在"孔家"和"孔家店"中并没有呈现出一条走向现代社会的道路。而在《卷耳集》中，郭沫若并没有"打孔"或"尊孔"，而是通过今译，去发掘《诗经》中这个民族自身的"自由"和"优美"，并以此建构出未来社会的文化。郭沫若在《中国古代社会研究》中对于《诗经》的态度有了一定的变化，他从《诗经》中看到了中国古代社会"奴隶制的完成"和"由奴隶制向封建制的推移"。当然，这时的郭沫若的思想已经发生了一定的变化。而这，也并不能掩盖郭沫若在《卷耳集》时期中追求中华民族的"自由"与"优美"的"小小的野心"。

第三，郭沫若为了呈现中华民族"自由"和"优美"的灵魂这个文化"野心"，在《卷耳集》中他题材的选择就侧重于爱情。他就刻意专注于最能表现我们民族"自由"和"优美"灵魂的题材，以唤起我们民族的"自由感"和"优美感"，这是他的选择主要限于男女之间相爱恋的情歌的原因。在郭沫若的《卷耳集》中，爱情故事、爱恋心态、爱中的世界……本身就充满了自由的精神，呈现出了优美的意境。尽管在这些"爱"中，也夹杂了较多的悲哀、苦难、忧愁，也有着对于社会的强烈批判。但是就在这些爱的诗篇中，女主角的自由和大胆精神仍旧是相当突出的。如《卫风·伯兮》中，"我想着我的爱人哥儿，／哥阿，我的心儿破了"；《郑风·遵大路》中，"我把你简慢了的缘故／是因为我真心爱你啊"；《郑风·女曰鸡鸣》中"我们两人对坐着饮酒／你弹琴，我鼓瑟，／我们的生命要融和在一起"……在这些爱情故事里，我们从他们的爱中，感受到了他们不羁的灵魂，和自由的精神。同时，这种自由精神更涉及了平民的生活和思想，由此在这种"自由精神"中，也饱含了郭沫若的"平民文学"思想。

当然，郭沫若的"诗经今译"由于主要涉及爱情主题的书写，也在中国现代新诗发展中具有特殊的意义。可以说，郭沫若的《卷耳集》所展现出来的"现代白话情诗"，堪称新诗草创时期情诗创作一个重要代表。他对古典情诗的"今译"，对于新诗如何在"现代情诗"创作方面的进一步发展也有启示意义。在中国现代新诗的开创时期，新诗作者们大都以探索新诗的新的形式来确立新诗的地位。在新诗的内容上，开创时期的新诗只重视社会现实和个性解放，很少有人专注于新诗的"情"的探索。而"湖畔派"中的爱情诗的出现，也是《卷耳集》以后的事了。郭沫若的"今译"，就做出了较为有益的实践和探索。

第四，《卷耳集》的起点是"古籍"，但是其终点还是一种"新诗"，一种现代白话新诗。在《卷耳集·自跋》中，郭沫若说："我们当今的急务，是在古诗中直接去感受它的真美，不在与迂腐的古儒作无聊的诵辩。"所以，在郭沫若《〈诗经〉今译》中，他也是把《诗经》当作"诗"，当成"诗歌"来感受和翻译的。

在《诗经》的今译中，他就非常注意以"诗的精神"和"诗的形式"来今译《诗经》。他的"今译"的大胆、自由两个特点，也成为了现代诗歌的重要精神。第一，郭沫若的"大胆"在于他完全以个人的视角来翻译《诗经》。此时的《诗经》，不再是"经"，也不再是"诗"，而是他个人灵魂的驰骋之地。他在《卷耳集·序》中指出，"所有一切古代的传统的解释，除略供参考之外，我是纯依我一人的直观，直接在各诗中去追求它的生命"①。也就是在翻译的过程中，他并没有任何的顾忌和束缚。即使是传统中对于《诗经》的经典解释，也似乎与他并没有关系。郭沫若在"今译"过程中，最关注或者他只关注他个人的能力、个人的兴趣、个人的感受，甚至是个人是否有愉悦感。于是，他在古诗的选择和今译上，都是从"个人"出发，这就彰显了他强烈的个性主义色彩。同时在个性主义前提之下，他对古诗的解释就非常的大胆，呈现出相当的独特性。以至于他的译诗不是译而是写《诗经》，甚至是篡改《诗经》。大胆或者说个性主义，是郭沫若《卷耳集》所体现出来的"诗的精神"。第二，他特别注重诗歌的"自由的形式"。对于《诗经》原诗整齐严格的字、词、句、段、章，郭沫若并没有遵守，而是以现代的自由形式来重新改造。如我们所熟悉的《秦风·蒹葭》，原诗是整齐的三节，每节是八个停顿，前七个停顿每个停顿四个字，最后停顿五个字。而且原诗非常押韵，如第一节"苍、霜、方、长、央"。在郭沫若的《秦风·蒹葭》，仅以原诗的三节浓缩为一节展开，变成了四节，一、三节四行，二、四节两行。所以，在他的今译中，他自由地选择了主题，自由地选择了诗的内容，自由地设计了诗的形式。与原诗相比，他的今译有着极大的改变，某种程度上成为了一种新的创作。由此，在郭沫若的"古诗今译"过程中，原诗并不重要了，重要的是如何在原诗的基础上，去实践现代诗人的个性，去展示现代诗歌的自由精神。

①郭沫若：《郭沫若全集（文学编）》（第5卷），北京：人民文学出版社，1984年，第157页。

五

总而言之，作为中国现代文学与文化中"古诗今译"的首位实践者，郭沫若的"古诗今译"《卷耳集》，与其后一系列的、庞大的"古诗今译"群有着较大的差别。这不但对进一步思考"古诗今译"有一定的启示意义，而且在中国现代文学和现代文化中呈现出特殊的意义。

郭沫若的《卷耳集》不仅作为"古诗今译"首位探索者，对中国现代文学中独特的"今译诗体"这一文学体裁的出现做出了贡献。同时，他在"今译"的过程探讨了"古诗今译"的具体操作法则，这在古诗今译的历程中也具有启示意义。而且他的《卷耳集》作为一种现代新诗，对于中国现代新诗"个性精神"和"自由的形式"探索也有着借鉴意义。

更为重要的意义在于，郭沫若早期的"古诗今译"中所展现出来的不仅仅是传统文化的遗迹而已，而是呈现了传统文化与现代文化这两种文化融合的独特方式。特别是在"国学热"的背景之下，"今译"更成为了我们进入传统与现代关系的一种重要的中介。郭沫若《卷耳集》所体现的态度是对于传统他既不激烈地"打孔"，也不是国学热式"尊孔"。郭沫若的"古诗今译"是古典诗歌与现代诗歌的交流，体现了他在传统文化与现代文化之间所做出的独特选择，这就是两种文化之间的相互交流、对话与汇通。

同时，郭沫若早期的古诗今译，是在为现代文化的建构寻找动力，为现代文化注入新的活力。他的"今译诗体"是要在古代文化中探寻出"未来社会"所需要的价值，也就是在古代文化中"寻生活、求生命"，追求自由的生命，向往优美的世界。在过去与现在的遭遇中，过去视野与当下视野碰撞、融合，最后使现代文化获得新生，满足现代人精神需求的多样性与丰富性。

由此，郭沫若的"古诗今译"，目的是要使古诗走向现代生活，进驻现代人的灵魂，参与现代文化的建设。故而，他的"古诗今译"之路，是在传统文化这一强大背景之下，现代中国文化良性推进的一种有效策略。

论何其芳的"诗歌鉴赏学"

1962 年 4 月，人民文学出版社出版了何其芳关于诗歌艺术的长篇讲稿《诗歌欣赏》。该书写于 1958 年至 1961 年，并"献给爱好诗歌的同志们"。其重要内容是通过对一些具体诗歌作品的分析，来讨论如何欣赏诗歌的问题，以提高读者的诗歌鉴别力。

值得注意的是，何其芳的讲稿实际上展示出了一种相当独特的当代"诗歌鉴赏学"：一方面，他的"诗歌鉴赏学"理论在当下名目繁多的各种诗歌鉴赏、诗歌欣赏书籍中，以其独有的"鉴别"诗学旨趣，成为当下"诗歌鉴赏学"进一步推进的重要参照；另一方面，他的"诗歌鉴赏学"又试图构建出一个当代"诗歌鉴赏学"的宏大体系，这不仅对当代诗学体系的建构具有重要的借鉴意义，而且对中国当代诗歌的突围也有意义。

一

当下诗坛，有关诗歌欣赏、诗歌鉴赏书籍之多，涉及的相关诗人、诗歌作品极广，而且还有大量的诗歌研究者参与到这一行列之中，使"诗歌鉴赏"成为中国当下诗歌界的一个独特景观和重要现象。

在一定程度上我们可以说，这是一个"诗歌鉴赏"的时代。随意涉猎一下当前的各种书刊，对于诗歌的鉴赏和品读已成为了它们的一个重要组成部分。特别是大量的"诗歌鉴赏"书系，使得"诗歌鉴赏"现象在当下诗坛中更为凸显。这些诗歌鉴赏系列几乎包罗了古今中外所有的诗歌样式，不但有对古代诗歌的赏析如诗经鉴赏、楚辞鉴赏、唐诗鉴赏、宋词鉴赏、元曲鉴赏，也有对现代诗歌赏析如朦胧诗鉴赏、探索诗鉴赏，还有大量的对外国诗歌的欣赏，如××派诗歌鉴赏、××社诗歌鉴赏，等等。同时，这些"诗歌鉴赏"系列中，有涉及众多的重要单个诗人的诗歌作品鉴赏，如"××诗歌的鉴赏"等；也有各种各样的分类诗歌鉴赏，如哲理诗鉴赏、爱情诗鉴赏、山水诗鉴赏、咏史诗鉴赏等。另外，在这些"诗歌鉴赏"系列的编写过程中，参与者众多，从主编到编写者，大都是相关领域研究中的佼佼者，使得这一现象自身的问题变得更为复杂。这还不包括众多学者个人谈诗、论诗、品诗的类似"诗歌鉴赏"的著作。更为广泛地看，这是一个"鉴赏"的时代，各种美文鉴赏、书画鉴赏、戏剧鉴赏、电影鉴赏、对联鉴赏、名胜鉴赏、园林鉴赏、陶瓷鉴赏等层出不穷，以及多种多样的"欣赏""导读""鉴赏""赏析"类书系，屡屡获得当下读者的青睐，占据图书销售排行榜前列，更为"鉴赏"事业推波助澜。

绝对不可忽视这些"诗歌鉴赏"系列所呈现出来的重要诗学命题。它们涉及了诗歌本体、诗歌特征、诗歌欣赏等诸多的问题，提出了许多重要的诗学命题，为现代诗学以及现代诗歌鉴赏学的进一步思考奠定了坚实的基础。

第一，提出"诗歌鉴赏知识学"，是这些"诗歌鉴赏"书系的一个重要诗歌鉴赏学命题。这就是以"鉴赏"为手段，进而呈现出某一类诗歌自身的面貌和历程等诗歌知识，最终让鉴赏者通过鉴赏构建出相关诗歌的知识体系。对于古典诗歌的鉴赏，在《唐诗鉴赏辞典·前言》就表明了其目的，"为全面了解唐诗的面貌，特编辑本辞典"[①]。同样，在对新诗鉴赏的时候，也有这样的考虑，如《新诗鉴赏辞典·出版说明》："我们希望，本书的出版，能有助于广大读者对新诗的历史发展及其艺术成就的了解，对今后新诗的繁荣和发展提供一些借鉴。"[②]从诗歌鉴赏出发，展现诗歌自身的面貌、历史等诗歌知识体系，最后再指向诗歌鉴赏，这是"诗歌鉴赏知识学"的主要特征。在诗歌鉴赏中形成有关的完整知识体系，这为当代"诗歌鉴赏学"的建设打下了一个相当扎实而又稳定的基础。

第二，追求"诗歌鉴赏价值论"。在这些诗歌鉴赏书系中提出，诗歌鉴赏，就是对诗歌本身所呈现、蕴含着的价值的鉴赏，以及对于这种"诗歌价值"的领会和体认。当然，这里所谓的"诗歌价值"是多方面的，不同的诗歌作品诗歌价值不一样，不同的鉴赏者所感受到的诗歌价值也是不一样的。叶嘉莹认为，"诗歌价值"是诗歌本身所蕴含的"复活心灵"，以及"伟大、美好的生命"等价值。"学习古典诗词，还不仅是学习一种学问知识而已，重要的是使青年的心灵复活起来，让他们以生动活泼的心灵，来欣赏、体会中国

①萧涤非等著，《唐诗鉴赏辞典·前言》，上海：上海辞书出版社，2004年。
②公木主编，《新诗鉴赏辞典·出版说明》，上海：上海辞书出版社，1989年。

古代诗歌中的一些伟大、美好的生命，这才是学习中国古代诗词的最重要的一点意义和价值。所以，如何养成体认和衡量诗歌中这种兴发感动之生命的能力，实在该是评赏中国古典诗歌的一项重要基础。"①而王富仁所关心的诗歌价值则是"表达自我"的价值。也就是在诗歌鉴赏中，其目的是呈现阅读者自我内在的感情，完成自我价值的获得。他说："我写这些文章是为了排泄我当时心灵中的一些苦闷，一些堵塞着我当时心灵的郁闷的情绪，好让我的心灵轻松一些，活便一些，给自己的生命扒出一个小洞来，好让我这个渺小的生命能够呼吸，能够继续活下去，活到它再也活不下去的时候，活到阎王爷也不允许我活下去的时候。"②当然，在诗歌鉴赏中，也有鉴赏者将两种价值融合，最后达到诗人"诗心"和读者"诗心"这两个"心"的契合。如周汝昌，他就在《千秋一寸心·凡例》中说："诗圣杜少陵（甫）说'文章千古事，得失寸心知'。本书题名《千秋一寸心》，取义于此。杜句原意是自知之意，我则以为诗词赏会讲解，就是以我之心去寻求古人之心，是两个'寸心'的契合。这也就是中国诗论'以意逆志'的本义。"③最终，两个"诗心"达到完全的融合，使"诗歌鉴赏"获得终极使命和永恒价值。

第三，探讨"诗歌鉴赏方法论"。这类"诗歌鉴赏"主要关注鉴赏的方法，即如何欣赏诗歌。在诸多的"诗歌鉴赏"中，它们

---

①叶嘉莹：《古典诗词讲演集》，石家庄：河北教育出版社，1997年，第1—2页。
②王富仁：《古老的回声——阅读中国古代文学经典·自序》，成都：四川人民出版社，2003年。
③周汝昌：《千秋一寸心——唐宋诗词鉴赏讲座·凡例》，北京：华艺出版社，2000年。

这些"诗歌鉴赏"存在的一个重要问题是谈论诗歌时候的"多标准"或者"无标准"，这就失去了"诗歌鉴赏"本身所具有的重要意义和独特指向。由此，构建诗歌鉴赏的方法，就成为了当代"诗歌鉴赏"的一个重要努力方向。李怡在《中国现代化诗歌欣赏》中认为，"现代诗歌今天出现的问题，人们也许会拿各种各样的解释，但是我们都不能忽视一个现代灵魂和诗歌之间出现的断裂，现代诗歌的危机，从某种意义上说其实是信任危机，人们需要的是一座走向诗歌的桥梁。这正是本书力图解决的问题"[1]。从"生命直观""心理流程""情绪""智慧""叙事""语言""声音"等方面，完成了"一个中国现代诗歌'阅读学'的初步构想"。当然，"鉴赏之因人而异，自古如斯。然而一部古诗鉴赏辞典的任务，犹如旅游之有向导，展览之有解说。欲知山川之美，品物之盛，则当身莅其境，心领神会，方能知其全而得其真。贵在自寻自悟，不能人云亦云"[2]。对有着厚重的诗歌传统的中国诗坛来说，大多数诗歌"欣赏者"更关心的"鉴赏"中的"悟"，而不倾向于"现代鉴赏"。

可以说，众多的"诗歌鉴赏"，已初步展示出了一种比较完备的当代"诗歌鉴赏学"构架。但鉴赏的核心命题"到底什么是好诗"并没有得以彰显和解决。确实，在"诗歌鉴赏"中，"知识学""价值论""方法论"这三者不但是密不可分的，而且在鉴赏活动中也是多位一体的，都具有相当重要的意义，它们也都为"什么是好诗"

①李怡：《中国现代诗歌与当代中国读者的需要》，《中国现代诗歌欣赏》，李怡主编，北京：高等教育出版社，2004年，第1-2页。
②汤炳正：《序》，《先秦诗鉴赏辞典》，上海：上海辞书出版社，1998年。

提供了一些侧面的回答。"知识学"提供了重要的诗歌史背景，方法论让我们知道如何进入诗歌，对于回答"什么是好诗"有重要的实践指导意义。但是此二者是一种"中性"概念，并非直击"好诗"的要害。同样，"诗歌鉴赏价值论"的前提是，所要鉴赏的诗歌都是一些公认比较好、有影响的作品，"好诗"这个命题是毋庸置疑的，也无须回答的。然而，即使这些理论在"诗歌价值"上很有意义，但是也回避了"什么是好诗"这一诗学命题的回答。而在诸多的"诗歌鉴赏"中，何其芳的《诗歌欣赏》正是凸显出了"什么是好诗"并且"如何鉴别好诗"这样一些重要的"诗歌鉴赏学"命题。由此，他的思考在我们反思当代"诗歌鉴赏学"的时候，具有独特的意义。

二

何其芳的《诗歌欣赏》副标题为"献给爱好诗歌并希望提高鉴赏力的同志们"，正是要解决这样一个问题："我是一个诗歌爱好者。但是我却感到对诗的好坏缺乏鉴别力。怎样办？"而解决这一问题，他所采用的方法是："我不妨选出一些诗歌来，说明它们那些地方好，如果有缺点，也说明在什么地方。"[1]因此，何其芳的《诗歌欣赏》最主要的任务就是，通过"诗歌鉴赏"，最终提出"好诗"的标准。而且是在对具体诗歌作品的分析、鉴赏中，解决"什么是好诗"，以及诗歌怎样才好，怎样不好等命题。

在具体操作过程中，何其芳选择了三类诗歌来分析"何为好

①何其芳：《诗歌欣赏·一》，《何其芳全集》（第4卷），石家庄：河北人民出版社，1998年，第353页。

诗"。第一类是"大跃进"民歌，包括农民的民歌、工人的民歌、少数民族的民歌以及一些爱情的民歌。第二类是古典诗歌，他选了唐代的一些诗人作为分析的案例，有杜甫、李白、白居易、李贺、李商隐及其诗歌作品。第三类是现当代诗人的诗歌，他分析的诗人有郭沫若、闻一多、冯至、未央、闻捷。那么，通过对这些选出来的诗歌的分析，何其芳在他的《诗歌欣赏》中展示出了"好诗"是怎样的呢？怎样才是"好诗"的标准和尺度呢？

第一，"好诗"在内容上的标准。

何其芳认为，"好诗好像总要有这样的内容：它是从生活中来的，它是饱含着作者的感情的，它是有一定典型性和独创性、而且能造成一种美的境界的"[1]。他通过对以上三类诗歌作品的具体、细致地分析和鉴赏，得出了"好诗好像总要有这样的内容"的结论。

他说好诗是"从生活中来的"，首先将"好诗"的标准奠基在对"生活"的重新解读和思考中。如在分析民歌的时候他说道，"生活，只有生活，才是诗的源泉。只有生活的强烈的力量鼓动我们的心灵，诗歌的翅膀才会飞腾，诗歌的魔笛才会奏出迷人的曲调"[2]。不但强调了生活对于诗歌的重要，而且指出，只有建立在生活基础上的诗歌，才能成为好诗。如民歌《纺织工人》和《夜话》，他说，"以上两首诗都是工人同志歌颂自己的生活，他们都

---

① 何其芳：《诗歌欣赏·十二》，《何其芳全集》（第4卷），石家庄：河北人民出版社，1998年，第449页。
② 何其芳：《诗歌欣赏·三》，《何其芳全集》（第4卷），石家庄：河北人民出版社，1998年，第373页。

是从生活中有了感受和感动才写出来的，所以都写得有感情”①。只有对生活感兴趣的诗歌，才能包含着强烈的情感，才有激动人心的内容。

在"生活"这一基础上，何其芳特别看重蕴含于生活中的"精神力量"，尤其是最能体现出"好诗"强烈的情感内容的"时代精神"。在评价郭沫若的诗歌的时候，他就特别赞赏郭沫若《女神》中的"时代精神"，"它强烈地表现了当时中国人民、当时的进步的青年知识分子对于祖国的新生的希望，表现了他们的革命精神和乐观主义精神。它写出了对于旧中国的现实的诅咒和不满，然而更突出的是对未来的新中国的梦想、预言和歌颂"②。所以，何其芳认为的"好诗的内容"，蕴含于生活中的"时代精神"，能更进一步彰显出好诗的社会价值。

同时，"好诗的内容"，除了以现实生活的"时代精神"为核心之外，自然之美，也成为"好诗"的一个重要的指向。在评价李贺诗歌的好处的时候，他说："文学艺术的价值并不仅仅在于它们能够把生活中的事物描摹得像真的一样，而且还在于它们能够在反映现实中创造出一种美的境界。"③由此，在这部《诗歌赏析》里，他重点鉴赏了李白的《蜀道难》和杜甫《梦李白二首》，认为它们体现出了"好诗"的另一标准，这就是"自然美"："文学作品，

---

①何其芳：《诗歌欣赏·二》，《何其芳全集》（第4卷），石家庄：河北人民出版社，1998年，第364页。
②何其芳：《诗歌欣赏·九》，《何其芳全集》（第4卷），石家庄：河北人民出版社，1998年，第417页。
③何其芳：《诗歌欣赏·八》，《何其芳全集》（第4卷），石家庄：河北人民出版社，1998年，第408页。

特别是抒情诗，它的主要的客观意义有时并不表现在作者的主观的议论里面，而是由它的一些最吸引人的形象来形成的。《蜀道难》的主要的客观意义就是描画了雄壮奇异的自然美，并从而创造了庄严瑰丽的艺术美。"[①]生活中的时代精神，与自然自身之美，构成了何其芳所说的"好诗的内容"。

第二，好诗在形式上的标准。

如果说"好诗"内容的标准还稍嫌宽泛了些的话，那么在何其芳的"诗歌鉴赏"理论中，"好诗"在形式上"好"的标准则更具体、更为直观。"好诗的形式"在诗歌创作上更具有现实的操作性，在诗歌鉴赏中也更有标准性。

何其芳认为，"好的诗歌好像总要有这样的表现形式：它是完美的、和谐的、有特点的，它是和散文有区别的，它是和它所表现的内容很适合因而能加强内容的感染力的"[②]。这里所说的"好诗"的"好的形式"，包含了三个标准，一是形式的完美和谐，二是区别于散文，三是形式适合内容，以加强内容的感染力。

好诗的形式必须为好诗的内容服务，这是何其芳讨论"好诗的形式"的一个重要前提。在讨论一首山西民歌的时候，何其芳就专门分析了形式如何适合内容，如何加强内容感染力的问题。如这首民歌："南山松柏青又青，/人人爱社一条心。/莫学杨柳半年绿，/要学松柏四季青。莫学灯笼千只眼，/要学蜡烛一条心。"何其芳

①何其芳：《诗歌欣赏·六》，《何其芳全集》（第4卷），石家庄：河北人民出版社，1998年，第394—395页。
②何其芳：《诗歌欣赏·十二》，《何其芳全集》（第4卷），石家庄：河北人民出版社，1998年，第449页。

指出，"这首诗的形象的好处在于他们不但丰富，而且新鲜"。同时，他还具体阐释了"好"的真正原因，"如果这首诗只用松柏来比喻'爱社一条心'，那仍可能是一首比较平常的民歌。因为这样的比喻，这样的形象，已经用得很多了，不能给人以新鲜的感觉，因而也不能吸引人。用杨柳半年来比喻人的爱不长久，和松柏四季青相对照，用灯笼千只眼来比喻人的心不专一，和蜡烛一条心相对，这都是我们过去诗歌中没有见到过的。然而读起来却觉得恰到好处。巧妙，但并不纤弱"①。所有的"好诗"，其形式首先是，而且必须是要为内容服务的。

在"好诗"的形式标准中，何其芳特别看重形式的完美和谐。因此，在赏析郭沫若诗歌的时候，他说《女神》里的有一些诗都是形式和内容完美结合的好诗，但并不是全部都是好诗。在他看来，《凤凰涅槃》《晨安》《匪徒颂》都是有缺点的诗，因为它们没有完美的形式。所以，尽管何其芳非常赞赏郭沫若的诗歌，认为是"好诗"。但是，他仍然对郭沫若诗歌忽视"形式的完美和谐"大加批判，"从'五四'早期的诗歌起，而且可以说直到现在这种现象仍然存在，我国古典诗歌的精炼和完美的传统，炼字炼句的传统，在新诗里面实在太少见了；写得轻松寡味、十分慷慨地浪费行和节的诗实在太多了"②。何其芳特别看重在诗歌鉴赏中形式的独特意义，以及在诗歌本体论意义上形式的独特价值。在诗歌鉴赏中，他以冯至《蛇》《南方的夜》为例，指出："那些一读就能够打进人的心里而又经

①何其芳：《诗歌欣赏·一》，《何其芳全集》（第4卷），石家庄：河北人民出版社，1998年，第354—355页。
②何其芳：《诗歌欣赏·十》，《何其芳全集》（第4卷），石家庄：河北人民出版社，1998年，第426页。

得住反复玩味的诗，却总是既有诗的激情，又有完美的形式。"[①]

总之，在何其芳"好诗"的形式标准中，在重视形式的完美和谐的基础上，形成了他独特的"格律诗"理论，这对当代诗学的建构具有重要的意义。"从理论上说，自由诗也可以写得很精练很完美；但流于松散却滔滔者天下皆是。格律诗也可以写成凑韵凑行，或者有格律而无诗；但在真正的诗人手里格律却常常可以促使他多做一些推敲和加工。"[②]这样，何其芳"好诗"的形式标准，进一步呈现为他对"格律诗"的理论探讨，这在当代"诗歌鉴赏学"理论中独具特色。

第三，"好诗"的标准还在于个性。

通过好的内容和好的形式，我们看到了何其芳对于"好诗"的基本价值判断。但如果何其芳的"好诗"标准被固定、固化，成为一个死的标准，那么他的"好诗"理论是值得怀疑的，是没有生命力的。而何其芳正是在"好诗"标准中加入了"变化和差异"，使得他的"诗歌鉴赏学"理论更具延展性和生命力。

对于"好诗"的内容和形式，并不是要求所有的诗人都整齐划一，只有一种好的诗歌内容和一种好的诗歌形式，而允许追求多种风格。何其芳对此强调说，"内容随着时代和阶级的不同而有变化和差异，而且可以有很大的变化和差异"。"好的诗歌的形式、写法和风格更是千变万化，不但随着时代和阶级的不同而有变化和

---

① 何其芳：《诗歌欣赏·十》，《何其芳全集》（第 4 卷），石家庄：河北人民出版社，1998 年，第 433 页。
② 何其芳：《诗歌欣赏·十》，《何其芳全集》（第 4 卷），石家庄：河北人民出版社，1998 年，第 429 页。

差异，而且每一个有独创性的诗歌人有他的特色。"①在他看来，这种具有"变化和差异"的多种自我个性风格，也是"好诗"的一个重要指标。何其芳对于李贺、李商隐等诗歌的鉴赏，更进一步突出他对好诗多样风格特征的认同。

何其芳"好诗"标准中的个性风格，展示出了他独特的诗歌鉴赏眼光。但在讨论闻捷的《天山牧歌》的时候，很多人都喜欢其中的组诗《吐鲁番情歌》，他却说，"我却更喜欢里面的另一组诗《博斯腾湖滨》。《吐鲁番情歌》写的当然是我们的兄弟民族的生活，但在写法上却和外国有的诗人写青年男女爱情的短诗有些相似。这样我觉得《博斯腾湖滨》更能表现作者自己的风格了"②。握住"变化和差异"的"个性"，不但成为何其芳鉴别"诗的好坏"的一个重要标准，而且还体现出他作为一个鉴赏者独特的艺术眼光。

总之，围绕"什么是好诗""如何鉴别好坏"这样一个问题，结合对具体诗歌作品进行鉴赏的操作方法，何其芳在他的《诗歌欣赏》中，从"内容上""形式上""个性风格"这三方面做出较为完整的思考和回答，体现出他在当代"诗歌鉴赏学"中的重要追求。

①何其芳：《诗歌欣赏·十二》，《何其芳全集》（第4卷），石家庄：河北人民出版社，1998年，第449页。
②何其芳：《诗歌欣赏·十一》，《何其芳全集》（第4卷），石家庄：河北人民出版社，1998年，第441页。

三

比起简单地分析并提出一些"好诗"标准来说，何其芳在《诗歌欣赏》中对"好诗"标准的思考，就有着重要的意义。

第一，何其芳的"好诗"标准，进一步为当代"诗歌鉴赏学"的推进展开了一个新的空间。

英国著名的批评理论家理查兹就曾有一个区别"好诗"与"坏诗"的实验。在一次对学生的测验中，理查兹让学生来鉴别哪些是"好诗"，哪些是"坏诗"。如果标注出了诗人的名字，学生就会把名气大的诗人的作品选为"好诗"；如果诗歌都隐去了诗作者的名字，学生选出的结果则是花样百出，甚至最后把好诗当成坏诗，把坏诗当成好诗。可以看出，学生很难判断出哪些是"好诗"，哪些是"坏诗"。由此，理查兹实验的结果表明，在鉴赏中"好诗"的标准是难以成立的。不过这其实又反过来表明，对于一个诗歌阅读者，一个初级的诗歌鉴赏者来说，他不仅是鉴赏，而且他们都需要一个"好坏"的价值判断。由此，确立一个"好诗"标准，不仅是"诗歌鉴赏学"中的一个重要环节，而且对于诗歌鉴赏来说，也非常重要，是大有益处的。

在诗歌鉴赏过程中，"读懂诗"和"鉴别出诗的好坏"应该是两个不同层面的事情。而以往的鉴赏书系，我们主要的关注点大多在"读懂诗"，而"诗歌到底是好还是坏"这一问题付之阙如。

以现代诗歌的鉴赏为例，孙玉石发掘出了现代诗歌鉴赏中的"现代解诗学"，呈现出了"晦涩诗歌文本"与读者接受之间的复杂关系。他说，"三十年代以戴望舒为首的现代派诗潮迅猛发展的势头，使得广大的诗歌读者和传统的诗学批评陷入了困惑境地。'晦涩'和'不懂'的呼声向一群年轻的诗歌探索者压过来。新诗从理论到批评面临着读者舆论的挑战"。同样在当代诗坛，"被称为'朦胧诗'创作潮流的急剧发展和嬗变，将对新诗真正繁荣的期待和艺术探索的困惑感一并带到批评家和读者面前，诗人的艺术探索与读者审美能力之间的鸿沟，又像三十年代现代派诗风盛行时那样成为新诗自身发展的尖锐问题"①。为什么要"解诗"？是因为现代诗歌文本的"晦涩"，使读者"读不懂"。由此，在现代诗学建构中，庞大的"现代解诗学"的首要任务和最终目的是"读懂"诗，教会读者如何读诗，如何读懂诗。可以说，"现代解诗学"，对现代诗歌本体的构建有着非常重要的意义。

只是对于诗歌鉴赏学来说，问题在于，在"读懂"之后，一首诗歌自身"好坏"的价值判断并未展现。不过，这里我们必须再次声明，而且必须考虑的是，"读懂诗"是鉴赏的绝对基础。"现代解诗学"包含着丰富的诗学维度，也并非我们简单地指向"读懂诗歌"而已。而且更为重要的是，解诗学对于当代诗歌鉴赏学，乃至于整个当代诗学的推进都有重要意义。与前面所说的诗歌鉴赏一样，"现代诗歌鉴赏学"本身也包含着三个重要维度，"解诗学"就为"诗歌鉴赏学"提供了诸多有意义的话题。如朱自清对于诗歌"可解"的言说："许多人觉得诗难懂，便是如此，但诗究竟是'语言'，并没有真的神秘；语言，包括说的和写的，是可以

---

① 孙玉石：《重建中国现代解诗学》，《中国现代诗导读》，孙玉石主编，北京：北京大学出版社，1990年，第3、1页。

分析的，诗也是可以分析的。只有分析，才可以得到透彻的了解。"[1] 打消了阅读者对于诗歌畏难、恐惧心态，拉近了阅读者与诗歌之间的距离。朱光潜从美学和心理学的角度介入，展现出如何去鉴赏的独特心态。"他所最擅长的不在批评而在导解。所谓'导解'是把一种作品的精髓神韵宣泄出来，引导你自己去欣赏。比方他讲济慈（Keats）的《夜莺歌》，或雪莱（shelley）的《西风歌》，他便把诗人的身世，当时的情境，诗人临境所感触的心情，一齐用浅显文字绘成一幅图画让你看，使你先自己感觉到诗人临境的情致，然后再去玩味诗人的诗，让你自己衡量某某诗是否与某种情致所诉合无间。他继而又告诉你他自己从前读这首诗时作何感想，他自己何以憎它或爱它。别人教诗，只教你如何'知'（know），他能教你如何'感'（feel），能教你如何使自己的心和诗人的心相凑泊，相共鸣。这种本领在批评文学中是最难能的。"[2]同样，也有像李健吾等学者，把鉴赏活动上升为精神的"二度创造"，并认为在批判、鉴赏过程中，主体具有独立的精神价值。"它有它的尊严。犹如任何种艺术具有尊严；正因为批评不是别的，也只是一种独立的艺术，有它自己的宇宙，有它自己深厚的人性作根据。一个真正的批评家，犹如一个真正的艺术家，需要外在的提示，甚至于离不开实际的影响。但是最后决定一切的，却不是某部杰作或某种利益，而是他自己的存在，一种完整无缺的精神作用，犹如任何创作者，由他更深的人性提炼的精华，可以成为一件单独生存的艺术品。他

①朱自清：《朱自清全集》第7卷，南京：江苏教育出版社，1998年，第191页。
②朱光潜：《我与文学及其他·附录二：小泉八云》，《朱光潜全集》（第三卷），合肥：安徽教育出版社，1993年，第466页。

有他不可动摇的立论的观点，他有他一以贯之的精神。"①

诗歌欣赏的一个基本目的，就是要鉴赏出诗歌到底是好还是坏。为什么好？为什么不好？可以说这样一个重要的问题，在以往的"诗歌鉴赏学"中还没有成为一个主要的思考问题。而何其芳正是这方面的积极探索者。他的"好诗标准"的讨论，一方面也是建立在"诗歌鉴赏"的知人论世"社会学"和字词章句训诂注疏的"训诂学"，以及读者主体"悟"等基础之上。另外一方面，他专门为诗歌鉴赏设定出了一个重要的"好诗"的标准。也就是说，他的理论涉及，怎样的生活才构成"好诗"，怎样的字句才构成"好诗"等多种问题。或许诸多诗歌鉴赏者们知道，为"鉴赏"设定一个最终标准，不但是难的，而且对于诗歌的发展来说，也是不利的。不过，当代诗歌鉴赏学要进一步的发展与突破，却又绝对不能忽视对"好诗"基本标准的讨论和建构。

第二，何其芳所确定的"好诗"诗学标准，对处于困境中的当代诗歌的发展也有启示。

众所周知，现代诗歌一直以来都饱受争议，对新诗的讨伐之声不绝于耳。鲁迅就是讨伐新诗的一个重要的作家。在斯诺的访谈录里，鲁迅的话不无偏激，但也颇能显示出新诗发展的困境。在斯诺的访谈中我们看到，"鲁迅认为，到目前为止，中国现代诗歌并不成功"。而且"鲁迅认为研究中国现代诗人，纯系浪费时间。不管怎么说，他们实在是无关紧要，除了他们自己外，没有人把他们

---

① 刘西渭：《答巴金先生的自白》，《咀华集》，上海：文化生活出版社，1936年，第50—51页。

真当一回事，'唯提笔不能成文者，便作了诗人'"①。同样的非议之声也出现在了政治家毛泽东的观点中，"用白话写诗，几十年来，迄无成功"②。

新诗到了当下，遭遇到了更为严重的困境。当下整个中国诗坛的境遇在于，诗歌写作陷入迷茫和求生的境地。不仅读诗的人越来越少，社会中的人愿意接受的就更少，而且出版社不愿出版新诗，诗歌刊物走向冷遇的困境。这当然不仅仅是诗歌发展所面临的小问题，而且是与整个社会宏大背景相关，与整个社会结构相关的大问题。现有社会仍然处于统一的社会意识形态、技术统治的量化标准、物质主义的多重制约和控制之下，物质的追求仍然掩盖着其他一切的追求，世俗的追求仍然是社会的主流追求。在这一格局之下，人继续迷失人生的方向，失掉做人的准则，价值沦陷。特别是整个社会也仍旧被功利主义席卷，为金钱所俘虏，成为物质利益的奴隶。于是在此基础上，社会文化对一切既有信仰体系怀疑、排斥，最终否定和拒绝，使得其他价值体系与思想体系在这个时代也都无法立足。由于人自身信仰系统的缺失，其他信仰系统又处于崩溃的状态，诗歌的发展肯定难以建立一套诗学话语和规则。由此，一个良性发展的诗歌体系也就难以建立。

同时，在当代诗歌发展的困境中，诗人自己失去了自我的价值尺度。当下诗坛上，诗人内在的感受力受到多重禁锢，既来自于商业、市场、媒体，也源于诗人自我。一方面，诗人自我不是作

---

①斯诺：《鲁迅同斯诺谈话整理稿》，安危译，《新文学史料》，1987年第三期。
②毛泽东：《毛泽东致陈毅的信》，《诗刊》，1978年第一期。

为诗歌实践的主体而存在。诗人无法运用自己主体的力量，思考自己现实的个体存在；也不能用自己的主体精神，支配自我的诗歌创作和实践。另一方面，诗人却又继续深陷入自我主体的孤芳自赏之中，漠视他人的主体性。他们并不期待与他人进行经验的交流与分享，也没有与其他经验对话、包容其他经验的能力。因此，当代诗歌的创作实践失去了个人感受世界的能力与活力，当代新诗自身也就失去了创造的可能性。

带来的严重后果是，当代诗歌缺少一种相对稳定的诗学体系。从对新诗的"新"的命名开始，现代诗歌一直在"新"的刺激下奋勇前进。特别是当代诗人们，在语言和形式的"新"的探索和追求方面，可谓绞尽脑汁，以"语不惊人死不休"的态势在当代诗坛横冲直撞。当然，一方面他们的语言和形式探索，抵达了现实事物、抵达了真实生命，以及未知世界，具有重要的意义。而且，对于诗歌本身来说，是没有一套一劳永逸的诗歌语言原则，不同的精神、价值、伦理均有一种不同的语言维度。诗歌，也没有一种诗歌语言模式可以囊括人所有的感情与体验，即使是个体在不同的境域中对语言的感受和认识也是不一样的。但另一方面的严重问题在于，它们的探索又变成了种种陷阱、牢笼。语言命运、形式的命运就成为了当下诗人的命运，当下诗歌的创作成为了一种语言操作，或者是一种语言操作的技艺而已，缺少相对的稳定性和严肃性。

由此，在社会的挤压、诗人的缺席、作品的无力、探索的偏激等等情况下，诗人和诗歌中始终没有持续性的力量和张扬的个性精神，"新诗的边缘化""新诗的死亡"成为了一种必然。

而何其芳对于"好诗"标准的探索，为当下诗歌走出困境，写出好诗具有启迪。何其芳拈出"生活"和"时代精神"作为"好诗的内容"标准，正是体现了何其芳"好诗"标准的"当下指向"：即"好诗"必须面对中国当下社会，面对当下人的具体生存，面对在常态中的人的生存。当下社会，才是当下诗人强烈情感和人生体验唯一的外部空间。只有建立在"当下生活"这一核心维度上的现代诗艺体系，才是当下诗歌独立，并最终推出"好诗"的重要前提。"好诗"标准的问题，实际上就是让诗人去面对日常生活的诗学问题，是诗人与当下社会生存对话，与当下人在常态中的存在状况对话的诗学问题。与中国当下人具体的生活的真实摩擦，这才是"好诗"的根本基点。同样，在何其芳的"好诗的形式"标准方面，何其芳对"形式"体系的建构，为当代诗歌的完善具有重要的借鉴意义。当代诗歌是否成为"好诗"，是否成熟完善，形式标准绝对是其中一个重要的砝码。特别是何其芳在"现代格律诗"对于语言和形式的探索中，更具有直接的针对性。对于诗歌语言和诗歌形式的感知和驾驭，是一个当代诗人必须具有的基础素质。这不仅体现出一个诗人对于语言、形式以及汉语自身、形式本身的理解和认识能力，也展现出一个诗人对于古典诗歌和西方诗歌的语言、形式的领悟能力，还包含一个诗人对百年来中国现代诗歌语言、形式实践中留下来的重要传统的继承和占有。由此，何其芳的"诗歌鉴赏学"对于当代诗歌的突围和挺进，都有一定的启示。

　　当然，中国当下诗歌要寻找到一套与当下生存相同的表达意象、表达内容和表现方式，呈现出好的诗歌作品，不是"诗歌鉴赏学"所能完成的。而难能可贵的是，何其芳的"好诗标准"，既从宏大的"内容"和"形式"方面为当代诗歌的突围和发展做出了探索，又在具体细节方面，特别是"现代格律诗"问题上，为中国当代诗歌的完善和成熟指出了具体的方向。

第三，何其芳的"诗歌鉴赏学"展示出了研究者对于"诗歌本体"的追问。这正是对于诗歌本质的一次深刻反思，或许可以成为我们当代诗学重新出发的一个新起点。

何其芳的"好诗"标准探讨，在当代诗学建设中回归到诗歌本体，反思"诗"的本质。我们注意到，何其芳在标题中提出是"诗歌"，而不是"民歌""古典诗歌""现代诗歌"，这是何其芳探寻诗歌本质的重要体现。本来他还想把外国诗歌也一并纳入，但由于翻译的问题，他放弃了这一尝试。"诗歌，这种高度精巧地由语言来构成它的美妙之处的艺术，我们怎么可以只从译文中来欣赏它呢？我们又哪里能找到我们所需要的那些既忠实地表达了原来的内容、又巧妙地保持了原来的语言之美形式之美的译文呢？"[①]可见，在何其芳的诗歌欣赏中，将"民歌""古典诗歌""新诗"都纳入到"诗"上，这体现出了他打通古今诗歌的宏大诗歌视野，而这种打通展示出何其芳对于诗歌本体的深切关注。

正是处于对于"诗本质"的反思，何其芳才毅然对"诗"的本质进行界定。"诗是一种最集中地反映社会生活的文学样式，它饱含着丰富的想象和感情，常常以直接抒情的方式来呈现，而且在精炼与和谐的程度上，特别是在节奏的鲜明上，它的语言有别于散文的语言。"[①]这一"诗本质"的定义，不但体现了何其芳"诗歌鉴赏学"的进一步延伸，而且为当代诗学的发展提供了一个稳定的理

①何其芳：《诗歌欣赏·十二》，《何其芳全集》（第四卷），石家庄：河北人民出版社，1998年，第448页。

论平台。而且在《关于写诗和读诗》一文的第一部分中，何其芳还从"集中""想象""感情"和"语言"这几个方面对这一定义分别进行了深入的解读。可以说，他对诗的定义，是当代诗学发展史上的一件大事。

在"诗歌本质"的关照之下，何其芳在他的《诗歌欣赏》中展示出一种强烈的批判精神。正是有了这样一个"诗歌本质"的制高点，何其芳对一首诗"如何不好""坏在哪里"的阐释和分析就非常有说服力。如对于这首民歌，"我不用站在高山，也不用站在海边。只要我日夜巡回在纺织机旁，我的歌声谁都能听见。再好的歌手没有我唱得动听，百灵鸟的歌声也没有我的歌声婉转。我唱得白云在车间流动，我唱得棉布堆成雪山"，何其芳并不因为这是一首工人阶级的诗歌，就忽视"诗的本质"。他直接指出，"这首诗是有缺点的。仔细推敲一下，我们就会发出这样一个疑问：难道纺织工厂的工人同志们劳动的时候，是不停地在唱歌吗？如果不是这样，为什么要说'只要我日夜巡回在纺织机旁，我的歌声谁都能听见'呢？这首诗全篇都是以'歌声'来贯穿的。这点一引起人疑惑，就多少削弱了整个诗的效果了。所以这不是小的缺点，这不是个别的缺点，而是整个诗的构思和写法还有欠斟酌之处"[2]。即使何其芳非常欣赏闻一多的诗歌，他也毫不放弃对"诗歌本质"的反思。何其芳既对闻一多《发现》中燃烧的爱国情怀、新颖的构思、有力的表现赞赏不已，也始终不忘对什么是"好诗"的追问，"我说这首

①何其芳：《关于写诗和读诗》，《何其芳全集》（第四卷），石家庄：河北人民出版社，1998年，第267页。
②何其芳：《诗歌欣赏·二》，《何其芳全集》（第四卷），石家庄：河北人民出版社，1998年，第361页。

诗在艺术上或许并不是很出色的，是因为它的构思虽然新颖，表现虽然有力，中间有几行还写得并不很完美……第三行至第八行却写得有些反复重叠，而且有的形象不大明确。反复重叠或许还可以解释为目的在加强效果（虽然诗歌的语言最忌啰唆），'鞭着时间的罡风'却未免费解，'噩梦挂着悬崖'不但和上一行的'噩梦'重复，并且也叫人不大好想象。总之这六行写得不够精彩的"①。何其芳这种站在"诗歌本质"的角度，来评判、来鉴赏诗歌的做法，对于我们当代一味说好话的批评、鉴赏模式，有着直接的针对性。

进而，在"诗歌本质"的界定之下，何其芳展开了他的当代诗学的建构工程。这一工程最重要的表现就是何其芳对于"现代格律诗"的研究和探索。鲁迅就曾说过，"诗须有形式，要易记，易懂，易唱，动听，但格式不要太严。要有韵，但不必依旧韵，只要顺口就好"②。诗歌要发展需要"形式"，"形式"可以说是诗歌的一个基本特征。闻一多也曾说，"形式"对于诗的重要性，"我以前说诗有四大要素：幻象、感情、音节、绘藻。随园老人所谓'其言动心'是感情，'其彩夺目'是绘藻，'其味适口'是幻象，'其音悦耳'是音节"③。而何其芳，更进一步完善了现代格律诗的具体元素。他说，"格律诗和自由诗的主要区别在于前者的节奏的规律是严格的、整齐的，后者的结构的规律是并不严格整齐而比较自由的。但自由诗也仍然应该有比较鲜明的节奏。比如惠特

①何其芳：《诗歌欣赏·十》，《何其芳全集》（第四卷），石家庄：河北人民出版社，1998年，第428页。
②鲁迅：《致蔡斐君》，《鲁迅全集》（第十三卷），北京：人民文学出版社，1981年，第220页。
③闻一多：《致吴景超》，《闻一多全集》（第十二卷），武汉：湖北人民出版社，1993年，第156页。

曼写的是自由诗，但读起来仍然有节奏性，和散文不同。我们今天有许多自由诗写得和分行排列的散文一样，没有鲜明的节奏，那是不对的"[1]。他进一步分析说，"我们说的现代格律诗在格律上就只有这样一点要求：按照现代口语写得每行的顿数有规律，每顿所占的时间大致相等，而且有规律地押韵"[2]。在他的格律诗要素中，"顿"和"韵"也是关键因子，他也都对此进行完整的阐释。尽管何其芳对于"现代格律诗"的探讨，也有值得商榷的地方。不过在当代诗歌中重新提出"现代格律诗"，认为形式也是诗歌的重要本质，这对当下迷失于语言，迷失于本能的诗歌创作界来说，应该是一个非常冷静的、有力的矫正器。而且，对于当代诗学体系的建构来说，现代格律诗也是一个重要的助推器。

总之，在何其芳的《诗歌欣赏》中，对于"好诗标准"的探讨，正如他说是"一次并不怎样有计划的旅行"，也非一个完整的体系。同时在他的鉴赏过程中，尽管何其芳尽量从时代的陷阱中跳出来了，但从他所选诗歌到对"好诗内容"的评价方面，都有一定的时代局限性。但是，不可否认，何其芳在他的《诗歌欣赏》中所展示出来的"诗歌鉴赏学"及其"好诗"，不但对当代"诗歌鉴赏学"的发展有积极意义，而且深入推进了当代诗学的建构。

①何其芳：《关于写诗和读诗》，《何其芳全集》（第四卷），石家庄：河北人民出版社，1998年，第272—273页。
②何其芳：《关于现代格律诗》，《何其芳全集》（第四卷），石家庄：河北人民出版社，1998年，第303页。

我们为什么需要鲍勃·迪伦？

10月13日诺贝尔文学奖授予美国非职业作家、民谣歌手鲍勃·迪伦，成为2016年文学界、音乐界乃至整个社会的一件文化大事。颇有意思的是，鲍勃·迪伦获诺奖这事件本身也充满了传奇性：起初由于鲍勃·迪伦的非职业作家身份，对于他的获奖文学界持否定态度；此后瑞典皇家学院一直联系不上鲍勃·迪伦，又让迪伦固有的叛逆色彩更加突出，反而滋生了对他本身而非文学的关注；最近又爆出鲍勃·迪伦对获诺奖"激动得无言以对"，准备参加颁奖典礼……这些都为一系列的"非文学意义"上的闲谈提供了空间。

然而，如果回到文学，情况又是怎样的呢？2014年著名诗人欧阳江河在《三联文化周刊》写了《鲍勃·迪伦的抗议民谣：他如何将革命植根人心？》一文，阐释了他对鲍勃·迪伦诗歌创作的理解。不过，今年鲍勃·迪伦获得诺贝尔文学奖之后，欧阳江河在《诺奖的文学与非文学尺度》中又谈到，"鲍勃·迪伦是一个文化偶像，歌词写得也非常好，我个人认为他的文学成就诗学成就是不低的。

但是我觉得，我们不能在文学意义谈论鲍勃·迪伦得奖，谈论是不是得当，是不是当之无愧。当然，我不认为他在文学上是当之无愧的，因为那么多美国的诗人，看到这个百感交集。"可以看到，作为中国当代诗歌界先锋诗人的代表之一的欧阳江河，对于鲍勃·迪伦获诺奖，也百感交集。那作为一个普通的读者又该如何评价呢？以"非文学尺度"的眼光来谈论鲍勃·迪伦，也就在所难免了。

我认为，鲍勃·迪伦获诺奖，让我们必须重新思考一个基础性的问题：何为文学？其实这也是迄今我们依然忽视的问题。

一方面，当我们在谈论鲍勃·迪伦"非文学"的时候，我们就已经遗忘或者说抽掉了传统文化中"文学"本身的多层含义。众所周知，中国古代是没有"文学"概念的，我们有"诗文之辩"，有"文笔之分"，还有"韵散之别"，却并没有"文学"与"非文学"的界限。"文学"最初的含义，是在孔门四科中，主要是指文献经典。南朝文学理论家刘勰"体大虑周"的著作《文心雕龙》，其中的"文"就包括了颂、赞、祝、盟、铭、箴、诔、碑、哀、吊、杂文、表、奏、启、议、对、书、记等各种文体。同样在萧统所编的《昭明文选》中，他的"文"也并不是"文学"，包含了令、教、文、表、上书、启、弹事、笺等文体。以至于到了近代，章炳麟在《文学总略》还说："榷论文学，以文字为准，不以彣彰为准。"换言之，中国古代文学是没有"文学"基本概念的，所谓"文学"，是指广义的"文"。然而，当下我们对鲍勃·迪伦的理解，并没有继承传统文化中的"大文学"观念，而是借助于现代西方对"文学"的界定。

另一方面，谈论鲍勃·迪伦作品的"非文学性"，又是我们义无反顾地迷恋"文学本质"的一种强大冲动。西方对"文学"的界定，以及对于"文学性""文学本质"的追求，是现代性的产物。一般认为，现代意义上的"文学"产生于1759年莱辛的《关于当代文学的通讯》，而史达尔夫人的《论文学》被认为是"文学"现代意义确立的标志。在现代意义上，要表述出"文学本质"，或者说追求文学的"文学性"的本质主义冲动一直没有停息过。而按照艾布拉姆斯在《镜与灯——浪漫主义文论及批评传统》中的"四要素"，现代便有了对文学本质的不同界定。如从"作家"要素方面，文学的本质就有中国的"诗言志""诗缘情"，以及西方的情感说、直觉说、本能说、生命说等文学本质论；从"作品"要素看，有诗性功能、肌质说、含混说、张力说等文学性理论；从"读者"要素来看，有视野融合说、期待视野说、召唤结构说。实际上，即使在现代性分化的理论维度上，"文学也并非大一统的"。可是，"文学的诸种概念"，却并没有阻挡我们将"文学的本质"一言以蔽之的努力。我们对于鲍勃·迪伦"非文学"的论述，也正是源于此种冲动。

然而，当我们还在以现代性的"文学"概念来谈论"文学"的时候，进入到后现代社会，我们更加清楚地看到，"反文学本质"，反一元本质的文学论。而反文学性的论点更有活力，已经成为西方现代社会中的一种更为广阔的"文学自觉"。乔纳森·卡勒在《文学性》一文中就认为，"文学性"在非文学文本中也普遍存在，并非是文学的唯一标志，"如今理论研究的一系列不同门类，如人类学、精神分析、哲学和历史等，皆可以在非文学现象中发现某种文学性……似乎任何文学手段、任何文学结构，都可以出现在其他语言之中"。同样雅克·德里达在《文学行动》中，也专门否定了文学的本质属性是文学性这一观点，"没有任何文本实质上是属于文学的。文学性不是一种自然本质，不是文本的内在物"。所以，诺思罗普·弗莱在《批评的剖析》中否定文学与非文学之间有区别，"我们没有区别文学的语辞结构和非文学的语辞结构的实际标准，对许多很难归类的书籍也并不抱有明确的看法"。特里·伊格尔顿也在《当代西方文学理论》中说，所有的文本，都可以是"文学文本"，"根本不存在什么文学的'本质'。任何一篇作品都可以'非实用地'阅读——如果那就是把原文读作文学的意思——这就像任何作品都可有'以诗的方式'来读一样"。所以，后现代主义在谈到"文学"时，就是谈一个丰富的多元的"大文学"概念，一个自由的"文本"概念，一个具有创造性的"文学精神"概念。

进而，当我们有了这样多元的"大文学"观点之时，我们就完全可以理解为何要将诺贝尔文学奖授予鲍勃·迪伦。这并非是跨界授奖的偶然性，而是具有"大文学"视野的文学合理性。从1998年开始鲍勃·迪伦就被诺奖提名，在获得诺贝尔文学奖之前，他就于2008年因"对流行音乐和美国文化产生深刻影响，以及歌词创作中非凡的诗性力量"获得过普利策文学奖。因此，瑞典科学院常任秘书萨拉·丹尼斯也完全是将鲍勃·迪伦放在整个西方文学谱系中认识的，专门谈到了他诗歌的意义，"他是一个伟大的诗人，他是一个伟大的曲作者，承载着伟大的美国歌曲传统……如果我们回首历史，就会发现5000年前的时候，荷马和萨福也写下本应配合音乐吟唱的诗作，我们现在依然在阅读欣赏荷马与萨福的著作，鲍勃·迪伦也是如此"。诗人西川在介绍鲍勃·迪伦的时候，也提到美国有一个教授，说鲍勃·迪伦的才华，可以和莎士比亚相比。所以，对于鲍勃·迪伦，完全可以如授奖词所说的"在伟大的美国歌曲传统中开创了新的诗性表达"，鲍勃·迪伦完全可以成为与叶芝、艾略特、夸西莫多、圣—琼·佩斯、聂鲁达、埃利蒂斯、帕斯、布罗茨基、希尼、米沃什、沃尔科特、特朗斯特罗姆等获诺奖的诗人相提并论的大诗人。只不过，作为重要民谣歌手的鲍勃·迪伦的名气，大于了作为重要诗人的鲍勃·迪伦，但这丝毫没有掩盖掉他的文学才华和诗性精神。鲍勃·迪伦获得诺奖，便让我们有了重新思考"文学"、重新建构"大文学"的新契机。

更为重要的是，也只有回到"大文学"上，我们才能更好地理解鲍勃·迪伦获奖对当代中国文学发展的重要意义。其实，我们早已认识到了作为重要诗人的鲍勃·迪伦。1988 年第 1 辑的《国际诗坛》，就有白婴译《美国民歌手波勃·狄伦的谣曲》。该文前言就高度赞扬了鲍勃·迪伦的诗歌才华，"他在六十年代越战时期所写的'抗议歌曲'，记录了美国青年在苦难的年代里的失望，悲痛和愤怒，这些歌词部分被编入《美国诗歌一百首》。可惜他作为民谣歌手的名气太大，把诗歌创作方面的才华掩盖了。美国作家洛德曼在六十年代后期访问智利诗人巴勃罗·聂鲁达的时候，曾经介绍过迪伦的谣曲，聂鲁达对它们非常欣赏，还计划译成西班牙文"。但问题在于，虽然我们一度承认了鲍勃·迪伦的诗歌才华，我们却并没有将他所彰显出来的文学意义沉淀到当代文学中。只有鲍勃·迪伦获得诺奖，才让我们更加重视鲍勃·迪伦的文学启示。

其一，鲍勃·迪伦为当代书面化、精英化的诗歌写作，提供了相反的"另一个序列"。如诗人西川的评价所说："这些年来，中国诗歌界所接受的外国诗歌，基本上都是书面的、精英化的，越复杂越好。从一个读精英诗歌的人的角度，可能会觉得鲍勃·迪伦的趣味正好相反……但是在西方，在非洲，有一套东西，叫 Lyrics，中文翻成抒情诗，实际上就是歌词。如果我们按照评价 Poetry（诗歌）的方式来看鲍勃·迪伦，你一定看不出好坏。鲍勃·迪伦写的是 Lyrics，它跟歌唱有关系，当然迪伦往里边附加了价值观，表达了他对世界的看法，表达了他的情趣……你要是读非洲好诗人的诗歌，全是像歌一样的节奏。尼日利亚有个诗人班·欧克利，得过英国布克奖，他的诗就是这样。那些不是艾略特、庞德、叶芝、瓦雷里的序列，是另外一个序列，这个序列跟表演、歌唱，跟这些东西有关。"这个时代的我们及其文学，已经在工业机械文明、城市商业文化以及娱乐消费主义等浪潮的包裹之中，我们不断地遭遇着各种各样的概念、面孔和力量。面对这样一个纷繁复杂、波澜起伏的时代，我们的文学必须要打开"另外一种序列"，必须把现实生活的各种细节，以究览各种文体的勇气，灌注到创作之中，方能真正点燃生命、照亮大地。

其二，鲍勃·迪伦的写作，让文学重新回归到"招魂传统"之中。于坚就说："鲍勃·迪伦是什么？他是一个伟大的招魂的巫师，我认为文学今天被理解得非常狭隘，好像就是一种修辞技术，一种特殊知识的展示。但是文学起源于什么？起源于招魂。人类为什么需要文学？从《诗经》开始就知道，诗是用来招魂的。诗本来就是在一个招魂的祭祀活动里，人和众神对话的一个形式……对美国来讲，无论是狄金森，还是惠特曼，还是弗罗斯特，都是这个路数的诗人。这些诗人都是要招魂的，某种意义上他们认为诗就是一种宗教。只是到了纽约派、阿什伯里，才把诗转变为修辞活动，一种智商运动。那也无可厚非。但是你看诗的本源，为什么美国诗歌最伟大的诗人是狄金森、惠特曼？我觉得迪伦是继承了这种传统。"当下创作，我们抓住了"文字魔方"，试图在语言中抵达现实、抵达精神世界。但实际上纯粹的文字是深藏的陷阱，是一冰冷的牢笼。在没有灵、没有魂的支撑下，此时的文字成为变异的文字，甚至成为文字疾病、文字瘟疫，其破坏性完全大于建构性。鲍勃·迪伦歌词中的"灵魂呼喊"以及其所呈现的"招魂传统"，无疑是对当下创作不触及灵魂，而源源不断地炮制各种文字魔方而不能自拔的当头棒喝。

总之，从鲍勃·迪伦获诺贝尔文学奖来看，世界文学早已经在更为广阔的文学视野中来谈论"文学"了。由此，在今年的热门作家中，叙利亚诗人阿多尼斯、肯尼亚作家恩古吉·提安哥、日本作家村上春树，或者说是美国小说家罗斯、诗人阿什贝利，乃至中国诗人北岛、小说家阎连科……均有可能此后获得诺奖。但是我想，在 2016 年，他们其中任何一个人获诺奖都不会如鲍勃·迪伦的获奖更能扩充我们的文学视野，更能带给我们对文学的新认识，乃至更能为我们的文学突围提供新空间。

四　川　篇

四川：百年中国新诗的"半壁江山"

1917 年，胡适在《新青年》上发表八首白话诗歌，被视为中国新诗诞生的标志。2017 年，正好是中国新诗诞生的 100 周年。毫无疑问，百年间在中国新诗人的积极探索之下，中国新诗从草创、实验到建设，历经无数现代诗人的艰苦努力，取得了辉煌成就。一些作品不仅成为中国现代文学经典，也在世界文学中占据着举足轻重的地位。由此，在中国新诗百年之际，总结和梳理中国新诗的百年成就，具有重要的意义，也能为中国新诗下一个百年的发展提供重要参考。

"文宗在蜀""文宗自古出西蜀"，在中国文学的发展史上，四川文学都是一支相当重要的力量。古代蜀学，以文史见长，名家辈出。西汉，这里有"文翁倡其教，相如为之师，其学比于齐鲁"的学术盛况，汉赋四大家就有司马相如、扬雄二人。唐诗"双子星"中，李白是蜀人，杜甫在蜀中草堂写下了传世名篇。到宋代，这里有"蜀学之盛，冠天下而垂无穷"的赞誉，唐宋八大家蜀中就有三家。明代记诵之博，著述之富，推四川诗人杨慎为第一。至晚清，这里有张之洞、王闿运的尊经书院，人才辈出，蔚为壮观。漫长而深厚的历史滋养，为四川奠定了深厚的文化传统，记录了漫长的诗人名单。虽然地处西南内陆，四川却具有"开天下风气之先"的历史气度。

巴蜀历来就有一种二重心态，在成都有少城大城之分，在四川有"川陕四路"之别，在巴地区有三巴之异，巴蜀地区文化本身就存在了多重形态。但在"巴蜀"这个地域、文化概念来看，巴与蜀在历史上基本都是作为一个整体参与四川文化与文学的发展过程。因此，虽然重庆从1997年作为直辖市而与四川分为两家，但在论述中，仍是在传统的四川行政区划内，将四川诗歌、重庆诗歌纳入一体论述。同时，四川境内作为少数民族聚居地的甘孜州、阿坝州、凉山州，其藏族、彝族、羌族等少数民族诗歌，也作为四川诗歌的重要组成部分来一同论述。这不仅是要呈现巴蜀文化圈内四川当代新诗的整体面貌，而且也是要展示四川当代新诗发展过程中复杂多样的一面。

"五四"以后，四川现代作家同样在中国文学中占有重要的地位，为新文学的诞生与成长做出了突出的贡献。按"鲁、郭、茅、巴、老、曹"这一对于中国现代文学重要作家的排列来看，巴蜀作家与浙江作家都占了两位。根据《中国现代作家大辞典》《中国文学家辞典现代分册》等工具书的统计，在中国现代文学中，四川作家总体数量居全国第三位。尽管这只是一个简单的数据统计，但在一定程度上，又无疑表明巴蜀作家在中国现代文学中的重要作用与特殊地位。

回到诗歌，在新诗创始之初，四川诗人们不仅站在了最前列，而且还屹立于诗歌的最高峰。叶伯和可以说是中国新诗创作的第一人，早在胡适之提倡写白话诗之前，他便在音乐教育的实践中，开始了新诗歌创作。正是这样一种探索和创造精神，叶伯和不仅主持了四川第一份现代文学刊物《草堂》，而且是中国新文学史上第二个出版个人诗集的诗人。1920 年 5 月他的《诗歌集》由上海东华印刷所出版，比 1920 年 3 月中国新诗第一部诗集胡适的《尝试集》只晚了三个月。诗人吴芳吉其代表作《婉容词》被中国诗界誉为"几可与《孔雀东南飞》媲美"的传世之作。在五四文学时期，他在诗歌创作中还提出了自己独特的见解，对新诗界全部否定传统诗歌的观点进行了批判，倡导诗歌要有时代感和现实感，要有鲜明的现实主义，形成了融雅俗于一体，既有古雅的文言又有现代白话的"白屋诗体"。

王光祈、周太玄、曾琦等四川籍作家 1919 年在北京组织成立的"少年中国学会"，成为现代史上会员最多、历史最长、影响深远的学会。1922 年林如稷、陈炜谟、陈翔鹤等四川籍青年在上海成立的"浅草社"，则被鲁迅誉为"中国最坚韧，最诚实，挣扎得最久的团体"。他们都为现代诗歌的发展，为整个四川现代文学的发展做出了重要的贡献。康白情以《草儿》《草儿在前》等诗集蜚声诗坛，而且还是现代文学重要刊物《新潮》的组织者之一。也正是他的诗歌，极大地影响了郭沫若。

而在文学、历史学、考古学、哲学、教育学等方面均做出了巨大贡献的郭沫若，其《女神》无疑是 20 世纪新诗的巅峰之作。1921年出版的诗集《女神》，为现代诗歌贡献出了《凤凰涅槃》《女神之再生》《炉中煤》《笔立山头展望》《地球，我的母亲！》《天狗》《立在地球边上放号》等经典诗篇。闻一多在《〈女神〉的时代精神》一文中说，"若讲新诗，郭沫若君的诗才配称新呢，不独艺术上他的作品与旧诗词相去最远，最要紧的是他的精神完全是时代的精神——二十世纪底时代的精神。有人讲文艺作品是时代底产儿。《女神》真不愧为时代底一个肖子"。在最具代表性的作品《天狗》中，我们感受到的是解除了束缚、获得自由、畅快的自我，一个充满了力量和充满自信感的自我。与古典诗歌相比，郭沫若诗歌中的"自我"完全突破了"天人合一""物我交融"的审美境界，而将"自我"作为世界的原点。在这一首诗歌中，诗人的主题就是自我主体的意志、欲望和精神的张扬，诗歌写作的过程，就是自我能量的释放过程。与古典诗歌相比，郭沫若诗歌中的"自我"在不断扩张，不断强大，不断冲破一切，有让"我"统驭世界之势。在这样极端绝对的自我的表达之下，展示出了现代诗歌新的表现对象和欣赏对象，为我们呈现出了新的诗歌美学。郭沫若的新诗，使中国新诗有了真正意义上的"现代"诗、"自由"诗！而他于1921年在日本东京所创立的"创造社"，则是现代文学史上成就最高、影响最大的现代文学社团之一。

何其芳虽然只有三本诗集《汉园集》（合集）、《预言》和《夜歌》，但他的诗歌，在梦幻中忘返，展现了无比寂寞和忧郁的独特风格。同时他还以完整的形式、严格的韵律、谐美的节奏，让诗歌中的形象和意境达到了其他现代诗人难以企及的地步。新中国成立后何其芳在诗歌方面的贡献，更重要的是他的诗歌批评，他在任中国社会科学院文学研究所所长期间，出版了诗论集《关于写诗和读诗》《诗歌欣赏》，这不仅对"现代格律诗"做出极为有益的建设，也建构出了一套诗歌欣赏的理论体系。

曹葆华，曾与孙毓棠、林庚一起，并称为"清华三杰"。他不仅有《寄诗魂》《灵焰》《落日颂》等几部诗集问世，而且还翻译了梵乐希（即瓦雷里）的《现代诗论》、瑞恰慈的《科学与诗》等现代诗学理论著作。另外一位重要的诗人，是九叶派诗人陈敬容。她曾说，"诗是真切的生命体验，是敏锐的生命感觉，是生命搏斗的过程，是精神超越的记录"。她出版过《星雨集》《交响集》《盈盈集》等集子，被誉为"在中西诗意结合上颇有成就，是推动了新诗现代化进程的重要女诗人之一"。

1937 年 11 月，国民政府发布《国民政府移驻重庆宣言》，国民政府正式移驻重庆，建立重庆国民政府。1938 年 8 月中华全国文艺界抗敌协会内迁来重庆市中区张家花园，12 月国民政府军事委员会政治部第三厅迁到天官府，大批作家随之来到重庆，这形成了现代四川文学的高峰，也确定了四川作为大后方抗战文化中心的地位。如果将民国文学分为三个十年，那么民国文学的第一个十年的中心在北京，民国文学的第二个十年中心在上海，民国文学的第三个十年的中心就在四川双城——重庆、成都。在重庆除了有老舍等主编的文协机关刊物《抗战文艺》、罗荪主编的《文艺月报》、茅盾主编的《文艺阵地》、胡风主编的《七月》等全国性的大刊物之外，还有《民族诗坛》《诗报》《诗垦地》《诗丛》《文化先锋》《文艺先锋》等刊物，在成都有《金箭》《战潮》《工作》《笔阵》《金沙》《诗前哨》等文学刊物，形成了中国现代诗歌的另一个高峰，涌现出了一批重要的现代四川新诗人。

以华西文艺社为主体的"平原诗社"，他们构成了抗战时期具有鲜明个性特色和地域特色的一个现代诗歌群体。由于历史原因，一些成员在新中国成立后卷入到"胡风反革命集团"。此时他们在何其芳、曹葆华、周文等人的影响下，不仅创办了《华西文艺》《挥戈文艺》，也出版了《涉滩》《五个人的夜会》诗丛刊，出现了杜谷、蔡月牧、寒笳、葛珍、陈道谟、徐伽、白堤、羊翚等优秀诗人。除此之外，新中国成立后更多以编辑、翻译家的身份出现在中国文坛上，求学并生活于四川的老诗人杜谷、化铁，他们的诗集《泥土的梦》《暴雷雨岸然轰轰而至》，都被胡风列入《七月诗丛》，他们成为七月派诗人，为四川诗歌带来了厚重而博大的诗歌精神。先后出版有《雨景》《声音》等诗集的诗人方敬，在诗歌中求真、求美，独具一格。而新时期他为中国新诗培养研究者和理论家，为四川诗歌的发展贡献出了自己的力量。

出生于四川的覃子豪，去台湾后编辑有《新周诗刊》《蓝星诗刊》。他反对横向移植，提倡自由创作，与钟鼎文、纪弦并称台湾现代"诗坛三老"，并被新诗派诗人奉为宗师。1968 年后台湾出版的《覃子豪全集》，全面彰显了他在中国现代诗歌史上的重要贡献。另一位去台湾的四川诗人商禽，一直都对超现实主义保持孜孜追求的热情，他的纯诗理论和创作，拓宽了现代诗歌的发展空间。

新中国成立后四川诗歌的表现，依然占据着当代诗歌的显赫地位。新中国成立初的入川诗人雁翼、顾工、孙静轩、高平等，与四川本土诗人傅仇、戈壁舟、梁上泉、高缨、张永枚、杨星火、陈犀、唐大同、陆棨、张继楼、杨山等，逐渐形成了一个巴蜀诗人群。他们的诗歌大多是以巴蜀山水风貌为内容，以新中国建设和追求和平为主题，呈现出特有的"川味"特征，具有较高的艺术性，形成了中国当代诗歌独特的"巴蜀诗派"。1960年四川十年文学艺术选集编辑委员会编的《四川十年诗选》，集中呈现了这一阶段四川诗人的创作。

1957年1月1日《星星》诗刊在成都创刊，虽偏居西部却与北京的《诗刊》一起并列为新中国创刊最早的"专门的诗刊"。它的创刊不仅为四川诗歌的发展贡献了丰腴的诗歌气场，更是为当代诗歌的发展开拓了一个广阔的空间。在白航、石天河、流沙河、白峡等人的主持和努力下，《星星》实行"多样化"方针，为当代新诗的发展打开了新的局面。而1957年创刊号上发表了流沙河的《草木篇》，就引发了一次意想不到的全国性大批判。但《星星》诗刊创刊以来，各种流派、风格的诗人及其作品在这里相聚，一代又一代诗人和读者与《星星》结下了不解之缘。它与中国当代诗歌的发展同步，见证了中国诗人的成长，见证了中国当代新诗发展的轨迹，在中国当代诗歌史、文学史中都有着重要的意义。一部《星星》诗刊的历史，可以说就是新中国成立后中国诗歌发展的历史缩影。

1958年全国性的新民歌运动，从"成都会议"发端。1958年3月22日召开的"成都会议"上，毛泽东提出进行民歌的搜集和整理工作。当时四川就有2万多个山歌社、文艺创作组，出版了3000多本新民歌诗集，出版了专门研究"新民歌"的理论著作，将新民歌运动推到一个高峰。1975年戴安常编选的《进攻的炮声》，其作品均有着浓厚的政治性，但也让我们看到活跃于"文化大革命"时期的四川诗人非常之多，涌现出了一批以柯愈勋、刘滨、熊远柱等为代表的工人诗人和以杨星火、童嘉通、里沙等为代表的军旅诗人。

即使是在 20 世纪 60—70 年代，在知青诗歌与地下诗歌创作方面，四川也有着特别的贡献。"文化大革命"时期成都的"野草沙龙"和"西昌聚会"，便是其中的代表。以邓垦、陈墨为中心人物的"野草诗群"，在特殊的时期，他们多次编选《空山诗选》《野草》，呈现出了具有巴蜀特色的"茶铺派"，在诗歌中着力追求生命的天性与自由。周伦佑保存下了自己在"文化大革命"期间的一些诗文稿，之后编辑为《周伦佑"文化大革命"诗选》。周伦佑"文化大革命"期间的文学活动及作品，对 20 世纪 80 年代非非主义的产生，有着重要的影响。

就在全国新潮涌动的同时，四川诗人也唱响了新时期的诗歌声音。骆耕野的一声《不满》，以宏大的魄力介入社会和政治，其诗歌中发出的可怕的"个人声音"，成为时代的最强音，引起了整个文坛的地震。果园诗人傅天琳、蓝水兵诗人李钢，以及写《我是青年》的杨牧，写《干妈》的叶延滨，写《一个彝人的梦想》的吉狄马加，一起构成了中国诗歌界的"四川新诗潮"。1979 年《星星》复刊后，持续性地推出了一系列的重要诗人和诗歌作品，其价值和影响是显而易见的。1986 年 12 月 6-9 日，《星星》诗刊举办"中国星星诗歌节"，选出了舒婷、北岛、傅天琳、杨牧、顾城、李钢、杨炼、叶延滨、江河、叶文福等十位"我最喜欢的当代中青年诗人"，举行了《星星》诗刊创刊三十周年的纪念活动，将朦胧诗诗人进一步推向了全国。在《星星》诗刊内部，可以说由《星星》编辑部的编辑们构成了当代诗歌发展中的一个重要诗人群——"星星诗人群"：叶延滨、杨牧、张新泉、梁平、龚学敏等……他们既是优秀的编辑，又是优秀的诗人，他们的创作为当代新诗的发展贡献出诸多有意义的探索。

1980 年艾青出版诗集《归来的歌》的同时，成都诗人流沙河写了《归来》，四川诗人梁南也写下了《归来的时刻》。四川的一些老诗人，以强烈的批判精神和反思色彩，加入到了归来者的合唱之中。同时他们也以强烈的自我主体意识，开创了归来者新的诗歌空间。以孙静轩、雁翼、木斧、高缨、王尔碑、傅仇、沈重、戴安常、唐大同等为代表，可以说形成了一个庞大的"归来者诗群"。入川老诗人孙静轩，20 世纪 80 年代又贡献出了《告别二十世纪》等重大作品，再一次表现了自己不竭的创造力！而到了 20 世纪 80 年代，他们依然保持着旺盛的生命力，呈现出灵敏的现代感受力。

20 世纪 80 年代的四川，更是"第三代"诗歌最重要的策源地，成为那个时代诗人心中的"圣地"。早在 1982 年 10 月，重庆的西南师范学院有过一次艺术家的聚会，参加这次聚会的许多人后来都成了"第三代"的诗人，如万夏、廖希、胡冬、赵野等，并且这次聚会诞生了《第三代诗人宣言》。1983 年成都诗人北望（何继民）、赵野、唐亚平等创办自印诗歌刊物《第三代人》，刊名"第三代人"成为新一代诗人的代名词。之后，欧阳江河、周伦佑、石光华、万夏、杨黎等人在成都筹办以先锋诗人为主体的"四川青年诗人协会"，将四川诗人团结起来。接着 1985 年万夏等人编印的《现代诗内部交流资料》，成为中国第一本铅印的地下诗歌刊物，正式提出了"第三代诗人"的概念。此时，莽汉主义、整体主义、大学生诗派、非非主义、新传统主义等流派，绝对是整个第三代诗歌的中坚力量。大学生诗派以"反文化"回归日常世俗生活，整体主义、新传统主义的反现代文化是要回归民族精神，莽汉主义诗歌的本质则是义无反顾地行进在反叛而无归途的路上。其中周伦佑、李亚伟、杨黎、廖亦武、万夏、燕晓冬、尚仲敏、宋渠、宋炜，等等，均是第三代诗歌最重要的代表诗人。1993 年万夏、潇潇编选的《后朦胧诗全集》，由四川教育出版社出版，收选了从 20 世纪 80 年代初以来 73 位诗人 1500 首 5 万 3000 多行的代表作品，成为对朦胧诗后诗歌，特别是第三代诗歌的一次完整呈现。在第三代诗歌中，非非主义可以说是最有影响力的流派。非非主义创立于 1986 年，由周伦佑、蓝马、杨黎等人发起，在理论上的核心是极端的反传统，提倡超越文化。为此，他们提出了"前文化理论"，认为只有彻底摆脱这个符号化、语义化的世界，才能真正地实现"前文化还原"，达到感觉、意识、逻辑、价值的原初存在。1992 年周伦佑在非非的复刊号上提倡《红色写作》，呈现了他于 20 世纪 80 年代创作的内在精神和诗歌方法的继承与反驳。1993 年德国著名汉学家顾彬在《预言家的终结》一文中，将 20 世纪中国诗歌划分为以朦胧诗和以非非主义为标志的两个阶段，并论述了以非非主义为标志的新诗歌浪潮对朦胧诗的取代和超越，认为非非主义具有世界性意义。

1990 年孙文波又与肖开愚一起主编《反对》，明确提出了"中年写作"这一个 20 世纪 90 年代诗学的重要概念，标示了 80 年代诗学向 90 年代诗学的转变。而凸显个人手艺的"四川七君"成为当代诗坛的主力。"四川七君"之名来源于 1986 年香港中文大学所办的刊物《译丛》，该刊介绍了欧阳江河等七位四川诗人的作品。1995 年德文本《四川五君诗选》（欧阳江河、柏桦、翟永明、孙文波、钟鸣）在德国出版，奠定了他们的诗学地位，也进一步扩大了他们的国际影响力。另外，在 20 世纪 90 年代诗歌中，肖开愚主张步入中年后的写作应该告别"青春写作"，提出具有积极承担责任意识的"中年写作"诗学，产生了重要的影响。他们在 20 世纪 90 年代确立了自己"从身边的事物发现自己需要的诗句"的基本的诗歌创作倾向。在他们的诗歌作品中，当代社会的各种细节和情节被刻绘和保存，彻底提升了"日常生活"的质量和高度，投射出强烈的历史关怀和人文情怀。同时他们在叙事方面的探究，使现代诗学中叙事的"及物能力"得以加强，构筑了现代诗学新的可能。他们还强调对当下生活、当代社会语境、当代社会政治经济文化中"个人性"的深刻把握。正是在这种当下语境中，他们敏感意识到"生存处境和写作处境"，对诗歌本体认识加深，形成了一种成熟的、开阔的写作境界。这不仅代表了 20 世纪 90 年代诗歌的"综合"走向，也提升了现代诗歌汉语表达能力，也增强了现代诗歌探测存在的深度。

　　民间刊物，不仅是 20 世纪的中国文学最重要的组成部分，也是当代四川诗歌发展的中坚力量。《现代诗内部交流资料》《非非》《汉诗：二十世纪编年史》《莽汉》《巴蜀现代诗群》《中国当代实验诗歌》《象罔》《红旗》《反对》《九十年代》《诗境》《诗歌档案》《存在》《独立》《圭臬》《四川诗歌》这些民刊咄咄先锋精神和极端自由姿态，一同创造出中国诗歌发展的奇迹！这些民间诗刊和诗人们，以其鲜明的自由、先锋、个性、探索和创造精神，深刻地改变了现代汉语，深深地改变了我们对世界和自我的认知，甚至参与到现实社会的建构和改革之中，成就了当代中国新诗的另一个黄金时代。早在 1963 年，成都的"野草诗群"就开始了自己的文学活动，编辑《野草》《空山》等多种诗集，预演了一场新的诗歌时代的来临。1982年钟鸣油印编选《次森林》，可以说是第一本南方诗歌地下杂志。之后四川的民间诗刊全面开花，《第三代人》《黑旗》《阵地》《贫日》《三足乌》《现在》《中国现代诗》《王朝》《净地》《诗人力作抗衡》《黑陶碗》《龙舟诗报》《拓荒者》《巴蜀诗人报》《萤》《晨》《当代青年诗人》《山鹰魂》《阆苑》《地铁》《诗研究》《诗歌创作与研究》《上下》《新大陆》《裂谷流》《山海潮》《跋涉者》《声音》《女子诗报》《浣花》《蓝族》《潜世界》《终点》《侧面》《彝风》，再到《在成都》《人行道》《幸福剧团》《或许》《屏风》《鱼凫》《格律体新诗》《零度》《自便》《第三条道路》《元写作》《天下诗歌》《曲流》《私人诗歌》《驿站诗报》《大巴山诗刊》《此岸》《中国诗歌年鉴》《界限》《蜀道》《现在诗歌读本》……呈现了四川这片土壤所孕育着的充沛的诗歌力量。当下《非非》提出"体制外写作""介入写作"，《独立》的"地域诗歌写作"，《存在》诗写凸显"心灵命运的超验之维"与"文本、人本"立场的同构、互文与担当，《圭臬》的"词语写作"，不仅形成了一批较有实力的诗人，也初步构建出了一套新的诗学体系。2006年创办的《芙蓉锦江》诗刊，秉承"天下诗歌"之理念，试图把诗刊办成"天下诗人之家"。以"中国诗歌最低处"为口号，力图成为中国诗歌的最后堡垒。他们扎根于四川，坚持办刊、出刊，已渐成气候。这些民间诗刊，不仅为我们呈现出了许多优秀的诗歌文本，而且展示了高贵的诗歌精神，使四川具有了无比丰腴的诗歌气场。

攀西地区的少数民族诗人，共同创造了当代四川新诗的奇迹。在彝族诗歌方面，吴琪拉达第一个突破了彝族传统诗歌五言古体的形式，开启了彝族当代新诗的全新面貌。而吉狄马加，则以现代的自我身份意识和少数民族的特殊视域，展示了一个特殊的现代灵魂的波动，成为当代彝族诗歌的领军人物。阿库乌雾、倮伍拉且、吉木狼格、发星等是当代彝族诗人的代表。川西藏族不仅走出了扎西达娃、意西泽仁等著名小说家，也诞生了阿来、列美平措等优秀的川西藏族诗人。羌族新诗在当代得以发展，一批作家诗人正在成长起来，诗人羊子等在当代羌族诗歌中比较有代表性。另外，川东的土家族、苗族以其神秘的气质，走出了冉庄、何小竹等优秀的诗人。

尽管身处中国内陆，但秉承着"蜀"文化的基因，四川诗人总是具有"敢为天下先"的精神，具有重塑历史、重构历史的野心。同时，他们对于"语言本体"有着深刻认识，如非非主义的"诗从语言开始"，使"第三代"也被称为是"以语言为中心"的一次诗歌运动，或者就是一次"语言运动"。更为重要的是，四川诗人常常迷恋着"诗歌之境"，在他们的诗歌中，尽管有着主体对于客观世界的主宰，他们也始终有着远离"物"以呈现"物本身"，让事实、让真实自然朗现出来的诗学追求。这些引人注目的四川诗人，他们继承了大半个世纪以来中国新诗的传统，更在艺术的创新方面锐意探索甚至无所顾忌，为四川诗歌乃至中国新诗创造了更多的新质。

明代何宇度曾说："蜀之文人才士每出，皆表仪一代，领袖百家。"有着漫长而深厚的历史滋养的四川当代新诗，在当代新诗走向集大成之时，值得我们期待。

百年重庆新诗简论

一

"重庆文学"概念的提出，特别是在陪都文化、抗战文学和区域文化等文化建设的大背景之下，引起了学界的关注。而这也使我们对 20 世纪中国文学的思考有了新的洞见。在"20 世纪重庆文学"中，"新诗"是其重头戏，特别是重庆文学中丰富的诗歌基因，使"重庆百年新诗"给我们带来了更多的文学史视野，也让我们从中引发出了更多的思考。

对于重庆文学史研究，有两件事值得注意。第一是《涪陵师专学报》从 1999 年第 1 期开始推出了建构"重庆文学史"栏目，重庆以及全国的一些专家学者都参与了相关讨论，并且在区域写史的观念和方法上进行了深入细致的探讨，这奠定了重庆文学进一步成长的基石。第二就是吕进主编的《20 世纪重庆新诗发展史》于 2004 年由重庆出版社出版，这本论著不但为重庆文学史的编写提供了一个很好的范本，给我们展现了一个"诗歌之城"的清晰面貌，更为我们呈现了 20 世纪重庆文学中特殊的诗歌基因。

《20 世纪重庆新诗发展史》中所呈现的重庆文学中现代新诗基因的特质，正是我们思考的起点。我们看到，重庆百年新诗的创作，体现了这样一些特色。

第一，重庆一直站在 20 世纪新诗潮流的前端，并产生了一大批优秀诗人。如清末民初的现代诗过渡型诗人吴芳吉，就以其白话诗《婉容词》震动白话诗坛，在新诗初期大放异彩。之后重庆诗歌的创作又经历了两次高潮，即抗战时期和新时期，显示了重庆作为诗歌重镇的实力。重庆作为抗战时期中华民国的陪都，由于大批文化教育机构也随同内迁，给重庆文学带来了新的生机。在第一次高潮中，聚集于重庆的外地诗人充当了主角，如郭沫若、臧克家、艾青等许多诗人先后随"文协"来到重庆，以及胡风的《七月》杂志等在这里成长，这掀起了抗战诗歌创作的热潮，并且进一步丰富了重庆自身的文学创作，也提升了重庆在全国诗歌运动中的地位。迈入新时期，重庆新诗再放异彩，新老诗人齐声歌唱。许多老诗人重返诗坛，献上自己的新作，而新诗人不断出现，更是组成了实力雄厚、风格多样的诗人群。特别是"第三代诗"以四川和重庆为重镇，这"双城"成为继北京作为朦胧诗运动中心以来的又一新时期现代诗歌运动中心。这一次高潮由重庆本地诗人所推动，使重庆新诗真正走出了一条具有全国影响的道路。

重庆这样一个诗歌重镇，不仅哺育了吴芳吉、何其芳、方敬、杨吉甫、梁上泉、傅天琳、李钢等本土著名诗人，也曾吸引胡风、宗白华、臧克家、卞之琳、艾青、梁宗岱、孙大雨等大批外地诗人会聚于此。

第二，重庆这一批诗人与其诗歌创作，留下了独特的诗歌风格，正如吕进在《20 世纪重庆新诗发展史》中所指出的那样：一、在生命意识和使命意识之间。重庆诗人总是说，他们寻求着生命意识和社会意识的和谐，这使得重庆诗歌别具内涵。二、在诗情和诗体之间，重庆诗人在丰富自由诗的诗体上付出了许多努力。三、在作品与传播之间，重庆诗人不断探索诗歌的传播方式。在这样的背景下重庆诞生了一大批理论和批评家，为重庆诗歌新的生长点提供了不懈的动力。如吕进、石天河、李怡、蒋登科等一批诗歌评论家活跃在诗坛上，对新诗的发展提出了自己独特的思考，这对新诗的成长起到了非常积极的作用。

在 20 世纪的流程中，重庆新诗在曲折的道路上取得了可喜的成就，并成就了重庆新诗丰富的诗歌基因。

二

在对 20 世纪重庆新诗史进行了清理之后，我们还需对诗歌本身进行深层的阐释，对其价值予以定位。如果涉及价值层面，以价值来清理事实的话，我们就会看到 20 世纪重庆新诗在成功的背后，也面临着一些困境。由于重庆诗歌中丰富的诗歌基因，已经成为中国现代诗歌的重镇，在中国现代新诗的发展历程中，有一定的代表性。由此，我们对 20 世纪重庆新诗的分析，实际上，也是在反思中国现代新诗发展中的问题和困境。

重庆是巴文化的中心，因山的性格而演化出了男性化的文化风格，以码头文化的江湖习气，带来了袍哥性格的义气直率。那么，在重庆文学或者说重庆诗歌的书写中，我们应该看到雄武有力的"武将"式诗歌形象，在诗坛上展现出高亢昂扬的诗人形象。更进一步说，特别是在抗日战争期间，重庆作为战时"陪都"的尊贵，就更加显示着巴文化自身贵族气息特色。因此，我们就更应该在重庆文学作品和形象画廊中，看到那种有着与"都城"尊荣相匹配的高贵的文化和文学气质。但是在重庆现代新诗的历程里，重庆诗人和诗歌，从白话诗初期诗人吴芳吉到"年轻的神"何其芳，从"第三代"的"大学生诗派"到"绿色的音符"傅天琳，从"大海的水兵"李钢，再到民刊《界限》，我们却很难找到那"大山高歌""武将雄歌""袍歌怒歌"和"皇城悲歌"的声音！这样带有悖论的诗歌历史，就让我们不能不对重庆的诗歌所体现的复杂性格产生追问的兴趣。

回到重庆新诗历史之初，吴芳吉代表作《婉容词》被中国诗界誉为"几可与《孔雀东南飞》媲美"的传世之作。在五四文学时期，他在诗歌创作中还提出了自己独特的见解，对诗界全部否定传统诗格的"突变论"、全盘欧化的"另植论"、死守陈规的"保守论"都进行了批判，倡导诗歌要有时代感和现实感，要有鲜明的现实主义。但是我们看到，即使是《婉容词》本身，也是激情有余，个性形象不丰满，深刻的社会体验也不丰富，很难呈现出多层的阐释空间。而在《婉容词》后，诗人少有新诗力作。尽管他提出了较多的现代诗歌理论，但对诗歌的实际写作和他自己的操作结果来看，成就和影响也是相对较小的。

何其芳也是一个很典型的例子，总的来说只有三本诗集：《汉园集》（合集）、《预言》和《夜歌》。他前期的诗歌在个性的开拓和诗歌形式的建设方面有着不可替代的地位，他对《花间词》的迷恋，对文字的痴迷，形成了他在现代诗歌史上的独特风格。再加上他诗歌完整的形式、严格的韵律、谐美的节奏，在形象和意境上达到了别人难以企及的地步。但是到了新中国成立后，由于身份和现实的改变，诗人何其芳难以再展现出自己独特的诗歌个性。他转向了写散文或者评论，而少有诗歌力作，他的诗歌事业可以说结束了，再难以看到他持续不断的勃勃创造力！

而胡风的《七月》和《希望》在重庆展开一片蔚蓝的诗歌天空的时候，重庆本地诗人却难以毫不妥协的方式完成自己对诗歌最真诚的献祭。在大量空洞的抗战的激情中，很难有诗人形成自己独特的风貌。同样，1984 年底到 1985 年初，重庆有一群诗人们以新的声音在呼喊，想以咄咄逼人的气势冲向全国。他们毫不掩盖自己的粗暴、肤浅和胡说八道，似乎让我们看到了"巴人形象"的一线希望。特别是作为主将的尚仲敏和燕晓东的诗作，像给诗坛扔下了一颗炸弹，点燃了重庆诗歌的本身热情。但是，他们也都很快就转向，正如他们在"大学生诗派"中的宣言一样，"它只追求美丽的一瞬"，就"轰隆一响"，然后迅速在人们的世界，在诗歌的地域上消失。有着较大影响力的女诗人傅天琳，从绿色的音符到果园之诗，其细腻的情思，以及精巧的诗艺，是罕有人匹敌的。不过，当代人精神的漂泊、当代社会的挣扎，却并没有成为她着力营造的诗歌主题。

正如当代诗坛的基本问题一样，当前的诗人们，在种种原因之下，要么转行去做其他的行业，要么就是不写诗，而改写其他的文体，要么干脆什么也不写，曾经的潜力诗人就在诗坛上销声匿迹……由此，重庆诗坛乃至整个中国诗坛，少有对新诗一直执着坚持的诗人，他们不得不为各种社会问题所牵制，相当有潜力的诗人放弃了诗歌的写作，放弃了自己的内心的写作方式，而最终使自我远离了诗歌创作这个中心。在缺少了持续性写作的诗人的时候，诗坛也就缺少厚实厚重的诗歌文本。而这样的诗人个体，导致的一个直接的现象就是诗人诗歌文本"量"的不够，不能体现出一个诗人思考的深度。在深层意义上，就是诗人创作所呈现的内容狭窄，没有出现天马行空的想象，没有充沛磅礴的生命力冲动，没有复杂繁复的生命体验，而这些也正是当代诗歌的瓶颈。换句话说，拥有能产生"生命强音"的重庆，我们却不得不面对这样的一个现实：诗人们没有秉承巴文化中的持久性的力量、雄性的力量、刚强的力量，诗歌作品没有产生具有"巴文化精神"的重庆诗歌，或者说是真正的巴诗、渝歌！

这也是当下整个中国诗坛的境遇，诗歌写作陷入迷茫和求生的境地。另外一个方面，网络诗歌写作大量地涌现，十分活跃。而在网络这种大众化的写作状态下，表面上带来了诗歌的繁荣，给新诗带来了新的生长点，但实际上，由于其粗制滥造，反而给新诗带来了更为不利的影响，让诗歌陷入了更深的困境。而此种种，也成为了与我们所谓的"现代诗歌的困境""现代诗歌的边缘化""诗歌之死"的忧虑和不安的来源。而在一定程度上，这些问题与重庆诗歌中所呈现的问题是紧密相连的。也就是说，正是新诗本身建构的力量的不足，才导致了现代诗歌的迷失，即困境、边缘化、死亡。这种种现象暴露出来的事实，都指向了同一个问题，这就是新诗的弱化。

重庆，本来就有代表着强悍力量的巴文化，却没有产生有强悍力量的巴文学和巴人形象，这是当代诗坛一个典型的象征。从另一个方面来看，这个事实就是，在20世纪的诗歌潮流中，也包括在重庆的现代新诗里程中，中国现代新诗缺少大作品，没有世界级的大诗人，甚至没有出现鲁迅所期待的"立意在反抗，旨归在动作"

式的"摩罗诗人"！确实，重庆的诗歌不断地探索和挣扎，它们不停地以"新"为指向，不断地走向极端。如"大学生诗派"却破坏大于建设，探索掩盖传统，不断地走向极端"形式大于内容""个人化大于个性"，而不是走向大气和厚重。这不仅是重庆诗歌的症候，这也是当代诗歌的病症。

因此，从"五四"到20世纪末的重庆诗歌史来看，新诗确实存在弱化的问题。在社会的挤压，作品的无力，探索的偏激等情况下，诗人和诗歌中始终没有出现持续性的力量和张扬的个性精神，"新诗的边缘化""新诗的死亡"成为了一种必然，也即新诗的弱化的呈现。同样，新诗的弱化问题反过来又加剧了自身各种困境。特别是在当下，中国古典汉语诗歌的那种经典性的感受消失，我们也无法得到西方的诗歌对现代诗真实的想象补偿，中国现代新诗甚至不能在社会和当下的生活中确立新诗的本身真实的地位和身份，这都标示着现代诗歌自身弱化的特征。因此，对新诗大谈"弱化危言"，并非危言耸听，而是一同为中国新诗反省，期待其不断茁壮，走向新生。

三

面对新诗弱化这样一个基本的事实，我们进一步追问当代新诗的存在状态，分析它的具体表现。因为只有这样，我们才能从中寻找出一条相对有效地解决问题的途径。从20世纪中国新诗作品，乃至现代文学作品本身来看，中国现代新诗或者说文学都缺少持久深入的力量。在缺少大诗人、大作品的基本态势下，新诗呈现为主体性弱化、生命力弱化、艺术精神弱化和悲剧效果上弱化等特点。

西方哲学自希腊哲学发端以来就确立了理性和科学的基本原则。与此相应，随着科学的不断发展，人类认识得越来越深入，主体性也就成了所有文化的基本原则。主体性只能是人的主体性，就是强调人在与客体对立时的中心地位、先验特权，强调个体的主动性、创造性和独立性。在人的社会活动中，人作为实践的主体，用自己主体的权力，支配自己的实践行为，用主体性指导自己现实的存在。主体性的思考一直是文学中的一个重要范畴。主体意识的觉醒和强化，强调主体性的建构，强调文学中大写的"人"的形象，这一直是文学的母体，更是20世纪现代诗歌的核心。文学的一个重要价值，就是要让作者和读者都能以文字的形式确证自己的主体性，完成自我认识、自我控制、自我实践以及自我体验的实践。

而在作为重庆诗人代表的何其芳的写作中，我们看到的却是一种主体性并不强烈的诗歌写作。何其芳自小便深爱晚唐五代的李商隐、温庭筠、冯延巳等人，因此形成了浓厚的抒情意味。后来又对法国象征主义派的作品感兴趣，这些奠定了何其芳独有的艺术风格。在他的诗歌中，不管是青春、寂寞、爱情还是生命，都沉浸在一种缥缈轻柔的歌声里，呈现出如烟似梦的忧郁调子、一个"无语而来，无语而去的年轻的神"的形象。尽管这里面包含着诗人丰富的人生思考，青春的语言，以及一个年轻生命的挣扎，但是不得不说，诗人这里没有投入深度的价值思考。诗歌并没有通过作品呼唤主体意识，而是在一种萎靡无力的境界中徘徊。诗人没有歌唱出"巴人吞象"的伟大力量，也没有用"豪迈的姿态"召唤巴人的豪情和丰富繁杂的社会生活感受。而且在诗人全部的诗歌中，他对自己构建的主体也很少有突破，诗人一直都围绕在"梦"境中。这里并不是要挑剔何其芳的诗歌写作，而是我们在其中看到了这样的一个写作向度：在重庆诗歌基因中，贫弱的诗思、主体性的弱化，成为了诗歌的基因。

大学生诗派的自我毁弃也是主体的弱化的一种表现。总体上，"第三代诗"极端化自我，并且对"自我"以外的世界强烈地批判。而这种对"自我"的极度迷恋最后又导致了自我的毁弃。他们对自我极度迷恋，将世界的一切砸烂，砸烂社会、砸烂文化、砸烂语言，最终这样一种虚浮、急躁的情绪找不到一个真正的立足点，只能将自我砸烂，最后走入庸俗、琐碎、丑陋的状态。他们这种"无力的反叛"，非但没有形成自己强大的主体意识，反而在自我与现实的强烈反讽中，个体消退、个体隐藏、个体被毁弃，甚至是个体走入死亡。于是我们看到"大学生诗派"也与第三代的其他的诗群一样，在轰轰烈烈的诗歌运动之后，大部分人的"自我"的身影飘散，更没有确立起强大的诗歌自我形象。在主体性弱化的情况下，本来有着强烈主体性意识的巴文化和重庆文学，也就很难显露出自己强大的自我。

重庆的形象是男性，是有野性的男性形象，一个武士或武将的形象，也只有孔武有力的硬汉形象才是重庆诗歌的表现。但是，我们却发现了这样一个怪异的诗歌现象，在重庆诗歌中，最动人最深刻的是那些"女性形象"，带有鲜明的女性特点。而男性城市男性文化所本应具有的阳刚、英武之气，反而表现得相当弱。这种弱化的趋势不仅表现在诗思过分追求巧妙和飘逸，也表现在作者缺乏强烈的生命冲动。

诗人一个重要的表现就是过度地释放"情",也就是在诗歌表现上过分宣泄感情,而缺少对"情"的反思。可以说,他们非常强调感情的作用,非常推崇感情,但是,他们所强调的感情,一种就是何其芳式的"柔情",另外一种是第三代所展现出来的"狂情"。而这实质上也就淡化了感情,稀释了真正的情感和生活。并且在这样的感情中,出现了感情过滥的倾向,或过柔,或过硬,都缺少对生活深刻的理性追问。

在情感过度宣泄的前提下,产生的诗歌显得非常无力,缺少生命力。由于缺少生命的冲动和激情,没有灵魂的大搏斗,没有内心与外界的冲突扭结的时候,抽象化的抒情就极为轻松地跨越了厚重的生活,吞噬了丰富的社会生活。同钟嵘《诗品》早就总结过的诗歌丰富生命力的展现一样:"嘉会寄诗以亲,离群托诗以怨。至于楚臣去国,汉妾辞宫,或骨横朔野,魂逐飞蓬,或负戈外戍,杀气雄边,塞客衣单,霜闺泪尽,或士有解佩出朝,一去忘返;女有扬蛾入宠,再盼倾国。凡斯种种,感荡心灵,非陈诗何以展其义,非长歌何以骋其情?"由此,在诗歌中必须要以旺盛的生命力,来成就非陈诗不可、非长歌不行的"巴人之情"。

事实上,在现代文学中,艺术作品分量沉重的作家也并不多。新诗作家也有着同样的困境,很少有长篇的巨构和佳构,而且在个人诗集数量上也不多。即使有相对较多诗集的作家,也很难呈现出前后艺术精神不断推进的纵深感,也难有不断深入生活世界的深度感,这都是艺术精神弱化的表征。

同样,在艺术内在的探索上,大多时候诗歌的结构都比较平面化,缺乏理性的穿透和矛盾并举的张力。在古典意象和西方话语的结合下，何其芳找到了自己的表达方式，不过总体上是意象叠加，而且话语单一，没有形成强烈的叙事性和戏剧化效果，更缺乏多声部的对话性。"大学生诗派"也反叛既有诗歌规范，反叛诗歌传统，甚至反叛语言，这样又割断了新诗自身所具有的文化传承。在消解诗歌的崇高性后，诗人们却没为现代新诗开拓新的空间，反而在抛弃和消解的前提下使新诗步入了更为迷茫的弱化之境。

现代诗人的滥情以及对意境的迷恋，让本来就缺席的悲剧精神的诗歌跌入深渊。从儒家《论语·八佾》的"乐而不淫，哀而不伤，怨而不怒"所形成的"温柔敦厚"开始，古典诗歌的传统便排斥了各种过分强烈的哀伤、愤怒、忧愁、欢悦和种种反理性的情欲。在何其芳的诗歌中，更多的是对"意境"和"诗情"的展现。他的诗歌中不仅没有《嚎叫》那样的大悲大痛，也没有伦理上的悲剧冲突之思。第三代诗歌中所展现出来的个体悲剧，则是典型的"贫民化"悲剧。他们本来就不追求崇高的悲剧感，在诗歌中小人物们在人间伦理和道德框架中展示生命，呈现为被动的、卑微的、无奈的生命意识，而不具有叛逆的、积极的、抗争生命方式的悲剧效果。

四

在对百年重庆新诗问题分析过程中，我们更关注的是整个中国诗歌的弱化问题。我认为，"主体弱化"，是"诗歌的边缘化"或者"诗歌之死"的另外一种表征。实际上我们看到，新诗的弱化，其根本表现是人的弱化，也就是现实文学中，作家们对"人的观念"的认识的弱化！由此，诗歌中的"弱化现象"，便是时代文化"弱化"的体现。

那么对于重庆新诗，或者说整个 20 世纪现代中国文学来说，这种"弱化"的根源是什么呢？其背景又是什么呢？我们知道，20 世纪的中国，是一个社会变革频繁的时代，各种变革的潮流风起云涌，让本来习惯了小农经济的中国人很快地接受和跟上时代。本来，20 世纪的社会巨变，给新诗带来更多的生长点和发展空间，也让新诗有了更多突围的方式。但是，正是这不断巨变的社会样态，不但带来了社会的混乱，也带来诗歌自身观念的混乱。中国在很短的时间之内将西方的各种文学流派都一一实践，都进行了学习和尝试，并形成了多种诗歌观念，造就了现代诗歌表面上的多元化时代。但是实际上，我们的新诗诗人大都还固守着"传统之诗"的重负，而较少思考"现代之诗"。在处理现代生活之时，大多则以"新"为指标在表面上推进，很难在新诗某一个方面深入地挖掘，很难对新诗的发展贡献出持续的思考。

虽然社会在不断变革，但新诗却并没有更有力地参与到其中，这样就导致了诗人自己对"诗艺"缺少信心，也无法对"诗力"有着强力的肯定。在 20 世纪的中国，从富国强民，到民族独立，再到阶级斗争，诗歌要么走入消闲自闭，要么包含强烈的教化功能。于是新诗的处境形成了这样的尴尬局面，即我们的诗歌，进不能进，退也无法退。这种尴尬的局面，就让新诗在成长过程中失掉了自己应有的身份。特别是来自"救亡"和"强国"的强大压力，如李泽厚的"救亡压倒启蒙"的表述在一定程度上揭示了新诗弱化困境的缘由。当 20 世纪中国现代文学中心从 20 年代的北京，转到 30 年代的上海，再到 40 年代的重庆之时，我们可以看到，重庆在一定程度上扮演了现代文学发展的核心地位。民族的何去何从，国家的改进和变革，这才成为诗人们思考的重心。在 40 年代国家民族独立的强大话语之下，对新诗本体的思考就变得不那么重要。这使得新诗的写作，难以究览个人的心灵，难以建构起自我强大的主体性。由此，在强大社会话语的压力下，"巴人"本身的强大主体意识，就被"家""国"主题所替代而弱化。而在当下，在强大的物质面前，诗人为滚滚的物质欲望所横扫。浮躁与媚俗，感官享乐成为主导的时候，诗歌的主体也就相应地退化。还有大众文化，实用主义、享乐主义，也带来了主体意识的新困境。

在中西的语境之下，20 世纪的诗人普遍都有一种"被放逐"的身份认同缺失之感。而在重庆，不但有中西困境的压力，还有其特别的传统压力。也就是在巴文化传统中，其本身对文学和文化有一种弱化倾向，这使得重庆作家对自身的文化价值和自身的作家身份有着认同的困惑。在某种程度上，重庆巴渝文化本身是一种重武轻文现象相对严重的文化现象。在社会文化总体的认识里，对诗歌、诗人的价值，缺乏普遍认同感。因为，巴文化是山城文化，是武士文化、码头文化，其奉行的是一套相对精英而产生的大众文化，甚至可以说是排斥精英文化的一种传统。在这样的一个氛围中，文学和文学创作也必然受到这样的文化思潮的影响，使得诗人也难以有自我认同。但是，面对这样的强大的文化重压，诗人很少挺立而起，他们很少秉承本身就具有的巴人气质，没有与文化传统对抗的精神勇气与人格力量，却在这样一个矛盾的维度中逃避与退缩。而这，也可以说是整个 20 世纪中国现代新诗的一种境遇。

那么，如何在对抗文学的文化传统中展现对抗性的文学，并形成为一个自觉的主体传统？这是贯穿于重庆的整个诗歌史的一个核心的问题，这也是 20 世纪当代诗人所面临的挑战。由于文化压力带来的困境，诗歌对社会的介入不足，诗人的身份缺失，创作的无目的性等便成为了问题，这也进一步形成了现代诗歌的弱化倾向。要为人类构造一个个美的世界，创造一个个特异的精神世界，体验人类繁复的精神境界的诗歌，不仅需要个人情感和思想世界的丰富呈现，更需要整个人类基本的情感和思想的绽放，只有这样的诗歌最终才能透视人类的基本生存状态。不过，生于斯，长于斯的诗人作家，既无法参与到社会宏大的历史进程之中，也无法用诗歌承担历史变革的重任，自己的思索与创作走向个人的消遣或发泄，也就成为一种必然选择。

进而，当诗歌中个人的消遣和发泄，发展到泛滥的时候，诗性的导向就不是诗歌内在强大的生命力，而是一种破坏力。我们看到，重庆诗歌中的第三代诗歌，与我们的文化渊源不无关系。大学生诗派的写作，其目标就是在彰显一种强劲的破坏精神，以及对文字和语言的手术。不过，当诗人无法控制自己血液中的主体意识之时，又没法走出这样的文化环境的时候，就注定了在文化和文学之间摇摆，而选择文化写作，这就注定了诗歌的失败。所以，在巴文化孔武有力的武士形象的压力之下，诗人无法为社会提供一个强大的诗人形象，也没有从文学中创造出武士形象。于是隐藏在诗人最深层和内在的主体自我，在文学中所寻找到的发泄口就只能是文字。正如"大学生诗派本身仅仅作为一股势力的代号被提出"，于是就产生了这样的一个结果，"它不在乎语言的变形，而只追求语言的硬度"。"大学生诗派"或者说整个第三代诗写作，既不是一种自我情感流露，更谈不上主体意识的建立。

文学与政治、文化暗中勾连，而表面"脱节"现象给诗歌创作提出了严峻的挑战。在文化环境中，文学的创作一定程度上会成为一种自赏式的文学写作。虽然这些写作展现出一定的个人风格，但是实际呈现出来的则是一种"私人性"的写作。刘勰《文心雕龙·神思》中指出"故寂然凝虑，思接千载，悄焉动容，视通万里；吟咏之间，吐纳珠玉之声，眉睫之前，卷舒风云之色"，一个诗人需要展开的自我世界和现实社会世界，到这里逐渐缩小为一个小小的自我世界。而在诗歌中，诗人去构建这样一个"私人化"或者说"小我世界"，就成为了重要的选择。

比如何其芳的诗歌，在大量相关诗歌文本中的语言运用、意象设置、音律搭配、诗思组建等，营造出了强大的审美风格。但我们还是可以看到，这其中非常明显的"私人化"特征，即一个胆怯、贫弱、憔悴、无力的诗人自我形象，显示出了诗人某种孤芳自赏心态。而作为个体丰富的内心世界的转换和跳动，变换的时代带来的诸多问题，生民呼号，生存之艰，诗人的表达却较为无力！我们很少看到对现代人和现代人存在境遇的真切体验，也难以看见那种现代社会的危机意识，那种"念天地之悠悠，独怆然而涕下"的天地意识，更是被深深掩盖。在这样的背景之下，诗人对诗歌形式的追求，也就走向了精心制作或者大胆解构的两极。要么如何其芳诗歌一样，充满古典韵味和意境；要么如大学生诗派一样，彰显大众口味，彰显庸俗。或者如何其芳一样，在音律上进行雕琢；或者就是大学生诗派，打破语言的一切束缚。

总之，在各种强大的压力面前，现代诗歌很难形成独立的、强大的自我人格，这影响了新诗自身的开掘与拓展。进而在诗歌写作中，便出现了大量雷同的写作。而那特立独行的诗歌自我，独有的诗性经验，很难在现代诗歌中获得持续的推进。

五

对重庆文学的诗歌基因认识和分析，我们主要是为了凸显现代诗歌发展中的一种危机意识。在重庆新诗发展中，我们看到现代新诗少有持续性力量，少有悲剧性的大作品，这不能不说是中国现代诗歌的"弱化表征"。对于重庆诗歌的这种认识，不是我们苛刻，也不是为了哗众取宠，当然更不是对重庆新诗创作中严肃的写作者们的亵渎。谈"弱化问题"，目的是在一种客观的描述中，呈现新诗在当下仍然面临的困境乃至严重的危机，并为当代诗歌的持续推进提供一些思考。

对于新诗的弱化问题，或许前面的观点有偏激和夸大之感。但无论如何，面对这一困境，并挑战这一困境，建立起新诗真正的传统，在新诗中建构起强大的主体意识，仍然是当下诗人必须深入思考的问题。而从重庆诗歌本身来说，关键还是要从巴文化重新出发。

要将巴文化传统的压力问题，转化为诗歌写作的内在的核心力量。我们知道，任何写作都离不开自己的文化语境，特别是本土的文化语境，因此，我们的写作必须首先要对自己的文化做最深入的思考。巴渝文明，给重庆留下了丰富的精神财富，但是如何吸取，如何转换成为现代人生活的精神力量，如何在现代汉语写作中拥有这样的丰富的内涵，这就特别需要诗人有坚强的思考之力。以强大的自我主体，驾驭巴文化的精髓，在蜀人所出现的"蜀人吞月"（郭沫若《天狗》）下，创建出现代的"巴人吞象"式的独特的重庆诗歌形象。

因此可以说，继承巴人传统，就是要塑造现代诗人自我强大的主体意识。一个重要表现，就是将巴文化中的武士精神，转化为写作者的精神，转化为诗歌作品的主题。可以说，直到现在，中国现代诗人缺少的不是情，而是力：人的力、诗歌的力、意象的力、语言的力。而这种"力"在重庆文化中有着最丰富的资源，也是重庆文化最本质的特色。由此，将内在精神贫弱的现代新诗建立在强大的精神基础之上，让诗人的形象以"伟力"来呈现，以彻底改变现在诗人靡靡的状态，最终让诗人的艺术创造潜能、社会生命力得到真正的释放与发掘。

总之，"弱化"是重庆新诗的现实，或者说是整个中国新诗的现实。而当下新诗的困境与希望，都有待于这个问题的深入解决。如何从重庆强悍并有着旺盛生命力的巴文化传统中走出一条诗歌发展的新路，就不仅仅只是与重庆新诗牵扯的问题，也关涉到整个中国诗人的自我建构，乃至整个中国新诗的未来命运。

论羌族当代新诗的发展及特征

新时期以来，羌族文学得到了长足发展。与羌族传统文学相比，羌族当代文学不仅具有了一种全新的面目，更在新时期少数民族文学里凸显出了相当的个性色彩。当代羌族新诗是当代羌族文学最重要的部分，具有一定的代表性。

我们知道，古羌孕育了汉族、藏族、彝族、纳西族、白族、哈尼族、傈僳族、普米族、景颇族、拉祜族、基诺族等民族，正如费孝通所说"羌族是一个向外输血的民族，许多民族都流有羌族的血液"。而今天的羌族也是古羌文化保存最完整的民族之一。那么对当代羌族新诗的探讨，也是期待能为中国当代新诗"输血"，为当代新诗的突围提供一些可能的向度。

一

众所周知，羌族有着丰富的文学传统，主要包括民间文学和书面文学。传统羌文学，主要以口传和歌唱的形式保存在民间文学中。其中比较重要的作品是三大史诗《羌戈大战》《木姐珠与斗安珠》和《泽其格布》，以及大量的神话、传说、故事、歌谣等作品。另外，后秦姚兴，西夏余阙、张雄飞、昂吉、王翰，清代"高氏五子"、赵万嘉、高体全以及晚清董湘琴等羌族文人，一同构筑起了羌文学传统的大厦。

而当代羌族新诗的发展，既与整个新中国文学同步，也有着自身的特殊性，其成长呈现出了三个重要的发展节点。第一个节点是新中国成立初期，此时羌族新诗的主题与时代政治意识是完全同构的。1950年羌族的主要聚居地成立茂县专区，之后更名为四川省藏族自治区，再更名为阿坝藏族自治州，这使得羌族文学纳入新中国文学的大体系之中。因此，在"颂歌"与"古典加民歌"的时代洪流之中，羌族文学涌现出大量歌颂毛主席、歌颂党、歌颂社会主义的"颂歌""新民歌"，也造就了有一定影响力的军旅诗人程玉书。与此同时，羌族史诗，得到了有意识的发掘和系统整理，这也在客观上为20世纪80年代羌族文学的推进起了奠基作用。

当代羌族新诗的第二个节点是20世纪80年代初。此时，羌族文学开始突破传统文学空间，进入了一个全新的发展阶段。一方面是羌族诗人的民族意识得以确立，并且不断得到强化。此时的羌族文学发展，在政府主导之下召开了"阿坝州全州文学艺术工作者第一次代表大会"，并成立了"阿坝藏族自治州文学艺术界联合会"，创办了以羌族作家为创作主体的文学期刊《草地》《羌族文学》；羌族民间文学作品也得以出版，如《人神分居的起源》《木姐珠与斗安珠》《羌族民间故事集》《羌族故事集（上、下册）》《羌年礼花——羌族历史文化文集》等；特别是1987年阿坝藏族自治州更名为阿坝藏族羌族自治州，羌族成为阿坝自治州的主体民族。此后羌学研究会和羌文学社的成立，羌族的民族意识进一步凸显出来。羌族作家朱大录、谷运龙、何建、雷子获得了全国性的文学奖项，以及《羌族文学史》的完成，不仅展示了羌族文学的实力，而且也扩大了羌族文学的空间。另一方面，羌族文学全面触碰到欧风美雨，系统地接收到了西方的文学理论、审美观念，开始走向现代。对"现代"的冲击与回应，成为羌族诗人诗歌创作的一个重要主题，由此也全面更新了他们的诗学理论，并出现了李孝俊、何健、余耀明、朱大录、李炬、梦非、羊子、雷子等一批优秀诗人。所以，有学者认为，"在新中国成立后尤其是20世纪80年代以后，羌族作者的书面文学创作进入了一个新的历史发展时期，取得了十分可喜的成绩，出现了初步繁荣的局面，也是继元代之后的又一个高峰。"①

"5·12"汶川大地震则是当代羌族新诗的第三个节点。"2008年'5·12'汶川特大地震以来，羌族文化遭遇了深重的灾难，同时也唤起羌族作家、诗人们关于民族文化的继承与民族文学书写，灾难记忆与文学创作等方面更自觉的体验与表达。"②如果说在此之前的羌族新诗，还在应付传统文化的重压和外来文化的冲击，那么在大灾难之后的羌族诗人，则有了一个诗人的"自觉"，不仅更多地深入到个体内心，更彰显出精湛的诗歌技艺。

2010年欧阳梅主编的三卷本《羌族文学作品选》由成都时代出版社出版。其中的《诗歌卷》，汇集了当代羌族诗坛的主要诗人，

①②徐希平、彭超：《聚焦羌族文学与文化——"首届羌族文学研讨会"综述》，《西南民族大学学报》，2010年第十期。

收录了何健、李炬、朱大录、欧阳梅、羊子（杨国庆）、二根米（余耀明）、王学全、梦非（余瑞昭）、叶星光、王明军、白羊子（顺定强）、雷子（雷耀琼）、曾小平、李孝俊、曾承林、廖惊、刘德志、羌人六、成绪尔聃（张成绪）、冯军、冯翔等重要的当代羌族诗人的诗歌作品。可以说，一个"当代羌族诗人群"已经形成，并成为当代新诗一道独特的风景线。

二

当代羌族新诗，本身是难以整合为一种面目的群体。对于整个当代羌族诗人群来说，他们的整体精神是有变化的。并且对羌族诗人个体来说，由于不同的个人经历，不同的职业身份以及教育情况等，他们对诗歌认识也都不同。更为复杂的问题在于，尽管都属羌人，但诗人们的生活之地已并非仅限于羌族聚居地，他们已散居在全国各地。此时，他们身上已浸染了更多的非羌文化因子，这使得他们的诗歌面貌更难以整合。

但在当代羌族诗人的新诗作品中，我们发现，"故乡""乡"是他们诗歌的一个共同主题。首先，较多的羌族诗人，都直接以"故乡""乡"作为了他们诗歌的主题，如羊子的《汶川羌》、何健的《山野的呼唤·乡恋》、朱大录的《故乡情思》、胡海滨的《乡愁编织的经纬》、曾承林的《乡情》、冯翔的《望乡台》……正如羊子所说，"在这里，我不得不说出，'我'是从三千年前甲骨文中所代指的那个区域，那个民族，那种生产和生活方式——'羌'中走来，穿过无数的祖先，穿过比三千年这个具体时间更多的时光，穿过众多的生生死死，死死生生"[①]。"羌"使得纷繁多样的当代羌族诗歌，有了共同的诗学表达，具有一个相对统一的诗学面目。当代羌族新诗中的"故乡""乡"，即是对于"羌乡"或者"羌"的诗性表达。由此，"故乡""乡"不仅是他们诗歌创作的重要源点，也是我们进入当代羌族新诗的重要基点。

其次，在他们的诗歌作品中，他们主要是从"羌史""羌地"这两个方面展开，历史性、地域性刻画了"羌乡"这片土地上的"羌人"的精神镜像。当代羌族诗人，把大量的目光投向了"羌史"，记录乃至重构了"羌"的历史，诗性地展示他们的历史记忆，特别是他们的传奇历史。如叶星光的《阿渥尔》、王明军的《家谱》、雷子的《我是汶川的女儿》、曾小平的《禹碑岭上的思索》、廖惊的《羌戈大战》《木姐珠与斗安珠》、成绪尔聘的《蜀西岷山——部落神性的昆仑》《殷商甲骨——历史流淌的血脉》《吉祥皮鼓》等作品，都以诗歌来书写历史、见证历史，特别是见证"羌史传奇"。如雷子的诗歌《我是汶川的女儿》："汶川，我古典睿智的母亲／她延续了一代又一代古羌人的传奇／治水的大禹出生在汶川一个叫绵池的福地／传说禹是从她母亲的背部取出的／禹母的鲜血染红了那块岩石／'石纽山'斑驳而苍劲的大字是最好的佐证／三过家门而不入的禹是冷峻的王／汶水因他而闻名／／汶川，我曾经粗犷豪爽的父亲／一个古羌的儿子用他的血性与忠诚／在岷江峡谷的隘口上筑城／城墙上的旧泥显影了多少腥风血雨／当千年的弓弩

① 杨国庆：《"羌和汶川"与"我"的一次交融——全国第20届书博会在〈汶川羌〉首发式上的发言》，《三重天》（《汶川羌》研讨会参考资料），2010年，第391页。

停止了无情的射杀 / 姜维笃定地守望家国 / 他用兵戈和智慧激荡三国的风云 / 历史的血阳烛照羌地的传奇。"而在这诸多的"羌史"书写中，羊子《遗传渊源》中的诗歌是比较有代表性的。如《那时》，"我说。早先有一只手已经摘走了群山的一半灵魂，/ 衣服，此前，还有那个治水英雄辐射开去的前后几个朝代，/ 或者从姜维城石器，从营盘山陶器，从剑山寨骨器开始，/ 顺着时间的河流，一路漂流而下各个朝代，/ 各个村庄，各个田野，各个刀耕火种，各个具体的攫取。/ 那些漆黑的柴垛，一座山一座山地搬运，燃烧，/ 比生长的速度和幅度都大上一万倍的抽血，/ 连鸟鸣也吃光的做法，一直延续到汶川大地震的前前后后"。另外，长诗《汶川羌》的第一部分，就包括了《羊的密码》《羌与戈》《神鼓与羌笛》《石头与墙》《供奉》《入海岷江》《羌姑娘》《羊毛线》《岷的江和山》等系列诗歌，全方位地展示了"羌史"。在诗歌中，他还以个人的心灵，与这段浩渺、洪荒的"羌史"展开了诗性对话。

在当代羌族诗人的"羌乡"里，朗现"羌地"的神性精神也是他们都非常关注的一个主题。如二根米的《赠您一双云云鞋》、王学全的《木上寨》《羌碉》《梭磨河情思》、梦非的《关于桃坪羌寨冬天的记忆》《九寨组章》、王明军的《岷江》、白羊子的《凝望人神仙居住的村庄（组诗）》、曾小平的《萝卜寨，一个崛起的梦幻》、廖惊的《北川恋曲》《禹穴》《五龙寨之歌》、冯军的《羌碉》、冯翔的《羌山秋韵》《回望村庄》等，都在细腻地展现他们所生活的"羌地"。如梦非的《关于桃坪羌寨冬天的记忆·一》所写，"我记得装满了古朴的谷地 / 一座寨子的石头 / 全是握在掌心的金子 / 于冬天 / 于山顶白雪映照的河畔 / 相守的是阳光抚慰的温情 / 这使我目睹的庄稼很幸福／它们成熟的状态／是老人手中的玉米／金黄来自太阳的点缀／高过一棵大树／三千的气息／吸进心腑的／总如一地岁月讲述的故事／／其时便有许多的草／从墙头／抖动风中的乐音／我感到震撼起来的巷道／神秘来自时间的流逝／握一把沧桑／／便听见了古老的羌语／牧放牛羊的笛音"。可以说，他们的记忆，都是关于"羌地"的记忆。而他们心灵中的声音，也都是对"羌地"的呼喊，"一株绿草摇着手臂在故乡的眼睛里唤我。／几片走动的云，在故乡的衣裳上唤我。／羊群后飞翔的童年在故乡的记忆中，切切地唤我。／一脉沉默而双眼微闭的山脊在故乡的大地上美美地唤我。／水蜜桃在唤我。夏日阳光中蝴蝶相会的泉流在唤我。／……金麦子在唤我。杏。梨在唤我。／从嫩而墨的椒树。青而青红，鲜红的花椒在唤我。／烈日下的采摘。花椒树荫下席地而坐的野餐在唤我。／唤我。我的诗的归来。归来。故乡在唤我！"（羊子《唤》）"羌地"，无疑构成了他们生命重要的部分，也成为了他们诗学密切关注点之一。

最后，在这些"羌乡"历史、地理的诗性展示中，当代羌族诗人凸显着"羌人之魂"，彰显出羌的文化精神。他们的诗歌，不管是对羌族传奇历史的追问，还是对羌族大地的深情追忆，都是在为当代羌人画像。由此，当代羌族诗歌，刻画下了一个个生动而真实的羌人形象，展示了他们真实的精神世界和生命状态。如何健《山野的呼唤》组诗中的《男人和女人》《羌民》《女孩》《出猎》、欧阳梅的《山民》、李孝俊的《所有的日子都为你歌唱》、雷子的《尾巴相牵，让我们去漫步》等作品，都在历史与现实之间，把目光指向真实与具体的羌人。何健在《山野的呼唤·男人和女人》之中，既呈现了羌族男性的野性，同时也展示羌族女性的素朴品质，"在这里 / 山 是凝固的男子 / 男子 是走动的山 // 风 / 雕出棱角分明的性格 / 又以风的力度和速度 / 来去匆匆 // 深深的峡谷是深深的爱 / 再多的劳累再多的痛苦再多的牧歌 / 再多的烈酒 / 填不满 // 而女人是云 / 素洁的云 / 随轻风擦拭男人晒烈的胸膛 / 是纳满絮语的鞋底 / 垫平了男人负重一生的坎坷 / 是喷香的晚炊 / 牵回男人粗犷的牧歌 // 偶尔 / 也有电闪雷鸣雷雨交加 / 末了，定会从火塘边端出 / 一壶温热的烧酒 / 一盘蒸熟的黄昏"。而在这些"羌人"的诗性展示中，当代羌族诗人正是为了凸显"羌魂"，彰显出一种羌文化精神。正如羊子的《羚羊》一样："披霞而视。/ 临风而立。/ 雕塑一般。/ 在悬崖之上。/ 峭壁之上。/ 万丈深渊之上。"羌或者说羌人，本身就已经是一种羌文化精神的象征。

当然，在当代羌族诗人这种"羌乡"的呈现中，由于当代羌族社会、羌族诗人也遭遇了世俗性、世界化进程，所以在他们的诗歌文本中也体现出丰富的"个人化"特征。正如女诗人李炬的诗歌《内心》，她就把历史和空间大地，不断地拉回到自己内心，不断地与自我的灵魂对话。"车流和人群用喧闹 / 敲击着窗户 / 完好的玻璃目睹了 / 一颗内心的死亡 / 说吧 是谁让它这样脆弱 / 比玻璃更不堪一击 / 在见证了窒息呼吸的炎热之后 / 冰冷的阳光带来了 / 雪的开放。"其他羌族诗人如羊子、雷子、羌人六，他们所彰显的，也是一种个人声音，一种当代羌族诗人的"私人化"的声音。这是当代羌族诗人不断突破自己民族意识、超越自己民族界限的努力，也让我们看到了当代羌族新诗的新可能。

总之，当代羌族诗人对"故乡""乡"的书写，实质上是一种民族情绪、民族想象的多重表达。何健说，"写出我民族的历史，写出我民族的心理素质和个性特征，写出我民族的精神和风俗，写出我民族的变迁和生存之地域，是我提笔写诗那一天就明确了的、终生追求的一条艰辛的道路"①。而这种表达，也正是羌族诗人在世俗化、现代化的过程中，对于自己民族身份、民族精神的悲壮坚守。

三

对于当代羌族诗歌的思考，如果仅仅将他们限制于民族情绪、民族想象这样一个狭窄的视野中，必将抹杀他们丰富的精神世界。但是，我们又绝对不能忽视的是，他们首先是作为少数民族诗人，特别是羌人的形象出现，这是理解他们诗歌创作的起点。所以，当代羌族新诗的"故乡""乡"这样一些主题，既有像余耀明等诗人所追求的"意欲破译那亘古不变的生存密码，演绎羌族独特的心理个性因素"的精神找寻的主题，也有着现代诗歌的精神质地。在羌族诗人的诗意表现过程中，他们更释放出了当代羌族新诗的个性特征，彰显出一种相当独特的诗歌品质。

1. "神性之诗"

羌族被称为"云朵中的民族"，主要是因为羌寨一般建在半山上。由此可以说，他们是距离神最近的民族之一，是最具有"神感"的民族之一。

羌人所生存地之岷山，就是被誉为"神仙之居所"的昆仑山。

①何健：《致〈诗林〉编辑部的信》，《诗林》，1986年第3期。

蒙文通考证认为，"考《海内西经》说：'河水出（昆仑）东北隅以行其北。'这说明昆仑当在黄河之南。又考《大荒北经》说：'若木生昆仑西'（据《水经 若水注》引），《海内经》说：'黑水、青水之间有木名曰若木，若水出焉。'这说明了昆仑不仅是在黄河之南，而且是在若水上源之东。若水即今雅砻江，雅砻江上源之东、黄河之南的大山——昆仑，当然就舍岷山莫属了"[1]。同样邓少琴也认为，"岷即昆仑也，古代地名人名有复音，有单音，昆仑一辞由复音变为单音，而为岷"[2]。同时，我们都知道，羌族本来就是一个充满神灵的族群。对于羌族来说，他们不仅有天神、地神、山神、山神娘娘和树神等自然神灵，也有本家族祖先神、人类祖先神、男性主宰神、女性主宰神等神灵，还有火神、地界神、六畜神、门神、仓神、碉堡神、建筑神、战争指示神、石匠神、木匠神等诸多世俗神灵，以及"羊崇拜""白石崇拜"等动物崇拜和图腾崇拜。

正是在这样的神性世界背景中，当代羌族新诗，具有着浓浓的神性氛围。他们的诗歌，就充满了对于"神灵"的感受、膜拜与皈依。如梦非的《致山神——写在古羌祭山会进行之际》，"让我把浸透苍茫的心给你 / 于众山的中间 / 被舞蹈起来的祝愿 / 已坐往石塔的顶端 / 让我把子孙给你 / 于大地的胸膛 / 被护佑的生命 / 已化为时空中的阳光 // 也让我住在你仁慈的胸怀 / 感动圣山的情怀 / 觅

①蒙文通：《略论〈山海经〉的写作时代及其产生地域》，《巴蜀古史论述》，成都：四川人民出版社，1981年，第161—162页。
②邓少琴：《巴蜀史迹探索》，成都：四川人民出版社，1983年，第119页。

一份绿意守望云朵 / 成我前世来生的永恒 / 也让我——/ 握紧从你手指上升的真谛 / 寻一生的丰收在梦里 / 祭品是最好的牛羊"。而且他们还把"羌"作为一个神性世界来展示，这就是一个"神仙居住之地"。如白羊子的《怀想神仙居住的村庄》，"神仙居住过的村庄神圣 / 在土地被一片片收割的季节 / 我每次在阿曲河畔拥挤的峡谷梦游 / 用心朗读渐渐消失的青稞穗和油菜花 / 以及苍老暗淡的天空 / 从岁月的某一个根系开始 / 到内心累累的果实 / 到一脉逶迤的青藏高原 / 到日出而作　日落而息 / 自耕自种的村庄 / 以及那些广阔而浩渺的水域 // 凝望神仙居住过的村庄时 / 神座是一枚坚实的果子 / 挂在川西北高原土地丰美辽阔的胸口 / 无论贫瘠或者肥沃 / 都是永远的圣地"。所以，当代羌族诗人的诗歌，堪称为一种抒写神性大地，展示神性世界的"神性之诗"。

羌族世界，是一个充满神灵的世界，而且"羌地——岷山"本来就是一个神仙的世界。毫无疑问，"神"就成为了当代羌族诗人诗歌的重要主题和意象。正如羊子在《岷的江与山》中所写："在朝霞临窗的刹那，羌语吱呀一声推门而出。/……/ 岷的江和山，昆仑神话之后又一个神话的家园。"当代羌族新诗作为一种"神性之诗"，不仅是羌族作家对于自我民族精神的进一步体现，也是羌族诗人自我身份确认的重要体现。

2."灾难之诗"

羌族的生存之地——岷山，既是神的居所，使羌人成为距"神"最近的民族之一。但同时，羌地"处于我国西部第一阶梯高度青藏高原，向第二阶梯高度黄土高原和四川盆地过渡的中间地带。故周边环境地形复杂，高山林立，大河纵横，气候变化多样"[①] 又并非一个人类惬意之居所，甚至是地震灾难、洪水灾害频发之地。羌族又是面对自然灾难较多的民族之一。

正如这位学者所说，"在中国少数民族历史发展与自然灾害的关系上，羌族是一个相当不幸且多灾多难的民族，这种历史记忆和感受必然要进入它的文学""虽然文字时代的古典时期羌族文学因传播媒介原因'逃难'母题有所隐匿，但当下羌族文学中叶星光、朱大录、何健、余耀明、李孝俊、张成绪、曾小平、羊子（杨国庆）、雷子（雷耀琼）的汉语作品，可以一目了然看出他们对于自然因素造成的民族苦难的深深隐痛"②。所以，对于自然灾难的书写，是当代羌族诗人另一个重要特征。

特别是 2008 年的汶川大地震，让当代羌族新诗作为一种"灾难之诗"的特征，得到了淋漓尽致的彰显。此时，诗人们在都把目光定格于遥远的神仙世界的同时，又把视野指向现实的深重灾难。所以，雷子诗歌《我是汶川的女儿》中，便将这种"神性世界"与"灾难世界"纠缠在一起的复杂心态展示出来。"岷江我的母亲 / 千年以前她是野性奔流的葱郁 / 瘦弱的河床被震波牵引着倒流　倒流 / 就差一点　她就滞留成续继危情的堰塞湖 / 就差一点　她就成了第二滴巨大的泪珠——叠溪""岷山　我的父亲 / 千年以前您的头顶堆满了旺盛的冰雪 / 您挺拔的脊梁纵横千里，/ 构成了通向世界屋脊的阶梯 / 您宽阔的胸膛容纳了亿万年生命衍化的奇迹 / 当里氏八级将您的躯体抠成森森白骨 / 我的父亲奄奄一息"。

①关荣华：《四川少数民族传统文化与教育》，成都：四川大学出版社，1997 年，第 211 页。
②黎风：《羌族文学重建的理论话题》，《西南民族大学学报》，2010 第十期。

当然，在他们的诗歌中，更多直接面对灾难，并直接表现为对死亡的展示。"一声惨叫都没有。/ 映秀被来自地下这一掌，/ 狠命地击中。/ 冲天的血浪喷溅在村庄的脸上。/ 那一瞬间，没有一点悬念。/ 岷的江和山窒息而死。// 握锄头的手死了。/ 遨游宇宙的思想死了。/ 黑板死了。教室死了。学校死了。/ 红领巾少年死了。献身知识的粉笔死了。/ 课本死了。新华书店死了。/ 饭店死了。旅馆死了。道路死了。/ 孝敬父母的爱死了。/ 美好沐浴下的青春梦想死了。/ 小桥死了。流水死了。月色死了。/ 办公室忙碌的身影死了 / 正歌唱的小鸟死了。正走向幸福的脚步死了。/ 正发现的眼睛死了。正倾听世界的心灵死了。/ 正优美的传说死了。"羊子的这首诗歌《映秀》，便是当代羌族诗歌"死亡意识"的一次集中呈现。

当代羌族诗人的"灾难之诗"，除了对外在自然灾难的呈现之外，还有对羌族"内在灾难"的呈现。羌族是一个没有文字的民族，本身有着没有"历史记忆"的精神灾难的困境。李孝俊的诗歌《再听鼓声》，便成为对于"遗忘历史之灾"的悲叹："鼓槌落下 / 每个声音都在表白 / 千年的羊皮裹着今夜的星光 / 挂于邛笼之巅 / 耐心期待大山之间桦林之边溪水流向 / 枫叶又把山林点燃 / 听一个民族的灵魂 / 又一次发出不灭不古不古不灭的呐喊 / 呐喊一个民族 / 一个文字失传的民族 / 历史怎样把历史遗忘。"而这种"历史遗忘之灾"，在诗歌中甚至成为一种"故乡已死"的悲音。"其实　故乡早已死在我的血液里 / 骨髓的疼痛　惊醒每个初春的鸟鸣 / 望乡台　无非是北川人 / 堆砌伤痛堆积记忆的凉席 // 哭泣　把望乡台的名字涂抹成墨色一片 / 思念　把望乡台的身躯缠绕得消瘦无比 / 回忆　把望乡台的未来撕裂得支离破碎 // 我们在这里望乡 / 其实 / 我

们望不见故乡。"（冯翔《望乡台》）

此时，对于当代羌族诗人们来说，"灾难"就不再只是一种诗歌题材和主题而已，而已经成为羌族诗歌的骨骼和血肉。灾难意识，可以说是当代羌族诗人的一种困境，也可以说是当代羌族诗歌的一种精神向度。

四

当代羌族新诗，不但在当代诗歌凸显出了自己的特征，而且呈现出了特别的意义。

首先，当代羌族诗人以独特的"神性"灌注，形成了一种独特的"释比诗歌"样式。

尽管羌族社会遭遇了西方现代思潮的冲击，也经历了汉文化的同化，但他们的诗歌中依然具一种强烈的"释比"精神。也就是说，当代羌族诗人，与羌族宗教仪式执行者"释比"有着某种程度上的同构和一致性。在诗歌写作的内容上，当代羌族诗人大量地关注"神性世界"和"死亡世界"，这与释比的祭山、还愿、驱鬼、招魂、消灾等仪式有着一定的相似。另外，当代羌族新诗在表现方式上也有一定的"释比"特征，有着释比的即兴、现场的特点。对于中国当代新诗的发展来说，"释比诗歌"无疑是非常值得关注的重要一章。

其次，当代羌族新诗的发展及内容，却又建立在羌族没有自己文字、没有自己"母语"的基础之上。这使得他们在中国当代诗歌史上具有独特的地位，对当代诗歌的推进具有重要的启示。

一方面，羌民族有自己丰富的文学遗产和文化传统，但却没有自己的"母语"。以至于有研究者感叹，"古代羌人用汉文撰写的文学作品，由于历史的原因，都不曾注明族别，加之资料奇缺，鉴别实属不易"①。与藏族、蒙古族、维吾尔族、朝鲜族、傣族、彝族、苗族等有自己文字的少数民族相比，羌族的文学就显得完全不一样。由于没有自己的"母语"，不仅影响到羌族诗歌"民族性"的体现，而且使它的对外影响也极为受限。

但另一方面，羌民族虽然没有自己的语言，他们却不断地用汉语创作，以保存自己的文化传统，凸显自己文化特征的"民族性"。"中国少数民族诗歌创作的机遇在于，民族诗人同时深入两个世界——汉语的世界和民族的世界，对早已熟视无睹的民族概念和汉语词汇进行重新品尝，用劲咀嚼，智慧地吸收，开拓地创作，以自己的心灵、自己的言行、自己的作品，来传承民族文化的精神，丰富中国文化的内涵与品质。"②对于一个没有自己母语的诗人来说，羌族诗人的写作，就面临一种严峻的考验和挑战。此时的羌族诗人，不仅需要诗艺上的淬炼，更需要清醒的头脑、冷静的思维和顽强的毅力，才能保证自己的"民族性"。对于在欧风美雨中不断前进的中国新诗来说，当代羌族诗人的种种努力，是非常值得关注的。

最后，当代羌族新诗作为一种"神性之诗"，对当代汉语思想的丰富与发展来说也有特殊意义和价值。

"神性之诗"，不仅与中国传统的"抒情""言志"的诗歌传统不一样，也与"启蒙""救亡"等宏大的汉语诗歌主题不一样。

①李明等：《羌族文学史》，成都：四川民族出版社，2009年，第13页。
②杨国庆：《瓶颈、机遇与方向——素描中国少数民族诗歌》，《文艺报》，2012年12月7日。

这种"神性之思",可以说是对汉语思想的丰富。同时,对于汉民族来说,羌族新诗"神性之诗"的抒情,是对汉民族"神灵远去"的抒情的一种补充。特别是在"现代化"背景下,对汉语诗歌以及汉语思想界由于"神灵"的祛魅而造成的精神空虚、价值无根状况来说,"神性之思"无疑是一种积极有效的精神补偿和价值灌溉。

新的情绪、新的空间与新的道路

——改革开放三十年的四川诗歌

改革开放三十年，这是一个具有特殊意义的历史分段。不仅对中国社会政治具有特殊的意义，同样对文学艺术具有特殊的意义。作为文学的重要组成部分，四川的诗歌参与其中①，扮演了重要的角色，其意义不仅在于四川，更在于中国。

漫长而深厚的历史滋养，为四川奠定了深厚的文化传统，记录了漫长的诗人名单。四川虽然地居西部内陆，却总能与一系列"开天下风气之先"的事件联系起来。改革开放三十年四川诗歌的表现，又一次证明了这一点。

用诗歌的开放承担中国思想文化的改革，将自我的追求演化为推进中国艺术在新时期实现全新创建的基础，这些引人注目的四川诗人，他们继承了大半个世纪以来的中国新诗传统，更在艺术的创新方面锐意探索甚至无所顾忌，为新时期的四川诗歌与中国诗歌创造了更多的新质，并构筑出一道道灿烂而独特的现代"新情绪"路景。

① 考虑到新时期以来本区域文化与文学的实际发展，这里的"四川"系广义概念，即包含后来"直辖"的重庆市，在改革开放以来的时段里，四川和重庆基本都是作为一个整体参与中国的文化与文学过程的。

一、新诗传统的新空间

如果说"二沙龙一诗刊"的酝酿构成了新时期四川诗歌自我演变的初步"气场"，那么这一艺术变动的最"主流"的风潮则是与全国同步的"新诗潮"与"归来者"诗人的吟唱。他们试图接续中国新诗传统的"新诗潮"与"归来者"诗人，为四川开辟了新的诗歌空间。

提到全国意义的"新诗潮"，当然就应该注意1979年的《诗刊》。正是这一年相关作品的推出，使得一直处于"地下"状态的"《今天》派"浮出水面。1979年第3期《诗刊》刊出北岛的《回答》，第4期则刊出舒婷的《致橡树》和重庆诗人傅天琳的《血和血统》，第5期又刊出重庆诗人骆耕野的《不满》。"新潮"诗人傅天琳、骆耕野以及李钢、叶延滨、吉狄马加等与"归来者"流沙河、杨牧等一起，唱响了新时期四川诗歌的强音。

骆耕野[①]诗歌《不满》在全国诗坛激起强烈反响："像鲜花憧憬着甘美的果实，/ 像煤核怀抱着燃烧的意愿：/ 我心中孕育着一个'可怕'的思想，/ 对现状我要大声地喊叫出：/——'我不满！'"他既是作为20世纪80年代新一代兴起诗人的代表，又是在强大的政治背景下将个人的情感和情绪介入社会和政治的年轻诗人。尽管该诗在艺术空间上的创造没有很明显的特色，但由于被认为是"可怕"的"个人声音"的强烈呼喊，使得以个人体验为核心

---

①骆耕野（1951 —），四川重庆人，著有诗集《不满》《再生》等。

的现代情绪进一步在四川蔓延，传递出了时代的情绪和精神。在"不满"之后，四川新一代的诗人开始寻找着自我的新空间，在现实生活中深刻地追问自己内心的坐标和基点，并形成了独特的自我形象和情绪。叶延滨[①]，就是其中的一位诗人。1980年他参加《诗刊》举办的首届"青春诗会"，使他成为了四川诗歌界升起的一颗闪亮的星星。组诗《干妈》是他情绪的代表作，他以个人的情感体验，在时代历史纵向发展过程中展示出了现代精神。该诗抒写了一个"知青娃"去陕北插队落户这样一个既历史化又个人化的经历，呈现出强力的生命意识，并展现了个人与时代紧密关联又不断牵扯、角力的复杂现代情绪，显示出了诗人深刻把握生活的创作能力。

傅天琳是一位立于大地上思考，忠实于自己内心感受的女诗人[②]。作为女性，她的诗歌，呈现了最为女性、最为自然的女性诗歌的样态。直至现在，在对于女性特征的表述，展示最为感性、最具现代情绪的女性体验上，傅天琳的诗仍然很独特。其诗集《绿色的音符》，风格质朴流畅，现代情绪自由而坦诚地流露。特别是最具女性特色的情感体验和女性想象力的创造，使之有别于曾经流行的概念化反映生活的泛泛之作，显示出特有的诗性魅力。而她诗歌中母爱的温柔、内心的情感体验、自我的低吟，也无不增强着那种复杂的现代情绪的质感。

①叶延滨（1948－），黑龙江哈尔滨人，任《星星》编辑达12年，著有诗集《不悔》《二重奏》《乳泉》《心的沉吟》《囚徒与白鸽》《叶延滨诗选》《在天堂与地狱之间》《蜜月箴言》《都市罗曼史》《血液的歌声》《禁果的诱惑》《现代九歌》《与你同行》《玫瑰火焰》《二十一世纪印象》等。
②傅天琳（1964－），女，四川资中人，诗集有《绿色的音符》《在孩子和世界之间》《音乐岛》《红草莓》《结束与诞生》等。

少数民族诗人吉狄马加①，以现代的自我身份意识和少数民族的特殊视域，显示了一个特殊的现代灵魂的波动。在他的代表诗集《自画像及其他》中，来自彝人生活的现代体验使他能把不同的历史、相异的现实和特别的传说，以及现代生活实感与自我非凡的情绪交织在一起，传达了在现代生活中一个少数民族诗人自我丰富灵魂的情绪悸动。对中国诗坛产生了重大影响的海洋诗人李钢②，在诗歌语言方面进行了大量的探索，留下了诸如《蓝水兵》《东方之月》等优秀作品，体现了新一代四川诗人在诗歌艺术上的努力。他的诗歌既看重人的本性，也看重人的社会性，主张将之在现实的生活体验中融入人的生命，从而实现对生命与艺术的内在的把握。总之，他们的创作，昭示出四川诗人努力让现代诗更多地复归艺术本质的开始。

20 世纪 50 年代就已经写出了经典诗篇《草木篇》的诗人流沙河③，在 80 年代初依然保持着旺盛的生命力，呈现出灵敏的现代情绪感受力，成为新时期之初"归来的一代"的代表诗人。他的《故园六咏》，以谣曲形式，调侃、戏谑的笔法，回首"文化大革命"期间"右派"生活，展现在强权之下的个人酸楚凄切，以及催人泪下的夫妻、父子等细腻的个人情绪感受，勾画出一代人在受到迫害之下凄苦的处境和惶惑的心态。当然，我们看到他的诗歌中，也保

---

①吉狄马加（1961 －），彝族，四川凉山人，诗集有《初恋的歌》《一个彝人的梦想》《罗马的太阳》《吉狄马加诗选译》《吉狄马加诗选》《遗忘的词》等。
②李钢（1951 －），重庆人，著有诗集《白玫瑰》《无标题之夜》《蓝水兵》。
③流沙河（1931 －），原名余勋坦，四川金堂人，复出后的诗集有《游踪》《故园别》《流沙河诗选》，诗论和散文随笔《锯齿啮痕录》《流沙河随笔》《台湾诗人十二家》《流沙河诗论》等。

留着一定政治因素的余味。而孙静轩①的诗歌，则继续彰显现代诗歌"载道"的社会责任感，以及强烈的忧患意识。其早期创作的"海洋抒情"系列，表现出一定的浪漫主义情绪。而他在新时期更是将家国天下的关怀看成自己的命运，并将人民苦难内化为自己最内在的感受，《黄土地》《长江咏叹调》等是他这一时期的代表作。

杨牧②，其抒情诗《我是青年》是新时期诗歌的代表作之一。该歌从另外一个方面展现了20世纪80年代独有的情感，诗歌中他以"青春"作为自己的身份，有着青春和中年的双重肩膀，将双重的责任担当在自己心灵上。在这样复杂的心路历程中，诗人让一种简单的身份变得繁复、痛楚、辛酸，并呈现了珍惜、奋进、责任等多重精神世界，刻绘了一个丰富完整的青年精神雕像。

可以数出的"归来者"还有梁上泉、雁翼、木斧、王尔碑、傅仇、杨山、沙鸥、石天河、白航、陆棨……

二、"第三代"的策源地

在中国的新时期诗坛上，"新诗潮"的争论尚未停止，又迅速崛起了"现代主义诗群"，这些被称为"第三代"的诗人以更加激进甚至惊世骇俗的方式大力推动了新诗的"革命"。如果说，北京

①孙静轩（1930－2003），虽不是四川人，但主要在四川进行诗歌创作，著有诗集《我等待你》《唱给浑河》《海洋抒情诗》《抒情诗一百首》《孙静轩抒情诗集》等，长诗《黄河的儿子》《七十二天》等。
②杨牧（1944－），四川渠县人，曾任《星星》诗刊编辑，著有诗集《复活的海》《野玫瑰》《雄风》《边魂》，长篇自叙传《天狼星下》，诗文总集《杨牧文集》等。

是中国"新诗潮"最主要的大本营,那么四川则可以说是"第三代"的诗歌最重要的策源地。

《诗歌报》和《深圳青年报》在1986年隆重推出的"现代主义诗群体大展",让隐藏在"地下"的民间刊物一下站到了历史的前台。"第三代诗人"在"pass北岛""打倒舒婷让谢冕先生睡觉"等口号下,走上诗坛,也有人称他们为"后新诗潮""朦胧后诗""实验诗""先锋诗"。虽然他们见解不同、派系不同、旗号林立、宣言各异,但是他们都有自己的创作和理论。在总体上他们以探索为特色,这为现代新诗注入了更多的生命意识以及现代情绪,而四川诗人则构成了其中最具有冲击性的方阵。当然,也正是由于他们偏激和反叛,成为了一片"混乱的美丽"。

四川是第三代诗歌的"四大方阵之一"(四川、南京、上海、北京),并以其强健的现代生命力和咄咄的先锋色彩,成为此时诗人心中的"圣地",全面昭示着现代情绪的多重变奏之调。来自巴蜀的莽汉主义、整体主义、大学生诗派、非非主义、新传统主义等派别,以其独有的个性屹立在了第三代诗歌群体之中。其中的"四川七君"后来成为了20世纪90年代诗歌的中坚,另外还有一大批诗歌小群体汹涌在20世纪80年代的中国诗歌的河床之下!

早在1982年10月,重庆的西南师范学院有过一次艺术家的聚会,参加这次聚会的许多人物后来都成了"第三代"的诗人,如万夏、廖希、胡冬、赵野、唐亚平等,并且就是这次聚会诞生了《第三代诗人宣言》。两年后,欧阳江河、周伦佑、石光华、万夏、杨黎等人在成都筹办以先锋诗人为主体的"四川青年诗人协会"。接着1985年万夏、杨黎等人编印《现代诗内部交流资料》,这本中国第一本铅印的地下诗歌刊物，正式提出了"第三代诗人"的概念。

"第三代诗"，它最为显著的滥觞标志，正是徐敬亚所说的"蔓延全国的'大学生诗派'和四川的'整体主义'"①。早在1982年，甘肃的《飞天》杂志设置了一个名为"大学生诗苑"的专栏，全国各地的大学校园诗人纷纷在此登台亮相。就在1983至1984年间，这些大学生诗人逐渐形成一个相对松散的团体。到1986年，随着重庆大学尚仲敏和重庆师范学院燕晓冬主编的《大学生诗报》出版，"大学生诗派"的名称得以被广泛认同。这里不仅有四川诗人尚仲敏、燕晓冬等，也孕育了于坚、韩东这两位"他们"的领军人物。"大学生诗派"的基调是冷峻的，冰冷的讥讽成为他们的诗歌中最耐人寻味的东西。他们明确提出"反崇高""对语言的再处理——消灭意象""无所谓结构"等艺术主张。而他们的诗学理论中，"反崇高"成为了第三代诗人共同的思想背景，"消灭意象"则成为后来以"他们"为代表的"口语诗"的滥觞。因此冯光廉说，"这是构成'第三代诗人'的主体，也是后朦胧诗歌的主体部分"②，"大学生诗派"代表了后朦胧诗的一个重要的创作向度。

整体主义创立于1984年的成都，该诗群以在《中国现代主义诗群大观》上整体亮相为标志，并在理论上和创作上达到成熟。代表诗人有宋氏兄弟（宋渠、宋炜）③、石光华、刘太亨、杨远宏、

①徐敬亚：《崛起的诗群》，上海：同济大学出版社，1989年，第131页。
②冯光廉主编：《中国近百年文学体式流变史》，北京：人民文学出版社，1999年，第535页。
③宋渠（1963—），宋炜（1964—），四川沐川人。两人为兄弟，共同写诗，共同发表，在当代诗歌界实属罕见。

席永君、黎正光等，民刊《汉诗：20世纪编年史·1986》将"整体主义"的意义进一步凸显。与之相近的是"新传统主义"，代表有廖亦武和欧阳江河。欧阳江河创作变化较大，研究界一般将其主要成就归于20世纪90年代。这两个诗群的诗歌代表作，有宋氏兄弟的《大佛》、廖亦武的《巨匠》和"先知"三部曲、欧阳江河的《悬棺》、万夏的《枭王》、周伦佑的《狼谷》，等等。整体主义和新传统主义的诗歌理论及其诗歌创作，可以说创造了一个辉煌的诗歌时代，即"文化诗歌的时代"。他们较多地受朦胧诗人杨炼文化诗歌创作的影响，其诗歌多取材巴蜀远古神话传说，特点是对民族精神的关注、天人合一的整体原则，以及对人的关注，同时注意诗体的创新，为现代诗歌的发展开创了一片天地。他们的创作，一方面是对普泛化的"人的命运"的关注，另一方面又是对写作中的个人性的追求。由此，在普泛化的"人"的形象与个人之间，曾经作为中介的政治被取消了。他们相信只有文化之根才是诗歌艺术的纯洁性和"真正持久"美学价值的保证，才有诗歌写作的新的可能性。由于对文化之根的寻索和史诗建构的精神导向，他们的诗歌作品成为了一种规模宏大的"现代大赋"①。

莽汉主义成立于1984年，其写作主张最早刊载于1985年的《现代诗内部交流资料》。"莽汉"创作理论者和实践者有李亚伟、万夏、胡冬等。李亚伟②一直坚持莽汉写作主张，并使其发扬光大，最终成为莽汉主义的主要代表和莽汉诗歌的集大成者。与整体主义相反

①徐敬亚：《崛起的诗群》，上海：同济大学出版社，1989年，第131页。
②李亚伟（1963－），四川酉阳人，诗集《豪猪的诗篇》。

的是，反文化是莽汉主义的基础。他们以颠覆、消解传统的文化心理结构为宗旨，在作品中表现出"反文化"的姿态。在诗歌中的表现则是凸显生命的能量，凸显生命的勇气、精力、气量，展现生命之"能"四射。因此，在表达方式上，"莽汉"诗人李亚伟、万夏、胡冬等，采取了激进的、粗鄙健壮的"号叫"。他们直接、粗暴地对理性、崇高、意识形态等进行了一次快意的拆解、践踏，形成了自称为"腰间挂着诗篇的豪猪"这样一种不羁的叙述者和诗歌形象。20世纪90年代万夏①还主编了《后朦胧诗全集》，综合展示了第三代诗歌的整体实力。莽汉主义诗歌代表有李亚伟的《我是中国》《硬汉们》《中文系》，胡冬的《我想乘一艘慢船到巴黎去》，万夏的《红瓦》，马松的《生日进行曲》等。1987年莽汉的首席诗人李亚伟正式加盟非非主义，作为流派的莽汉随也即融入非非主义诗歌运动，成为非非主义的一部分。

在整个第三代诗歌运动当中，非非主义与同时的其他诗群相比，无论在理论还是在写作上都堪称最为极端并且最具流派特征的一个群体，当然也引起了各种争议。但正如徐敬亚所说，在中国现代诗坛"非非主义"有着突出的理论高度，非非主义"由于其作品较多和始终坚持不懈的理论体系的建构，而成为诗界关于'第三代'的争论中心"②。非非主义创立于1986年，由周伦佑、蓝马、杨黎等人发起，其成员有尚仲敏、梁晓明、余刚、敬晓东、李亚伟、刘

①万夏（1962－），重庆人，诗歌作品集有《本质》，主编《后朦胧诗全集》。
②苏光文、胡国强主编，《20世纪中国文学发展史》，重庆：西南师范大学出版社，1996年。

涛、孟浪、郁郁等人，其流派的理论和作品主要刊登于由周伦佑[1]主编的《非非》杂志上。该流派诗歌理论上的核心是极端的反传统，提倡超越文化。为此，他们提出了"前文化理论"，认为只有彻底摆脱这个符号化、语义化的世界，才能真正地实现"前文化还原"，达到感觉、意识、逻辑、价值的原初存在。他们在感觉还原、意识还原和语言还原这三个维度上对语言上的附着物进行超越和拆解，这也成为了他们诗歌实践的主要表演。如周伦佑的《带猫头鹰的男人》《狼谷》《刀锋20首》、杨黎[2]的《冷风景》、蓝马的《世的界》、何小竹[3]的《组诗》等诗，从对语言的彻底怀疑开始，通过超语义或语言试验，试图用语言超越语言，用语言反叛语言，以求最终呈现出非语义的纯语言世界。但是我们看到，当诗人们以反叛的姿态背叛语言的时候，最终仍要呈现另一种语言状态。也就在他们反叛语义超越语义的时候，他的语言又无法摆脱另一种语义；他们坚决反理性的时候，他的诗歌却又极具理性。在这样的困惑和焦灼之下，1992年周伦佑在《非非》的复刊号上提倡"红色写作"，再现了他与20世纪80年代创作的内在精神和诗歌方法的继承与超越。总的来说，非非主义为第三代诗歌奠定了坚实的理论基础，获得了一定的肯定。1993年德国著名汉学家顾彬在《预言家

①周伦佑（1952 －），四川西昌人，主编《非非》《非非评论》两刊，诗集有《在刀锋上完成的句法转换》《燃烧的荆棘》《周伦佑诗选》等，理论文集有《反价值时代》《变构诗学》等，编辑诗文集有《打开肉体之门》《褻渎中的第三朵语言花》《悬空的圣殿》《刀锋上站立的鸟群》等。
②杨黎（1962 －），四川成都人，诗集《小杨和马丽》，介绍"第三代"的著作《灿烂》。
③何小竹（1963 －），苗族，四川彭水人，诗集有《梦见苹果和鱼的安》《回头的羊》《六个动词，或者苹果》等。

的终结》一文中，将 20 世纪中国诗歌划分为以朦胧诗和以非非主义为标志的两个阶段，并论述了以非非主义为标志的新诗歌浪潮对朦胧诗的取代和超越，认为非非主义具有世界性意义。①

在地缘因素之下，四川的现代诗歌运动作为第三代诗歌最重要的组成部分，不但有以上这些造成全国性影响的诗群，而且还有着许多的诗歌小群体在喧嚣，为第三代诗歌的飞行提供了强大的动力。"同语言进行斗争"的胡冬，认为诗歌的魅力全在于语言，因此他不但探讨语言的魅力，试图建立新的语言秩序，而且对语言精益求精的探索成为了诗人痛苦心灵的慰藉。"自由魂"的代表剑芝、式武，他们极力强调诗歌中的主情因素，以及独特个性的语感及诗歌外形式，并绝对尊重个性。以朱建、刘芙蓉为代表的"群岩突破主义"，从现代意识出发深刻挖下去，导向最原始的图腾意识。试图从意识空间开始来揭示这个神秘的世界，来彰显现代感觉。还有主张孤独体验的"新感觉派"菲可，以及探索终极意义、重建诗歌精神的"莫名其妙派"的杨远宏②，都有很独特的现代情绪感受。③重庆诗人王川平是学者型诗人，他的一系列史诗风格的组诗，试图用一种自古即有的歌谣体，再糅合以个人化的现代诗歌技巧，构建出完整而典型的文化场景。另一位重庆诗人梁平，其早期诗歌属于热情奔放的青春写作，此后在宏大历史的写作中有着深刻的探

---

① （德）顾彬：《预言家的终结》，《今天》，北岛主编，1993 年第三期。
② 杨远宏（1945 - ），四川江津人，著有诗集《落幕或启幕》，理论著作《涨落的思潮》《喧哗的语境》。
③ 以上诗群参见徐敬亚等编《中国现代主义诗群大观 1986-1988》第二编，上海：同济大学出版社，1988 年。

索。值得一提的还有女诗人唐亚平和虹影，极度张扬女性意识的唐亚平[1]，其诗集《黑色沙漠》有较大的影响，提出了"生活方式"的宣言，试图以诗歌呈现女性全部的痛苦和幸福。对于女性，她说，"她们寂寞、懒散、体弱和敏感的气质使得她们天生不自觉沉湎于诗的旋律"[2]。虹影[3]在重庆的写作，是一种可感性很强的抒情诗，《天堂鸟》就是这一时期的诗歌代表。而在后期的诗歌创作中，她改变了自己早期的抒情倾向，走向了更具深刻的分裂感和神秘感的创作。另外，这一时期的《净地》《山海潮》《跋涉者》《000 诗潮》《女子诗报》等四川民间刊物，在对现代诗歌的探索和建设上也都有过一定的作用和影响。

在第三代诗歌运动中，还有一批诗人，他们既是第三代的代表，而且由于坚持不懈的创作和自身厚重的创造力，又成为了整个 20 世纪 90 年代诗歌创作的中坚。如"新传统主义"的代表欧阳江河，"四川七君"欧阳江河、翟永明、柏桦、钟鸣、孙文波、张枣、廖希，以及"無"派代表诗人开愚，正是他们对诗艺的坚持和坚守，不但使 20 世纪 80 年代的现代情绪变奏延续下来，又开启了 20 世纪 90 年代诗歌现代情绪的独奏时期。

---

① 唐亚平（1962－），女，四川通江人，著有《荒蛮月亮》《月亮的表情》《唐亚平诗集》《黑色沙漠》等诗集。
② 徐敬亚等编：《中国现代主义诗群大观 1986—1988》，上海：同济大学出版社，1988 年。
③ 虹影（1962－），重庆人，著有诗集《天堂鸟》《鱼教会鱼歌唱》《沉静的老虎》。

三、90年代"七君子"及其他

20世纪90年代的到来曾经被一些批评家看作是"新时期"的悲剧性结束。的确，与20世纪80年代相比，20世纪90年代的四川诗歌同全中国的情形一样，发生了重大的变化。曾经活跃一时的四川诗人纷纷下海经商，四川诗界的变化再次成为中国诗坛变化的例证。

这当然与中国社会的转型相关，也与整个诗歌艺术自身的发展相关。在20世纪90年代，由于市场经济的主导、诗歌的边缘化、诗人自身的多重身份，现代诗歌在诗学艺术上与20世纪80年代的诗歌发生了裂变。但是20世纪90年代的诗歌是在20世纪80年代的诗歌土壤中生发出来的，特别是第三代诗歌，为整体20世纪90年代诗歌提供了合理性和合法性的基础。从20世纪80年代第三代诗歌的日常生活到九十年代对生活细节的处理和对自我身份的确认和回归，以及地下诗刊对地上诗歌界的构造，都隐含着20世纪80年代诗歌对90年代诗歌的互动和渗透！冷静地看，四川诗歌创作的种种变化不但明显地图示了这样一个历史过程，而且呈现着某种简单写作的败落与沉寂。事实上，在中国诗歌对于人民生活的影响力普遍下降的时代，四川诗歌可以说继续占据着20世纪90年代中国诗坛的重要位置，并为20世纪90年代中国现代诗坛带来了值得重视的若干"个人独奏"。

1993年四川诗人欧阳江河发表了《89后国内诗歌写作：本土气质、中年特征与知识分子》，其涉及的三个关键词"知识分子写作""个人写作""中年写作"成为了20世纪90年代诗学的核心，并主导了 20 世纪 90 年代现代诗学的话语。欧阳江河[①]，早在 1984 年就写出了长诗《悬棺》，作为重要诗人的地位就已经确立。而 20 世纪 90 年代他提出的"中年写作""知识分子身份"等诗学主张，表明了他的诗学转变。他的写作以智慧和学识为基础，并深刻体验到时代对诗歌写作的影响，进而建立了一种清醒的诗学，这使得他在 90 年代与王家新、西川并举。在《玻璃工厂》《计划经济时代的爱情》《傍晚穿过广场》《咖啡馆》等作品中，由于对诗歌本身和时代血脉的深入体认，使他的诗歌达到了锋芒毕露的程度。他的诗歌如孙文波所说，"拓展了诗歌写作的形式方法，但他占有这种形式方法，只让人阅读和接受，却拒绝追随"，其思辨的锋芒展现了他独特而惊人的个人修辞能力，而这也成为了誉之者和贬之者共同的出发点。

"四川七君"之名来源于 1986 年香港中文大学所办的刊物《译丛》，该刊介绍了欧阳江河等七位四川诗人的作品。1995 年德文本《四川五君诗选》（欧阳江河、柏桦、翟永明、张枣、钟鸣）在德国出版，奠定了他们的诗学地位，也扩大了他们的影响。"四川七君"其中之一的孙文波[②]，曾编辑《90 年代》《反对》等民刊。在 20 世纪 90 年代他便确立了自己"从身边的事物发现自己需要的诗句"的诗歌创作倾向。特别是其"叙事性"诗学理论及其在诗歌中的完美表达，使孙文波的独特个人风貌得以确立。在他的诗歌作品中，当代社会的各种细节和情节被刻绘和保存，彻底提升了"日

---

①欧阳江河（1956 —），四川泸州人，诗集有《透过词语的玻璃》《谁去谁留》，评论文集有《站在虚构这边》等。
②孙文波（1959 —），四川成都人，著有诗集《地图上的旅行》《给小蓓的骊歌》《孙文波的诗》，论文集《写作、写作》等。

常生活"的质量和高度，投射出强烈的历史意识和人文关怀。他在叙事方面的探究，使现代诗歌中叙事的"及物能力"得以加强，也构筑了现代诗学新的可能。但正是由于他创作单一性思维的固守，也迫使诗人在创作中需要不断地自我更新、突破和蜕变。

另一"七君子"柏桦①，一直以抒情诗人的面目活跃在诗坛上。他在国内外文学刊物上大量发表诗作及译作，并在1991年、1992年、1993年连续三次受邀参加国际诗歌节。他认为诗和生命的节律一样在呼吸里自然形成，一旦它形成某种氛围，文字就变得模糊并融入某种气息或声音之中。因此形成了他机敏细致的诗艺，并带着强烈的幻美式的挽歌气氛。其名作《表达》《悬崖》《望气的人》有着南唐后主式的颓废和贵族气的哀伤，而《琼斯敦》则是一种孤独和神经质，阴冷的矜持和自弃的敏感，这些就形成了他在自传性著作《左边》中所述的独特的"下午"式气质。另外柏桦几乎是最能表现汉语之美的诗人，他的语言几乎达到了现代汉语的澄明之境。在一个文字被解构得破碎的时代，他独自内敛的整体性抒情以及其对现代汉语的痴迷，确证了现代诗学的中枢神经，使他的诗歌呈现出非凡的意义。

"七君"中的翟永明②，无疑是中国现代新诗最优秀的女诗人之一。她在20世纪80-90年代之间创作，不但贯穿了新时期以来现

①柏桦（1956－），重庆人，著有诗集《表达》《望气的人》《往事》，评论集《今天的激情》，自传《左边——毛泽东时代的抒情诗人》等。
②翟永明（1955－），四川成都人，著有诗集《女人》《在一切玫瑰之上》《称之为一切》《黑夜中的素歌》《翟永明诗集》《终于使我周转不灵》，散文随笔集《纸上建筑》《坚韧的破碎之花》《纽约，纽约以西》等。

代诗歌的历程，而且她不断超越自己，成为最具有大诗人潜质的一名女诗人。1986年的《女人》《人生在世》，1988年的《静安庄》，以独特奇诡的语言风格和惊世骇俗的女性立场震撼了文坛，使她成为"女性诗歌"的代表人物。她主要从极度敏感的女性心灵出发，深入到自我的生活经验，进入到女性独特的生活体验中。她执着于自身经验的挖掘，试图摆脱现有文化观念加给女性的社会意识，达到她在《诗歌报》中所说"突破白天，进入黑夜"之境。而她的"黑夜意识"也使她成为了新一代女性诗人的代表，也成为新一代诗歌的代言人。20世纪90年代的《咖啡馆之歌》以后，诗人更从侧重内心的剖析而转向一种新的细致而平淡的叙说风格，转向对外部生活的陈述。这一时期的诗歌，如《脸谱生活》《道具和场景》等，不管是语言的选用、词语的色调，还是内在的诗歌结构、外表的诗歌形式都变化多样，体现了20世纪90年代诗歌的"综合"走向。她的诗歌写作，呈现出现代诗歌探测人生、生命和世界的诗性能力。

"七君"中的张枣和钟鸣也在20世纪90年代中实践了自己独特的"歌喉"。张枣[1]20世纪80年代在四川的诗歌创作延续着古典诗歌的"抒情方式"，如《镜中》对词语精细、细致的安排，使他更像是一个语言的炼金士。钟鸣[2]是一个学者型的诗人，在他的诗歌中，日常的体验、生活的体验、生命的体验，与他自身所具有的广博的学问和学识交织、渗透，扩大了诗歌的表现力。如《中

---

[1]张枣（1962－），湖南长沙人，其主要创作期在四川，著有诗集《春秋来信》。
[2]钟鸣（1953－），四川成都人，诗集《中国杂技：硬的椅子》，三卷本随笔《旁观者》等。

国杂技硬椅子》里，就有着各种心理学、社会学等知识在20世纪纠缠。另外他的三卷本随笔《旁观者》是一种复杂的文体，集自传、评论、作品、诠释，以及相关的手稿图片等资料于一体，这显示了钟鸣以知识为基座的诗学特色。

在20世纪80年代只有一个人的"無"派代表肖开愚[1]，可以看作是一个孤独的诗歌探索者，而这也成就了他在20世纪90年代诗歌的重要地位。他虽也参与了《90年代》《反对》等诗刊的编辑，但他以自己多年的现代诗歌思考，呈现了现代诗歌的新向度。他的诗学一直强调着"当代性"的重要，强调对当下生活、当代社会语境、当代社会政治经济文化中的"个人性"的深刻把握。正是在这种当下语境中，"中年写作" 诗学观念成为他的首创。他主张步入中年后的写作者告别"青春写作"，并积极承担"中年"的责任意识。他敏感意识到"生存处境和写作处境"，由此对诗歌本体认识加深，形成了一种成熟的、开阔的写作境界。而这种严格的写作要求和复杂深入的诗歌构建，意味着当代诗人的成熟。在他的作品《向杜甫致敬》《国庆节》《动物园》等作品中，叙事和戏剧性的成分较重，对自然、命运、自我的发掘，呈现了对技艺多向度的开放。他的诗在一种"复杂性"和"综合性"的努力下显得生气勃勃，充满活力，并使我们看到了"个人的刻痕"在现代诗歌中不断加深的可能性。

当20世纪80年代末民刊从爆炸走向沉寂的时候，更多的民刊

---

[1]肖开愚（1960 －），四川中江人，诗集《动物园的狂喜》《学习之甜》《肖开愚的诗》等。

在 20 世纪 90 年代又再一次成为"地下刊物"，再一次被埋葬。但是，有着强大诗歌传统的四川诗人们，他们依然不停止对个人解放的思考，不停止对生命意义的探索，不懈地追问诗，成为了另外一道亮丽的风景，并让现代情绪的地火依然在激烈地运行①：如"中专生诗人协会"的《新诗人报》，弘扬人类精神的《阆苑》，坚守自由精神的《地铁》，以发现女子们的诗为己任的《海灵诗报》，专门登载少数民族诗人诗歌的《山鹰魂》，以先锋为指向的《二十一世纪中国现代诗人》，强调"坚持性"的《名城文学》，指向先锋精神的《诗研究》，旨在探索诗歌艺术规律的《诗歌创作与研究》，从铁路系统开始的先锋《声音》，举荐诗坛新星的《四月诗刊》，张扬朴素、民族、现代意识的《彝风》，用词语透视人物内心的《侧面》，倡导神（幻）性写作的《存在》，探求心灵中的诗性空间的《诗镜》，极具包容性的《终点》，以及标示地域性写作的《独立》，等等。依然有那么多来自不同阶层的人们对诗歌抱有如此的痴情！

四、新世纪的繁复旋律

新世纪的来临，伴随着网络社会、消费社会的到来，文学自身的发展遭遇了前所未有的新机遇和挑战。全球化的冲击，所有非中国文化的各种文化使我们产生了强烈的危机感。如何与西方交流？如何重新去定义文化传统？我们不得不重新定位和思考。多元化与多角度评判，也使我们对新的问题展开丰富的讨论，此时的创作也

①以下诗歌民刊，参见发星主编《独立》，2006 年，总第十三期。

就不仅仅再是单独的、孤立的创作。大众传媒的日益发达，不但使曾经被控制的知识与信息向大众敞开，而且全面渗透和介入文化领域，并逐渐主导文化市场。问题更为严重的是，随着消费主义浪潮涌来，文学市场的形成，文学沦为一种被消费的商品，使得经济效益和读者的需求变得日益重要。消费文化等碾碎了现代个人的精神空间，湮灭现代个人情绪所呈现的深度。

在这样的背景之下，曾经地上、地下、民间、官方、精英、大众、都市、农村、文本、网络、地域、团体等不同层面的诗歌与诗歌创作，都进一步地从原来不和、疏离、角逐到现在的互相交叉、渗透和互动，所有单一活动、单一化的诗歌活动和创作都整合起来，呈现出现代诗歌发展的一种新的繁复的交错状态。

从官方诗刊《星星》来看，其一系列诗歌活动就展示了这样的一个维度。首先在2002年，《星星》诗刊前主编、诗人杨牧，提议把给人温暖、慰藉，富于启迪的小诗搬上公交车。随后成都市公交公司与《星星》诗刊联手，征选了200多首诗歌精心做成牌匾，覆盖成都市主要干道的多个站点和多辆公交车，这在全国独一无二的创举，让成都也成为"一本"流动的"诗刊"。多种诗歌力量和非诗歌力量的交织和努力，让我们看到了诗歌的新的文本，新的诗歌需求也成为了一种可能。接着2003年，《星星》诗刊与南方都市报、新浪网联合举办了"甲申风暴·21世纪中国诗歌大展"[①]，这是继1986年诗歌大展以来国内最大规模的现代诗展示。"甲申风暴"诗歌大展的推出，从个人、流派、网络、民刊等多个角度呈现

①见《星星》诗刊，2004年第三期。

当代汉语诗歌的生态，展示了当代汉语诗歌的丰富多样，使地上诗歌与地下诗歌又一次相互融合，相互提携。2004 年《星星》诗刊又发起了"21 世纪中国诗歌复兴活动"，其中的栏目有"20 年来 100 首最受群众喜爱的诗歌评选""四川首届国际诗歌节""首届中国诗歌教育论坛""中国诗歌万里行"等，使诗歌的私人性空间与社会的公共空间交融，现代诗歌曾经的一些界限逐渐消失。不久《星星》诗刊推出一系列改革措施，特别是建立网上诗歌论坛，这让我们看到在网络诗歌摇旗呐喊的时代，即使《星星》诗刊这样重量级的诗歌刊物也不敢小视。而且《星星》还参与建立中国现代诗歌艺术博物馆，建立成都诗歌墙等活动，分别用于陈列现代诗人手稿、诗刊创刊号、诗人诗歌出版物等展品以及展示当代诗人的重要作品，呈现了当下诗歌和当下诗人多方面交流且合流的一个重要时代特征。

此时，民间诗歌也有了整合多种力量的倾向。在这个时期，四川民刊以《非非》《存在》和《独立》三大民刊为代表，具有强大的生命力和影响，在全国是首屈一指的诗歌民刊代表，如《非非》的"体制外写作"，《存在》的"幻象（神性）写作"，《独立》的"地域诗歌写作"。同时，这些刊物也在不断地融合新的力量，其诗人及作品也与整个诗歌界的各种因素纠结在一起了。以"知识分子新生代"为核心的《诗歌档案》，以成都为"根"的《人行道》，以成都诗人为核心的《在成都》，追求现代成都感受的《幸福剧团》①，他们对"成都"的坚守，却让我们看到了现代情绪"合奏"这样一

———

①以上诗歌民刊，参见发星主编《独立》，2006 年总第十三期。

个不可避免的现代诗歌现实的状态。特别是诗歌民刊《芙蓉·锦江》，"传承着成都接纳天下诗人造访的包容性"。而且从他们所选的诗人以及诗歌作品，我们可以更清晰地看到民刊汇聚各种力量的时代特征。

但问题是，在这样的情况下，我们如何再次唱出个人内心的歌曲？我们如何再次绽放个人内心的现代情绪？我们所汇聚和整合的力量，是敏锐了我们对世界、他人、自我和内心的感知力，还是阻挡和遮蔽了我们对现代诗歌表达的苦苦追求？这可能是摆在四川诗人甚至全中国诗人面前的一道难题。

五、四川的与中国的

四川，这个西部内陆省份在参与新时期的中国诗歌运动时不仅表现得特别积极，为中国新诗贡献出来一大批的诗人与诗作，而且还初步形成了一种颇具区域特色的艺术个性。在当代中国的诗歌历史中，来自四川的艺术经验具有特殊的意味，或者说四川诗歌的"道路"为中国新诗在新时期之路打开了一个别具一格的艺术天地。

在"新诗潮"浪潮中的四川诗歌，体现出了一种更为本色的艺术追求——更多朴素的写实和更多理智的表述。北岛的《回答》是尖锐而沉痛的，批判的冲动凝聚为一种高度浓缩的情绪体验，而"不满"在骆耕野这里却化作了对当代社会具体问题的实实在在的罗列和揭露，苦难历史在叶延滨那里又咀嚼为对陕北"干妈"的追忆。傅天琳最早发表于《诗刊》的《血和血统》，也立足于一件坚实的"本事"："12年前，为抢救工人兄弟的生命，一个出身于非劳动人民家庭的青年，毅然挽起了衣袖。"关于血统论，诗人发表了在当时看来是大胆的质疑和控诉："血啊，你能救活一个工人阶级兄弟的生命，/ 为什么——却不能属于这个阶级……"。与她同时代人如舒婷一样，傅天琳仍然对祖国怀着"母亲"一样的忠诚和依恋："中国，绝不是'四人帮'的中国，只有实践，才能检验血缘。/ 我浑身轻松，投入四个现代化的战斗，/ 恨不得向祖国交上一千个果实。"（《果园之歌》）这种感情多少也让我们想起了舒婷的《祖国啊，我亲爱的祖国》。然而，仔细品味，我们也能感到，舒婷的赤诚和北岛的批判一样，依然是情绪性的直写，与傅天琳不同，她的诗情似乎并不依托某一具体人生的"事件"。当时人们在谈及"新诗"在艺术探索上的"先锋性"时，一般都很少涉及四川地区的几位诗人——尽管四川地区的"新诗潮"诗人同样的敏锐，同样的富有才情，但的确在新时期一个较长的时间中都显得比较朴素和质实，他们的诗歌并不怎么"朦胧"，并不怎么"前卫"，因此，还曾被认为是有些"现实主义"的风格。

四川地区新诗潮诗人的这些独特性——更多朴素的写实和更多理智的表述，似乎暗合了西南地区在中国版图上的边缘特征，一种游动在当代中国政治文化剧变旋涡之外的边缘特征。因为，以北岛为代表的峻急、沉痛和情绪化体验都明显地体现着那种在中国政治文化中心才能感受到的历史车轮辗压下的个人痛苦、愤怒和反叛，一部巨大的国家机器、一座高耸入云的精神大厦在人的真切感受中一点一点地崩裂、离析，它的纷纷散落的碎片不断地撞向人的心灵世界，不断激发起极具时代意义和历史内蕴的却又同样极具个人化特征的情绪和想象，这便是新诗潮的先锋——"《今天》派"诗人的艺术渊源。北岛、顾城、杨炼、江河都是北京人，他们的社会关系和生存环境都给了他们丰富的政治与文化的信息，促使他们在"文化大革命"时期就开始了对当代中国政治与文化的思考，同时也有机会从各种渠道获取西方近现代诗艺的营养。福建的舒婷也因为有她的"大学生朋友"的激进思想的刺激和前辈诗人蔡其矫的引导而较早承受了这种政治与文化裂变的冲击，并且她还最终与北岛等人相结识，真正地走入了《今天》派的精神世界。她曾经激动地写道："1977年我初读北岛的诗时，受到一次八级地震。北岛的诗的出现比他的诗本身更使我激动。就像在天井里挣扎生长的桂树，从一颗飞来的风信子，领悟到世界的广阔，联想到草坪和绿洲"[①]。

　　在"第三代诗歌"中，四川诗人又表现出了一种前所未有的激情、果敢与反叛精神。这一引人瞩目的现象很容易让我们想起四川地域特殊的文化格局，想起这样的地域文化格局对西南既往文化的相似的"激发"。无论是从传统中国或是从现代中国的整体发展来看，大西南"偏于一隅"的地域位置都解释了它在整个中国文化版图上的"边缘性"。而这种边缘性的结果又往往是双向的，它既可能造成封闭状态下的迟钝，也带来了偏离主流文化潮流中心话语压力的某种自由与轻快。于是，一旦社会的发展给大西南人某种创造的刺激和召唤，他们那无所顾忌的果敢与勇毅也同样的令人惊叹。在四川文学史上，我们看到的便是这样的事实：从驰侠使气的陈子昂，"天子呼来不上船"的李白到"我把整个宇宙来吞了"的郭沫若，恃才傲物的诗人层出不穷，从陈子昂的唐诗革新到苏舜钦的北宋诗"文化大革命"新，从苏轼的以诗为词到新诗史上的吴芳吉、康白

<hr />

①傅天琳：《关于诗歌的谈话》，《结束与诞生》，长春：春风文艺出版社，1997年，第198、199页。

情和郭沫若，标新立异，放言无惮的"叛逆"也让人目不暇接。值得注意的是，在四川第三代诗人的艺术选择当中，不仅反映了地域之于他们的历史性意义，而且更包含着他们从这一特定的地域出发主动为自己设定的区别于北岛传统的新的诗歌精神，这便是诗的"南方精神"。早在1985年，由李亚伟、何小竹等担任编委的《中国当代实验诗歌》专辑就将对南方地域特征（主要是四川整个西南地区）的诗性体验作了郑重其事的"代序"，而且是相当坦诚而准确地反省道："反叛是南方的传统，我们无法摆脱这近于偏执的深刻的素质。""代序"最后还豪情满怀地宣布："我们预言，中国诗歌的巨川源于北而成于南，这一代人的行列里能走出真正的艺术巨匠。河神共工将横吹铁箫，站在波涛上放牧豹子！"到20世纪90年代末，在第三代诗歌高潮逐渐消歇的时候，属于这一诗潮中的钟鸣在他的3卷本大著《旁观者》中十分详尽地阐发了他耳闻目睹的"南方诗歌"，这些阐述正好相当生动地表达了大西南第三代诗人这种自觉的地域性艺术追求"谁真正认识过南方呢？它的人民热血好动，喜欢精致的事物，热衷于神秘主义和革命，好积蓄，却重义气，不惜一夜千金散尽。固执冥顽，又多愁善感，实际而好幻想。生活颓靡本能，却追求精神崇高。崇尚个人主义，又离不开朋党。注重营养，胡乱耗气，喜欢意外效果，而终究墨守成规——再就是，追求目标，不择手段，等目标一出现，又毫不足惜放弃……这就是我的南方！"①

　　在生活的本色主义与激情反叛之间，形成了四川诗歌巨大的张力结构，这就好像是四川区域内部的两极——激越的川东巴人、重

---

①钟鸣：《旁观者》（第2卷），海口：海南出版社，1998年，第807页。

庆与温厚的川西蜀人。改革开放三十年的四川诗歌基本就是以这样两个个性相异又互通的地区为主要支点，一系列重要的诗歌事件几乎都诞生于此，政治经济的直辖也不能改变重庆作为大的四川文化格局之一员的事实。而且在我们看来，无论是对重庆还是对四川，都没有必要打破这样的文化生态——不同地区之间文化追求的碰撞、砥砺和交汇曾经同时造就了巴地与蜀地的艺术繁荣，在今天和在未来，我们根本无须也不应该去改变这样的一种交流方式，只有在不同方向的力量的张力架构中，四川诗歌才能更好地挖掘自己的潜在可能，为中国诗歌的"四川经验"贡献更丰富的内容。

（与李怡先生合作）

成都："诗"在大地上的居所

——2010-2011 成都新诗述评

　　成都，这片土地混沌之初，就屹立起豪华的诗性之力：凝重朴实的纵目面具，以圆柱般凸出的眼睛和硕大的耳朵，就试图窥探和聆听出世界、生命、灵魂之奥秘；桑然的通天建木，直插云霄，以便打通天人、阴阳、古今、生死之界限；沃野千里、水旱从人之土地，又使渺小的灵魂、有限的肉体有了一个暂时的归宿之地……司马相如、李白、苏轼、郭沫若，一从这片土地走出去，便雄踞诗坛，成为霸主。"自古诗人皆入蜀"，这里，山川宜诗、风物宜诗、历史宜诗、吃喝宜诗。20 世纪 80 年代以降，蜀更是诗坛的"圣地"，不入蜀，便不足以言诗；不入蜀人之眼的诗，便难以在黄河、长江上掀起波澜。可以说，成都是"诗"在大地上的居所。那么成都新诗，便成为探析中国当代诗的一个绕不开的绝对视域。

　　尽管本文"2010-2011 年成都诗歌述评"，论题的具体内容已相当明确，但这里还是得做一点具体说明。本论题在"2010-2011 年""成都""新诗"这三个大的限定之下，所涉及的相关诗人、诗歌、诗刊以及诗歌活动还是非常之多。所以，本论题主要是以 2010 年到

2011 年间，主要在成都生活和创作的诗人，以及在成都地域范围之内的诗刊、诗歌活动等为探讨内容。欧阳江河、萧开愚、吉狄马加、孙文波、万夏、李亚伟、杨黎、蒋浩、胡续冬等优秀川籍诗人，没有生活在成都，我只能忍痛割爱。尽管我们做了这样的限定，而在个人能力有限、资料收集不易以及阅读范围受限的情况下，肯定有大量的遗漏之处。但整体上，我将尽可能完整地呈现出这两年来成都诗歌的基本面貌和特征。

一、成都诗歌的正式期刊

在成都诗歌中，我们首先看到的是诗歌正式出版物，而且是直接影响着诗运行方向的正式出版物。绝对不可否认，诗歌正式出版物，以其独特的资源优势、连续性的出版发行、强大的市场占有率，以及强势的话语权，对于当代诗的发展、推进和突围，做出了自己的贡献。

1.《星星》诗刊

《星星》诗刊自 1979 年复刊以来，其全国性视野、宏大的时代主题以及多向度的诗歌活动，为中国新诗的发展起了相当重要的作用。2011 年，四川省作协与重庆市作协召开了首届"川渝诗人联谊年会"，在将巴蜀诗坛打造为中国诗歌高地的呼声中，成都的《星星》诗刊无疑是其中最重要的角色。

《星星》诗刊，推出了一系列的重要诗人和诗歌作品。其主要栏目有《首席诗人》《每月推荐》《文本内外》《外国译诗界》《诗评家的诗》《她们》《大学生营地》《青年诗人》《当代诗人》

《校园诗人作品专辑》《大西部》《散文诗》《短诗》《情诗》《小诗》《长诗》，显示了《星星》诗刊宽阔的视野。每期的《首席诗人》是其重头戏，展示了中国当代诗坛一些重要诗人的创作。同时《星星》诗刊有鲜明的时代使命和现实意识，在相应的时期推出关注当下现实的《非常现实》栏目，如《玉树、玉树："4·14"玉树地震祭》《喊渴的土地：西南大旱》《诗歌版图：油工业部》《信仰之光——纪念中国共产党诞辰90周年特别专辑》《第三届"名广杯"诗歌大赛获奖作品专辑》《"5·12"汶川特大地震三周年征文专辑》等。另外，《星星》诗刊还特设《外国诗译界》栏目，介绍外国重要诗人，进一步彰显了她开阔的视野。可以说，不管是内容还是形式，《星星》诗刊都堪称成都诗歌发展的一个重要地基。

从2007年开始的《星星·下半月》（理论版），则是当代中国一本重要的诗歌理论与批评刊物。该理论刊物特约活跃在中国诗歌现场的著名诗歌批评家及诗人，分别主持一个栏目，体现出非常专业的理论品质。该刊设置有《新世纪十年诗歌研究与批评》《新诗地标》《圆桌对话》《现象分析》《诗人评传》《诗人访谈》《诗人自述》《诗人研究》《文本细读》《回望八十年代》《老诗歌》《一首诗的诞生》《序与跋》《诗歌翻译研究》《翻译工场》《诗人随笔》《诗人通信》《批评家访谈》《诗人映像》等栏目，围绕新诗发展的具体问题，进行深入的描述和分析。如：直击中国新诗"伪命题"、当代中国新诗创作现状扫描、我们这个时代的诗歌病症、1980年代的诗歌精神、"柔刚诗歌奖"小辑、柔刚诗歌奖获奖诗人访谈录、天问中国新诗新年峰会、遗失的诗歌部落、六十年代出生的中国诗人研究、网易微博专栏《新世纪诗典》特辑、大学诗歌教育等问题的思考，都为中国新诗的发展提供了重要的理论资源。

除了在作品和理论上的重要贡献之外，《星星》诗刊也开展了众多比较有影响的诗歌活动。其中"中国·星星年度诗人、诗评家奖"与"中国·星星大学生诗歌夏令营"，具有比较重要的意义。"中国·星星年度诗人、诗评家奖"活动，是由《星星》诗刊社与四川师范大学文理学院联合举办的评选活动，从 2006 年开始每年评选一次，旨在推出中国诗坛有较大成就的诗人及诗评家。"2010 年中国·星星年度诗人、诗评家奖"的得主分别为大解、聂权、张清华；2011 年为阳飏、谢小青和罗振亚。为发掘文学新人繁荣校园文学，从 2007 年起《星星》诗刊与四川师范大学文理学院联袂举办每年一届的"大学生诗歌夏令营"活动。"2010 中国·星星大学生诗歌夏令营""2011 中国·星星大学生诗歌夏令营"相继在成都开营，来自全国各个高校、各种专业的年轻诗人们，在诗歌朗诵会、讲座、大学生诗歌论坛以及参观活动中，进行沟通和交流。这一活动，不仅为当代更年轻一代诗人的成长奠定了一个良好的基础，还为中国诗歌的未来造就了一批优秀诗人。

《星星》诗刊在诗歌出版方面，也做出了相当的努力。自 2001 年以来的"星星诗文库"，就是为解决众多有潜力的诗人出版难的问题而开展的一项出版工程，为众多诗人出版了诗歌专集、合集。2011 年的《蜀籁》诗丛①，更包含了《星星》诗刊宏大的诗学野心。正如梁平在《重新集合的四川诗歌力量——〈蜀籁〉诗丛总序》中所说："从《蜀籁》开始，这里重新集合起来的四川诗歌力量，

①这批入选《蜀籁》诗丛的有龚学敏的《紫禁城》、李龙炳的《李龙炳的诗》、熊焱的《爱无尽》三种，均于 2011 年 2 月由四川文艺出版社出版。

将以整体、持续的方式呈现在当代中国诗坛。"作为体制内的诗歌刊物，《星星》诗刊也紧跟着时代主旋律的步伐，参与编选了一系列具有时代特征的诗集。如诗集《中国红——90年中国诗歌红色经典》，体现了国家统一、民族独立、中国人民的英勇斗争等主题；诗集《春回天府：四川灾后重建诗意镜像系列（成人卷）》《春回天府：四川灾后重建诗意镜像系列（少儿卷）》，以展现灾后重建、春回天府等主题。《星星》诗刊还策划了独特的诗歌选题，呈现出他们独特的诗学追求。如2010年梁平主编的《土地上的诗庄稼——中国农民诗人诗选》，选择当代农民诗人，在当代、农民、诗人这几个独特的角度之下，透视出当代独特精神特征以及当代诗歌生长的另一种独特因子。从2009年以来，《星星》诗刊连续推出全国性年度优秀诗歌选本。近两年的《中国2009年度诗歌精选》《中国2010年度诗歌精选》，力求从"诗"的角度，精选出中国诗歌的力作，展现中国新诗在题材、风格、手法、形式、语言等方面的探索，展现了构建中国当代诗学标准的雄心和努力。

2. 梁平

在《星星》诗刊内部，编辑部的编辑们可以说构成了一个"星星诗人群"。在这个群体中间，梁平是其中的领军人。作为诗刊主编的梁平，更是一位有着长诗、史诗、大诗情结和冲动的诗人，他一直在"长诗"的写作上有着持久探索和独特贡献。早在2005年就出版了《巴与蜀：两个二重奏》，该长诗包括《重庆书》和《三星堆之门》两首长诗："《重庆书》起笔于远古而侧重的是对巴文化来源的当代审视；《三星堆之门》却是站在今天对蜀文明的追根问底。有意义的是，这两首长诗合在一起，也就完成了我对巴蜀文

化的诗意回望"①。2009 年梁平出版了另一部长达 3500 行的长诗
《三十年河东》，与《巴与蜀：两个二重奏》相比，这部长诗不仅
文本更长，而且内容也更为驳杂、繁复。诗歌在公共记忆、时代精神、
政治意识、国家形象、个体体验、修辞技艺、诗性语言、诗学追求
等多重空间之间穿梭，由此在诗歌文本的多重纠葛中，不仅构造了
厚重的文本，而且呈现出独到的诗性能力。

2011 年《中国作家》第 5 期全文刊载了梁平的长诗《汶川故事——
5·12 大地震灾后重建诗报告》，同年 5 月该长诗由四川文艺出版社
出版。梁平再次展开了一次新的诗学冒险与探索，显示他在长诗写
作中的重要地位。该长诗 2300 多行，包括《序诗》《第一章：梦断
五月》《第二章：梦醒四川》《第三章：梦想成真》《尾声或梦的
飞翔》五个部分。在"灾难""重建"等主题下，这一诗歌文本也
成为多种力量、多种语言方式共同组建的多面体：这既是一个大民
族的心灵史，又是一个个具体的人的微观生命体验；这既有人类精
神的写照，又是政治意识的表达；这里有政党话语的支配，又有
抒情审美的诗性烛照……在诗歌中，作者把这些元素融为了一体，
显得不露痕迹。由此我们看到，梁平的《汶川故事》可以说展示出
了非常重要的一些诗学问题，即当代诗歌与宏大主题关系的问题。
在当下轰轰烈烈的"个体写作"时代，"宏大写作"就似乎已经不
再是诗歌需要关心的问题？梁平曾说："我的'主旋律'写作是
我写作的一部分。有人认为是我职业的需要所进行的写作，我从来

---

① 梁平：《经验和精神的重逢》，《巴与蜀：两个二重奏》，北京：作家出版社，
2005 年，第 5 页。

不这样看……实际上这样的'生活'进入了我们每一个人的内心，倘若写作者找到了写作的兴奋，找到了写作的路径，为什么要抵制或者拒绝呢？"①选择重大题材，是梁平自身诗学兴趣使然。更为重要的是，诗歌本身永远也无法避开时代精神、民族精神、国家精神这样一些重大命题。诗歌只有消化掉这些主题，才能获得良性发展。如果说诗歌必须介入宏大主题，那么又该如何处理宏大主题呢？梁平的长诗写作，正是为我们提供了一些可能性的向度。而古代"史诗"与现代"长诗"是有质的差别的，从神话传说、古典形式的"史诗"走向具有现代精神、现代形式的"现代长诗"，不仅需要诗人有构建宏大结构，铺成开阔空间，饱满人物形象，以及掌握精湛修辞等基本能力，还需要诗人有涉足复杂的历史、展示现代灵魂，彰显现代精神这一系列的多重考验的勇气。梁平长诗《汶川故事——5·12大地震灾后重建诗报告》以其对时代宏大主题的诗性展示，成为了"现代长诗"的一部重要作品。

3. 星星诗人群

除了梁平之外，星星还有着一群优秀的诗人，包括龚学敏、李自国、靳晓静、熊焱、萧融、干海兵、李斌等。

2011年龚学敏出版了诗集《紫禁城》，成为他诗歌创作的一次华丽转身，为当代诗坛呈现出了一种新的诗歌文本。与他之前的诗集《幻影》《雪山之上的雪》《长征》《九寨蓝》等不同，他的这次诗歌写作在内容上进行了一次全新尝试。他说："首先，我对中

---

① 王西平、梁平：《我的诗生活——王西平系列访谈：梁平篇》，《中国诗歌》，2015年第4期。

国传统文化研究很感兴趣，而紫禁城就像是一本在深夜的烛光下恍惚着的古书。其次，虽然以紫禁城为题材，也有别人写过诗歌，但是基本上都是零星几首，一个诗人专门为紫禁城写一本主题系列诗歌专辑，此前还没有过，所以我想挑战一下自己"①。更为重要的是，在他的这组诗歌中，"紫禁城"已被抽空了本身的内涵，仅成为诗人诗意发生和语言延展的特殊契机。在这组诗歌中，龚学敏依然保持了优美古典的诗情和语言，并且使他的语言才华和想象力进一步发挥。如其中的诗歌《保和殿：云龙石阶》："……一张可以用来在山间的树梢上飞翔的纸，一张 / 可以用来在水中的金色鲤鱼旁边游荡的纸，一张 / 叫做龙的声音的纸，// 就他那样，一动不动，而且一尘不染。"整首诗歌丝毫无一点历史沧桑、宫殿雄伟、宫廷血腥等主题的介入，而完全任凭诗人自我的想象，从一点点的细处铺开，在宁静之中将汉语的古典魅力呈现。而从历史和现实中抽身，这或许是龚学敏对于宏大历史、时代意识的另一种进入和反思。

　　李自国从早期的青春、激情，到《场——探索诗选》的语言探索，再到之后的《生命之盐》，也经历了一次次的诗学裂变。而最近他发表于《诗刊》的《高高的灵魂》，体现了他的一种特有的"老年心境"。通过诗歌《老屋的心迹》《高高的灵魂》《独步荒野》《岁月的问候》可以看到，他正是从一个"老人"角度，来重新审问生命、青春、岁月、激情和灵魂。如《高高的灵魂》中，"冷风吹动遥远的屋脊 / 无声无息的时光 / 如今都流向了哪里 // 平民的屋宇 / 面山

①引自《50 首诗吟诵紫禁城 四川诗人龚学敏"艺术冒险"》，《华西都市报》，2011 年 8 月 28 日。

而居的人子呵 / 直到沉默，直到坚韧中醒来 / 那隐约的门庭　为谁而开 / 谁又是被它遗忘的主人。"正是诗人站在了生命即将终结的另一端，来逼问生命的沉重问题，这使得诗意表达更能有效地击中我们的生命意识。女诗人靳晓静的创作，一方面有着女性的柔美和纯情，如诗集《献给我永生永世的情人》；另一方面，又有着女性对生命的独特生命感，如诗集《我的时间简史》。近期她的诗歌创作，也再次彰显出女性独特的感悟。"只有母马眩目而来 / 这上帝的尤物，迷死整个草原 / 你毫无责任 / 这母马来临不明　/ 和我感恩的泪水一样 / 都是从天缝中落下的东西"（《母马》），她的诗歌中充满了令人惊悸的宁静、美、爱，始终保持着令人炫目的神秘力量。作为80后的重要诗人，熊焱一出场就追求着诗歌中的良知、责任、担当，在精神的"回乡"之路上，将肉体的疼痛和人性力量一一细致地刻画出来。而此时在《浮生（组诗）》中，更将他诗歌的哲学底色凸显出来，早期的"故乡精神之痛"成为了"自我精神的质问"，"看吧，大地上蝼蚁穿梭，草木蓬勃 / 我便是其中一粒，点缀着这世界的冬夏与春秋"（《旅途》）。在这样的转变过程中，他的诗歌节奏也慢了下来，诗歌表达也更为从容、绵长。李斌的诗歌写作，没有独特的技艺探险和繁复的修辞技巧，而常常以简单的排比句式来呈现自我内心的感受，但却鲜明地将我们在城市中的"被抛"感受和体验展示出来，有强烈的现代感。

4. 其他成都诗歌期刊

与《星星》诗刊不同的是，《青年作家》以扶持推荐青年作者为己任，发表的作品也并不仅限于诗歌作品。同时《青年作家》也是具有全国性视野的刊物，并不仅局限于成都。由此，总体上难以集中展示成都诗歌。

不过，《青年作家》也特辟诗歌栏目，且不断加大诗歌版面，越来越重视诗歌作品，成为成都诗歌乃至当代诗歌的一个重要阵地。由于多次改版，《青年作家》的诗歌栏目，也几经变化。2010年1-5期发表新诗的主要是《星空》栏目。2010年7月第7期《青年作家》改版，将《星空》栏目改为《诗界》，并在这一期开设"70后诗人诗歌展"专辑。第8期《诗界》为"当代青年诗人诗选"专辑，第9期为"国内诗人作家著作双年展"。到了第10期，则有游弋的《2009：成都诗歌研究》及"当代诗人诗选"专辑。2010年11月《青年作家》再次改版，每期《诗界》重点推出两位诗人的组诗，直到2012年的第2期。其中，2011年第4期《青年作家》的"创刊30周年纪念特刊"值得注意。在这一期诗歌卷中，展示了从1981年以来《青年作家》上所发表的重要诗人及诗歌作品，包括唐大同、流沙河、白航、叶延滨、翟永明、龙郁、曹纪祖、凸凹、吉狄马加、杨牧、张新泉、柏桦、瘦西鸿、陈小繁等四川重要诗人，堪称是当代成都诗歌简史。从2011年第5期开始，《青年作家》的版式基本固定，但加大了诗歌版面，每期《诗界》都发表七八位诗人的组诗，这都显示了《青年作家》对当代诗歌的关注。

在《四川文学》杂志中，诗歌的位置始终不明显。不过，该刊每期都设有《新诗歌》栏目，集中发表两位诗人的组诗。而《四川日报》副刊《原上草》，在2010年就不定期地设有诗歌欣赏栏目《浣花溪·我喜欢的诗》，体现了编辑对于诗歌的关注。该栏目每期选一首诗，主要由著名诗人张新泉荐评。同时《原上草》也积极推出诗歌专辑，2010年推出了儿童诗专辑《"六一"的歌》、中秋诗歌特别专辑《心上路，有个月亮》，以及《跑起来：汶川特大地震 3 周年主题诗歌征文》，梁平长诗《汶川故事（诗报告节选）——写在"5·12"汶川大地震三周年》等。2011 年《原上草》的原诗歌欣赏栏目《浣花溪·我喜欢的诗》，改为栏目《浣花溪》，开始不定期地发表诗歌作品。

在这些刊物的编辑中，牛放、曾鸣的诗歌有一定的特色。牛放早期的诗集《展读高原》《叩问山魂》，将生命聚集于川西高原，一开始就具有了雄性力量，开阔的视野和磅礴的气势，这形成了他独特的"高原诗"。近年来牛放由于远离了高原，他的诗歌也转入另外一条轨道，从高原的地域诗性书写转向了对历史的审视。在题记《犍为读史（组诗）》中他写道，"那些如期而至的花朵／是不是在对逝去的历史切切怀念抑或深深祭祀／然而　历史沉默　花儿无语。"这正是他探寻历史、追问时间的一组诗歌。与前期的激情、冲动、野性相比，此时在永恒的时间面前，诗人更多地感受到了生命的无助、渺小，当然也更动人心弦。诗人曾鸣其"蜀地歌手"的称呼，正是源于他对于"蜀地"的诗性展示而得。如《蜀地（组诗）》中诗作，"水是我唯一不用画笔表现的东西／我把风景画好　船画好／水就流进它们应该的位置／水凭一种意会蔓延湿润"（《水》），呈现了他对于"蜀"的特别情感以及流动的情思。而且其古典的意境与韵味，对处于焦虑、虚无、荒谬的现代人来说，可以说是一种理想的生命之境。

总之，尽管诗歌正式出版物有自身的诸多的困境和问题，但毫无疑问，这些刊物在新诗方面投入了大量心血，成为成都诗歌前进的重要动力。

二、诗歌民刊"在成都"

在成都的诗歌领土上，活跃着一群诗歌民刊。他们坚持独立、自由的诗歌立场，扎根于成都，坚持办刊、出刊，已渐成气候。他们不仅为我们呈现出了许多优秀的诗歌文本，还展示了相当高贵的诗歌精神，使成都具有了无比丰腴的诗歌气场。

1.《人行道》

在成都的民间诗刊中，《人行道》最有"成都意识"。《人行道》诗刊于 2001 年 5 月在成都创刊，由张卫东、胡马、卢枣、张哮、高岭、李兵等先后担任主编，诗人也是这个诗群重要的代表。从 2001 年以来，他们坚持了 10 年，持续出版了十期《人行道》诗刊。他们的诗学倾向是，"本土化，地域化；自由，自然，原创，无流派之分……刊物倾向于作者参与的自由，写作状态的自然，文本的原创性，整体的无流派呈现。"张哮在《人行道十年小记》中说，"诗歌对于诗人而言就如一根优雅的银针刺入到诗人生命的内部，在诗人'诗意地栖息'于大地之时，诗歌也自然成为一种广大内心的延伸。"可以说，内心的自由、生命的自然以及个体的独创，是他们诗歌创作的主要追求。

2010 年由卢枣主编的《人行道》第 10 期"10 年纪念专刊"出刊，并在成都举行了"《人行道》诗刊总第十辑出刊式暨创刊十周年纪念活动"。据"人行道"同仁介绍，这是《人行道》的最后一期刊物，所以对于"人行道"同仁来说其意义是极为重要的。作为具有总结《人行道》的这一期诗刊，就有一部分是同仁以前诗歌作品的重复发表。另外在本期刊物中，除了主体部分《诗歌卷》之外，还有张哮的《〈人行道〉十年小记（代序）》，专门纪念、研究《人行道》的《文论·随笔卷》专栏，以及张卫东整理的《〈人行道〉2001-2009年（1-9期）作者索引》，使之成为对整个《人行道》诗刊的一次小型检阅。

《人行道》诗刊能坚持十年，与作为联系人的张卫东密切相关。他除了在刊物出版上的大量付出之外，也创作了一系列的诗歌，呈现出心灵自由、生命自然的诗学追求。他有自印诗集《张卫东诗选1990-1994》，2011年他再次自印了一本诗集《幸福日子的艰难时事》，精选了他20多年来的"长诗"，显示出他在长诗创作方面的能力。2011年在成都青白江举行了"张卫东长诗集《幸福日子的艰难时事》首发式及研讨会"，对他的诗歌作品进行了深入分析，充分肯定了他诗歌上的成绩。在他的诗歌中，《潜流（组诗）》比较有代表性。自由的心境、诗意的人生在优美的语言中绽放，这对于长期在现代城市中蜗居的现代人来说，这正是一种难得的诗性表达。另一位《人行道》主编张哮，已出版过《张哮文集》《张哮散文集》。在当代诗人中谈佛、谈心性、谈空灵的人很多，但能在诗歌中将淡然、平和、澄明等感受呈现出来的诗人不多，而能在日常中坚守这样的生活，具有这种精神气质的诗人就更不多了。张哮正是这样一位诗人，他的诗歌在诗性的人生中特别添加了佛性顿悟。如诗歌《水与石》，"一块石头浸入水中／没人看见被水刻划的过程／月圆之夜　蛙声四起"；《墙上浅草》中，"一墙墙的背后是什么／一个世界／还是一个陷阱／一株小草无意生长其上／风吹草动落木萧萧"。他的这组《短歌》，语言质朴、句式简短，有着古典诗歌魅力，时时透露出空明、澄澈之禅境。以绘画为主的诗人卢枣，早期诗歌中有着强烈绘画元素，呈现出油画一样的质感。而这一时期的诗歌作品《四行诗 A-Z》，展示出了他新的创造力。如诗歌《C》，"文字应服务于劳动大众，也伺奉着爱好猎奇的老资 / 要打扮自己的语言，使之适应渴望的需求 / 可一个四川话在说：'有啥子必要装这些怪嘛?！ / 这种搞法你又不是第一个!'"这里，他语言才华和反讽能力，是可以与他诗歌中独特的绘画元素相媲美的。还有胡马特有的长句和繁复的意象，则喷洒出涌动的生命活力。

2.《每月十五》

《每月十五》是成都的一个活跃的文学团体。通过冯荣光的《大慈寺：成都草根作家的风水宝地》一文，可了解到"每月十五"的历史和基本情况。1989 年四川《工人文学》停刊，以及文化宫沙龙解散之后，成员杨光和、阎万辉等于 1990 年在大慈寺组成"每月十五文学沙龙"。该社团名称则是由流沙河取的，他说："你们每月十五都在这里活动，我看——就叫《每月十五》!"2009 年编辑出版的《每月十五——每月十五二十年作品选》，成为他们实力的一次集中展示。2010 年，他们还召开了"每月十五文学社成立二十周年庆典暨《每月十五二十年作品选》首发式"。

《每月十五》全是打印刊物，真正是朴实无华，"素面朝天"的民间刊物。2010 到 2011 年间，共出版 8 期《每月十五》（季刊），其中 2 期为《每月十五·诗歌专号》，他们同仁的诗歌作品主要在"诗歌专号"上。而在其他 6 期《每月十五》中，也有《诗歌长廊》《友好社团》等诗歌专辑。2010 年《每月十五·诗歌专号》第 1 期"诗专号"，栏目包括《每月十五自选诗》《每月十五视线》《每月十五互动交流》，发表了众多成都诗人的诗歌。2011 年《每月十五》第 2 期出刊，除了诗歌之外，本期的《每月十五视线》附有张哮、阳光、易杉、李龙炳等 4 篇诗学论文。杨光和是《每月十五》两个主编之一，也是每月十五诗歌的主要代表。早在《工人文学》沙龙担任诗歌组组长时，就与王尔碑、木斧、蒋明英、张新泉等诗人结缘，并出版《自选诗》集。诗句"这个夏天，雪冷 / 冷得如死过一次 // 所有的房屋、床 / 呼吸和心跳全是苍白 / 坠入大海　僵硬　冰凉"（《这个夏天——病中》），以即景、怀古之作为主，在朴实的语言表达中展现出一种特有的女性感受，细腻而尖锐。

《每月十五》2010 年第 3 期，还编发了《散花楼女子诗社诗选》栏目，选发了王尔碑、蒋明英、陶家桂的诗歌。散花楼女子诗社成立于 2006 年，由著名女诗人王尔碑领头，坚持每月的同题诗创作、朗诵和交流，直至现在。在没有编辑诗歌刊物和诗集的情况之下，她们能一如既往地坚持，真正体现出了对于诗歌的热忱。

3.《屏风》

与其他大部分同仁诗刊一样，严肃地、持久地进行现代诗歌写作的探索和实践，是"屏风"同仁一直坚持的诗学方向。《屏风》诗刊 2005 年在成都青白江创刊，至 2012 年出刊至 12 期。创办人胡仁泽，主要参与者有李龙炳、黄元祥、黄啸、易杉、杨钊、陈建等诗人。《屏风同仁》《屏风视线》《屏风冬至诗会》《屏风年度诗人》是《屏风》诗刊的四个常设栏目，一年一度的"冬至诗会"也由它主办。"屏风"一词由创办人胡仁泽随口说出，"屏风，可以创造一个场所，一种意境和一种表达。世界既需要敞开又需要隐藏，我们与这个世界的关系就是与屏风的关系。一座座屏风被风撕毁，又有一座座屏风树在眼前，我们，将不停地移动它！"①2010 年《屏风》第十一期出刊，除了《屏风同仁》《屏风视线》中的作品之外，《屏风冬至诗会》介绍 2009 年《屏风》诗刊"第四届冬至诗会"暨胡仁泽诗集《孤独的人有天助》的首发仪式。这一期还刊出和介绍了"屏风年度诗人"陈建。2011 年《屏风》诗刊十二期出刊，"年度诗人"为黄浩，其《冬至诗会》介绍了 2010 年屏风第五届冬至诗会，并在新都举行了《屏风》诗刊 2011 年第十二期发书式。

李龙炳是"屏风"的核心成员之一，也是《屏风》诗刊中极为引人注目的诗人。他的农民身份，和诗歌中繁复的语言、丰富的想象以及自身坚实的理论素养，本身就是一个奇迹，一种传奇。所以，他独有的农民身份与极具震撼力的诗歌文本，令诗歌爱好者惊奇和着迷。早在 2005 年贵州人民出版社就出版了他的诗集《奇迹》，2010 年他被《星星》和《诗刊》评选为"中国十大农民诗人"。2011 年出版的《李龙炳的诗》，作为"蜀籁"丛书的一种，更显示了李龙炳诗歌创作的重要性。从诗歌《一百吨大米》开始，李龙炳诗歌就在当代诗歌中呈现出一个"奇迹"。他的出现，既显示出当下新诗的疲软和苍白，同时又预示着当下诗歌新的突围。但正当人们还在这一"奇迹"中回味之时，此时的李龙炳又开始了他新的探索征程。如近期诗歌《龙王乡：宿命与幻象·E》，"这里只是一张巨大的白纸，它弯曲的时候 / 一些人有名无姓，一些人有姓无名，一些人无名无姓 / 一些人是火光，一些人是灰烬，一些人是我 / 一些人是你，一些人是我和你共同投下的阴影 / 我不知道我在上升还

① 见《屏风》，2010 年第十一期。

是在下降，生与死是一对孪生兄弟／每天都在同一条路上争吵，这是他们的天性／……"如果此前，李龙炳的诗歌标志是阳刚型生命力、深切的农民情怀以及特有的复杂语言，那么在他多年诗歌创作之后的今天，则是在向着常态生活、普遍性命运进驻，向着永恒意义追问。而且他的诗歌还多了直觉之思和理性演绎，带着一点神秘气息。当然，他对语言的探索依然一如既往的热情，令人惊叹。

胡仁泽出版过《怀念冬天》《顺着墨水流淌的河》《孤独的人有天助》等集子。总的来说，他此前的诗歌如《屏风，或者其他》，"我要树一万座屏风／送给路人，赠给病人／以抵挡烈日炎炎，以减轻／死神的恐吓"，具有强力的现实关怀，且用排比手法，气势不弱，有一种酣畅淋漓之感。而近期组诗《并非偶然》，在内容和风格上均有一定的突破。如他的《白天的兄弟》："合拢单衣，在这秋夜／秋天如一只杉木桶／装下杨柳、满山的野花／却漏下风。白天的兄弟／我能称你为夜晚吗／／马路上／我的腿，被打断一只／夜晚的巷子／十里之外的人听到了脚步声／／踏破石砖，上面的裂缝／如用旧的脑袋／夜色里的墨，谈不上黑／／白天的兄弟，我称你为夜晚／装下银杏，装下一座小镇／惊人的雷电，把我剥开。"诗人前期那个有着宏大野心的我，已成为一个秋夜中受伤的我，一个在命运面前惊慌失措的我，但也是生命力十足的我。诗中充满了象征意味的意象鱼贯而出，句式简短但又张力十足，韵味深长。另外黄啸的《神经质之书》，"我承认我曾训练自己恨父亲／从收拾厨房里的蟑螂开始／而螃蟹，总是狠狠吃掉"；易杉的《大风吹冷了灰尘（组诗）》，"锄头在梦里　钥匙在天上／星空里有我们的板凳"；以及陈建的《自然界——或曰：生之畜之谓之道（组诗）》的"你

啊你啊　见不得蚂群　默默酸辛呼吸／总思量　漆黑中　海马散步从容／其上万丈碧滔　缓缓泼洒时间的皱褶"……他们不仅贡献出独有的诗歌题材，更重要的是他们在语言上都有独到的探索、实践，创造出各具特色的诗歌文本，一起构成了"屏风"独特的风景线。

4. 桃花诗村

强行将这些诗人纳入这样一个"桃花诗村"群体中，一个重要原因是他们地缘上的优势。2006 年"2006 中国桃花诗村 首届乡村诗歌节"在成都龙泉诞生，此后乡村诗歌节一年一届，连续举办6届。2010 年"栖诗意大地，当田园市民，做城市农夫——中国第四届乡村诗歌节 春华秋实'上山下乡'启动活动"在成都龙泉山举行，2011 年龙泉举办了"诗意城市、欢乐田园"第六届成都乡村诗歌节。围绕"桃花"，他们编有《桃花诗三百首》（上、下集）《中国桃花诗村》《又见桃花红——中国乡村诗选》《桃花故里，枇杷原乡》《采诗锦城东：大面铺到龙泉湖》《桃花故里农民诗选》等诗选，《星星》诗刊曾推出了诗报专号，《人民日报》大地副刊也集中刊发过相关的诗作。在种种氛围之下，"桃花诗村"诗人群随之形成。当然更为重要的是，"中国桃花诗村"聚集了一群优秀的诗人，凸凹、况璃、宋渠、鄢家发、印子君、张选虹等。

"中国桃花诗村"荣誉村支书为况璃，荣誉村长为凸凹，他们是桃花诗村的重要诗人代表。作为桃花诗村村长的凸凹，也是"第三条道路"和"中间代"代表诗人，至今已出版《手艺坊》等多部诗集，并有相关的评论集《凸凹体白皮书》。这两年中，凸凹创作了大量的诗歌作品，在形式、用语、修辞以及主题上都相对稳定，具有典型的"凸凹体"色彩。如《词的聚首，或词的非聚首》，

"多少年，羽翼一片一片飞落／裸鸟，空如白丁，薄如雪纸／铁从西南角吹进，一条老狗去北方／何必再言国家。天下已定／大势所趋，都的门大开大合／而她，已升平到秦淮河画舫／改名换姓，隐去象征。"凸凹诗歌所展现出来的"凸凹体"，其主要特点是形式和用语的特色。他诗歌的标题，几乎都是"……，或……"模式，这显示出一种不确定、多层意义的追问。同时他在诗句中多用短句，在整体节奏上显出短促、有力；加上各种标点的特殊使用，使他的诗歌文本迷离、紧促。而他诗歌中又有铺陈的排比，使得这种迷离和紧促显得绵长不绝，意味深长。

况璃是具有军人气质的诗人，其诗歌《一秒钟的地球和一生的村庄》，蕴涵天地之间的豪情，有着跨越时空的生命追寻，早已得到了多人的赞许。近两年重心转向小说散文，但诗性依然。印子君的《夜色复调（组诗）》写尽夜的色泽韵味，彰显出特有的诗性生命。而近期，他又在"古典音乐"中，听出了他生命的诗性话语。他在《古典音乐（组诗）》的《题记》中说，"音乐具有无限可能，没有时空之隔。"此时他的《古典音乐》没有了《夜色复调》表达的繁复与华丽，甚至也褪去了"音乐"的复调色彩，而在音乐之中展开了他的本质之问和存在之思，探究"无限为何""时空为何"的大问题。如《巴赫〈马太受难曲〉》，"这首乐曲过于庞大，像矗立在我们面前的／一座神圣的教堂"，借着巴赫、借着《马太受难曲》这样一些独特的诗歌题材，在精短的样式之中，以宗教般的情怀，聆听着生命的声音，洞察着时空的真谛。张选虹的《指纹（组诗）》，"不要相信指纹是无声的，也不是无辜的／按下指纹的同时也按下了你的身体／指纹有时白，有时黑，刀般锋利，梦般／虚无，有时沉沉睡去再也不醒来"，以其惊人的细节描写，准确的语言表达，使人的精神和灵魂如照片一样清晰，充满质感。

5.《存在》

《存在》诗刊其办刊和主要诗歌活动在内江，但这一两年来，其主要活动范围在成都。1994 年刘泽球、陶春、梁珩、谢银恩、吴新川、索瓦等同仁在内江创刊。而 2001 年的《存在》诗刊第四辑中，就有大量的成都诗人，如哑石、李龙炳、萧颂、陈建等的诗歌。2007 年《存在十年诗文选》首发式，选在成都时间简史大书坊内隆重举行。2008 年的《存在》诗刊总第七集部分作者交流会的地点之一便是成都。所以内江——成都成为了《存在》诗刊飞行的双翼。2010 年 10 月刘泽球主编的《存在》诗刊总第八辑"新世纪十年川渝诗歌大展专号" 出刊，扉页彩印了新世纪十年以来四川及重庆重要民刊封面图片，收录了四川、重庆 90 余名诗人诗歌 500 余首，被称作"继 80 年代《巴蜀现代诗歌大展》之后研究当代四川、重庆汉语诗歌发展轨迹的又一重要选本"。此时，成都已经成为《存在》诗刊发展的一个重要基地。

陶春在《存在诗刊作品集》第二辑的发刊词中，阐述了存在同仁对"存在"的理解："存在一词作为整个欧洲之思的动力核心，即：对人本身之在穷竭的追问和不懈努力的争取和命名。在东方，它的同义词则被称为'道'。"进而认为，"存在诗观所遵循的创作原则在开创及综合意义上双向展开，意味着诗者自身不再与主观回忆的自我发生联系，而只与更客观、超然静穆意义上的非我世界的回忆发生结合：强调诗歌意识的神性、智性及自然构述能力三重结合的原发构成写作。"张清华曾评论说，"在四川这块诗歌的'热土'上出现了太多的诗人和群落，《存在》所聚拢的是一批具有形而上趣味和玄理诉求的诗人，他们的写作追求对日常生活的溯源式体验，追求自我灵魂与存在之间的某些对位和细小的感应，也形成了比较稳定的特色"[①]。该流派的主要诗人陶春、刘泽球、谢银恩，都是《存在》诗刊的干将，也都是非常有名的川籍诗人。因其主要生活地不在成都，陶春在内江，刘泽球在德阳，这里他们的诗歌作品就暂不论述。总之，在成都诗歌版图上，《存在》及其同仁有着相当重要的贡献。

6.《蜀道》

2011年12月，《蜀道》诗刊在成都创刊。编辑与制作者为诗人李兵，设计者为蒋浩，刊前有萧开愚的发刊词。编辑者李兵说，《蜀道》中的大部分作者以《幸福剧团》中的诗歌同仁为主，《蜀道》诗刊在一定程度上就是《幸福剧团》诗刊的延续。在成都的诗歌群体中，《蜀道》可以说是在修辞冒险、技艺风暴中最为突出的一个群体。

这一期《蜀道》刊发了包括蒋浩、胡续冬、哑石、杜力、萧颂、赵岚、阿伍、范倍、廖慧、马雁、马嘶、Slow、田荞、韦源、萧瞳、西坎、小树大人等人的作品。他们大部分是四川人，或者有过在四川生活的经历。对于《蜀道》这一命名，萧开愚在发刊词中作了阐释，"我认为'蜀道'——不是刊名而是刊物的立意——暗示的三种认识最好是三个告诫。一是四川的思想和学术传统值得连续，但需全面检讨格局的批评性连续；二是四川诗歌风格已经改造，但

---

①张清华：《闪电的和恒常的——民间诗刊》，《当代作家评论》，2008年第5期。

尚未完全摆脱浮想和玩弄的腐朽习性；三是地理依附心情绝非出川就能弱化，包裹盆地的天然屏障绵延在川人的意识里面，自诩为锁住的肥沃"①。总体上看，这一群体的诗歌同仁具有学院派的知性、繁复的诗学风格，特别注重复杂诗歌技艺的探析，试图为当代诗歌的发展确立一个标杆。在这一群同仁中，一些诗人是非常值得关注的。

对于马雁，海外《今天》杂志中的《马雁诗歌小辑·编者按》，有比较完整的介绍："马雁，诗人、作家，穆斯林。1979 年生于成都，中学时期开始写作，为成都民刊《幸福剧团》同仁。1997-2001 年间就读于北京大学中国语言文学系古典文献专业，毕业后曾获刘丽安诗歌奖、珠江诗歌节青年诗人奖等奖项。曾自印诗歌和小说合集《习作选：1999-2002》（2002 年）、诗集《迷人之食》（2008 年），正计划出版随笔集《读书与跌宕自喜》。2010 年 12 月 30 日晚在上海所住宾馆因病意外辞世。诗人之殇憾矣，况当华年。读诗念远，维以不永伤。《今天》选刊她的近作十首，以作怀缅"②。2012 年，冷霜编选了《马雁诗集》③，收录了马雁诗歌作品 171 首，几乎囊括了马雁的所有诗歌作品。该诗集包括《第一辑 迷人之食（2000-2005）》《第二辑 我们乘坐过山车飞向未来（2005-2010)》《第三辑 在世上漂泊的女人(1999-2004)》《诗论》《马雁生平年表》《编后记》几个部分，全面展示了马雁的整个诗歌历程。在马雁的诗歌中，她的《他爱上了一个人，在黑暗里闭上

---

①萧开愚：《发刊词》，《蜀道》，2011 年总第 1 期。
②《马雁诗歌小辑》，《今天·"暴风雨的记忆"专辑》，2010 年冬季号，总第 91 期。
③马雁：《马雁诗集》，冷霜编选，北京：新星出版社，2012 年。

眼……》《再没有比美更动人……》《痛苦不会摧毁痛苦的可能性……》《盛世》《北中国》均保持了诗歌形式的"整齐",体现出一定的马雁式风格。在《马雁诗集》封底中,就有北岛的评价,"初读马雁的诗令人感到欣喜,我不断揣摩这欣喜来自何处,后来终有答案:就总体而言,中国当下的诗歌太油腔滑调了,而马雁的诗中那纯洁的气力恰恰与此构成极大反差。"如她的诗歌《再没有比美更动人……》,"再没有比美动人,再没有 / 比声音更使我能听到,再 / 没有一个人在海边来回地 / 走,来回地走。只有一次 / 海边,再没有第二次,只 / 有一个人的海,只有一次 / 曾经可能,那意味着水的 / 抵达将超过时间所能赋予 / 压制欲望者的力量。我曾 / 反复拨弄这些互相近似的 / 词语,它们之间和你一样 / 都只是玩弄一种碎玻璃的 / 手工艺。对于这些同样的 / 材料,锋利与否又有什么 / 意义?但每到应当睡觉的 / 时刻,事情就能具体起来。"马雁的诗歌,具有一定严谨的格式,每行诗句长短一致的"豆腐干样式"。但是她诗歌中这样严格的形式追求,不但没有妨碍作者诗意的表达,而且还成为她对传统格律形式的现代复活的诗学努力。她诗歌中特有的跨行式诗句,不但保留了我们传统审美中对于形式审美经验的要求,也成为现代诗歌语言张力的突围方式。同时她的跨行式表达,虽然在形式上刻意为之,但并不限制一首诗歌"一气贯通"的整体性。也就是说,在马雁的诗歌中,一行行固定长短的诗句,每一行诗句独立出来是毫无意义的,必须要在几行中甚至必须要在一整首诗歌中才能显示出诗的意义。正是在这样严谨形式之下,马雁的诗歌天然地隐含着对于传统形式、传统诗歌修辞,以及传统诗歌语言的借鉴与改革。同时她又融进现代的叙事、说明、戏剧性、反讽，造就出她精湛的语言风格，体现了她对语言的狂热探索精神。最后，在马雁诗歌的个体情绪之中，既有着女性体验的尖锐、敏感，又有着对于人类命运的洞察和观照。更重要的是，她有诗人的另一种"天职情怀"，试图让诗歌"阻挡坦克"。如她在《盛世》中所说的"诗歌的确还不能阻挡坦克，这是诗歌的局限，但诗歌试图阻挡坦克，这是诗歌的宽广"。马雁虽已离世，但她诗歌的生命却正当苗壮。

《蜀道》编者李兵，也是成都诗歌民刊《幸福剧团》的成员，民刊《人行道》成员与编辑之一。诗集《未焚诗》入选"70 后印象诗系"，2012 年由阳光出版社出版。李兵的诗歌表达简单，短促有力、语义丰富。他的诗歌常用短句，并没有掺杂繁复的意象，也没有过多的象征和隐喻，仅仅是以叙述来呈现出他的诗性。但就是在这样的叙述中，句子之间的断裂、跳跃，朴实的语言时时呈现出无限新意。另外，他常常以古典的人、事、物为诗歌表达的起点，在远离现实的场景之中，对人性和世界的剖析就显得极为冷静、有效，他对生命的顿悟也就更有着穿透时空的力量。《蜀道》第一期也发表了杜力早期的诗歌作品。萧颂是诗人萧开愚之子，他在诗风上与其父萧开愚有着相似之处。如被人激赏的《诗》，"我常常失去记忆，/ 脑子里只有秋山浮起 / 灰鸟儿在空气的缝隙里 / 成了细沙洒下，我心里的难题 / 也已经忘记。乡下的土狗忘记撵人 / 我常见山路糊涂地亮着，月光像遥远的犬吠"，就展示了他浓郁的古典情怀和高超的技巧。他对自我生命存在的感悟，被编织在他精巧的语言世界和修辞技艺之中，显得气度不俗。廖慧自印过诗集《七年》，组织了第五届（2011）珠江国际诗歌节成都分会场的活动。

而她是一个不断创新、时时求变的诗人，她诗歌中总是会呈现出新的语言形式，我们难以停在某一首诗歌上给她下一个结论。不过作为一个女诗人，尝试以不同语言和形式来表现女性的内心以及为人，在古典与现代之间找到一个心灵的归宿地，是她诗歌写作的关注点。更重要的是，她这种多变求新的诗歌姿态，以及娴熟的语言技巧，不断地呈现出诗歌的新的可能，让我们对她的诗歌充满了期待。

哑石从他的《青城诗章》以来，写出了一系列让人耳目一新的诗作，成为诗歌界极为关注的重要诗人之一。2007年长江文艺出版社出版了他的诗集《哑石诗选》，2010年他自印了诗集《雕虫》，2011年民间"不是出版基金"出版了《丝绒地道》以及《不是》诗刊第5卷《哑石诗文集》。在2008-2011年间，哑石创作了大量别具一格的组诗《秋风凌乱》《悬置》《倾葵》《风声》《纪事》《个人道》《曲苑杂谈》等，体现出他不竭的创造力和多维的探索精神。2010年，《文学界（专辑版）》第3期刊发了"哑石专辑"，包括哑石的《悬置（组诗）》随笔和诗学论文《随笔二题》《诗歌语言层次》，阿紫访谈《记忆与修辞——自我认识的炼金术》，史幼波的介绍《大话哑石》，马永波的《对哑石诗歌个人化特征的一点考虑》以及《哑石作品简目》，这不仅是对哑石的创作和生平的一次全面梳理，而且也是对于哑石诗歌创作实绩的完整展示。

在哑石的诗歌创作历程上，在语言、形式、修辞、意境等方面都堪称经典的《青城诗章》无疑是他非常重要的诗学界标。2010年衡山诗会上哑石抛出了自己的诗学理论《多元文化境遇下的当下新诗》："新诗，说到底是白话汉语的一种'艺术'实现""需要更精细、复杂的技艺，才能释放出其鲜活、具体的生命经验。"哑石此时的诗作，继续在语言、形式、修辞、意境上不懈地思考、探索和实践，在技术层面上超越了《青城诗章》。如《喜鹊诗》中，"最满意的事：不管现在，还是／身体夜鸟投林般回到了家的未来岁月，／我都是一团混沌，一次次教育和／被教育——从不放弃，自己颠覆自己！"这里，哑石在对于词语、句子的优美安排方面，已经运用得相当成熟。在结构、韵律上的操作也极为精致、准确，在叙述、抒情、说理之间的交错经营也如行云流水，这些几乎使他的作品成为一种理想的诗歌修辞范本。同时，诗歌中诗人在对世界、自我的认识与理解，早已成竹在胸，如命运之神俯瞰着大地，不断地将自己的精神、灵性注入、位移到语言、自然和世界之中，让我们看到了与天同一、与自然同一的诗学可能。

在 2011 年创刊的《蜀道》，以其精湛的诗歌技艺、修辞，为 2010-2011 年的成都诗歌画上了一个圆满的句号，也让我们看到了成都诗歌的突围之路。

三、面向全国的成都诗歌民刊

在成都，还有一些民刊既立足成都本土，又面向全国，具有重建中国诗歌秩序的诗学野心。

1.《芙蓉锦江》

《芙蓉锦江》诗刊正是立足成都，又面向全国的成都诗歌民刊中的典型。一方面，她以"成都，为中国诗歌造血"为宗旨，使之成为典型的"成都诗刊"。《芙蓉锦江》诗刊是成都市作家协会诗歌工作委员会的会刊，她试图将成都诗人、成都诗歌"一网打尽"。《芙蓉锦江》诗刊也是"芙蓉锦江·成都诗歌论坛"的纸刊，论坛在《开坛通讯》中说："是诗人间的交流平台，也是成都市作家协会诗歌工作委员会的信息载体。"另一方面，《芙蓉锦江》诗刊又秉承"天下诗歌"之理念，具有问鼎中原的诗学野心。他们主张诗歌多元、自由，诗人友爱、尊重，倡导好诗主义，避免唯我独诗，欢迎平等交流，共同推进现代诗创作，把诗刊办成"天下诗人之家"。《芙蓉锦江》诗刊以"中国诗歌最低处"为口号，力图成为中国诗歌的最后堡垒。

《芙蓉锦江》诗刊创办于2006年，至2011年已出版了11期。杨然、凸凹任主编，王国平、周世通、黄仲金、彭毅、文旦等先后任执行主编或副主编。自创刊以来，《芙蓉锦江》诗刊先后开辟《平原或者峰峦》《无冕诗人》《当代诗歌的脸》《诗人地理》《四川诗人闯天下》《影响百年中国新诗史的成都诗人》《论坛诗选》《九人诗选》《成都诗人》《画配诗》《石内风云》《双子星座》《诗人之碑》《诗性随笔》《外国诗》《元批评》《诗坛纪事》《芙蓉锦江诗人印记》《芙蓉锦江纪事》等栏目。编辑、出版了"创刊号""走进诗意平乐""诗意大观""纪念'5·12'大地震诗歌专号""九人诗选""芙蓉锦江诗人""新锐诗人11家""我的一首诗""第三届青海湖国际诗歌节作品选辑"等诗歌专号，展示了他们特有的诗学视野。

在2010-2011年《芙蓉锦江》诗刊出的第三期，发表了数量可观的诗歌作品。他们既关注成都本土诗人，也把目光投向了全国，乃至全世界。2010 年《芙蓉锦江》诗刊总第 9 期出刊，即《"我的一首诗"专号》，共收入一百多位诗人的诗歌。包括《芙蓉锦江·我的一首诗》《诗人地理·我的代表作》《观景台·我的难忘之作》《浣花溪·处女作及其他》《城门洞·广汉七星阁》《望江楼·人行道诗歌展示》《宽巷子·芙蓉锦江诗人印记》等栏目。2010 年 8 月《芙蓉锦江》总第 10 期出刊，为《芙蓉锦江九人诗选·第三辑》。栏目包括《九人诗选》《窄巷子·九人印记》《芙蓉锦江·九人纪事》，以及纪念鱼凫诗人游复民的专辑《诗人之碑·游复民》。2011 年《芙蓉锦江》总第 11 期出刊，为《芙蓉锦江九人诗选·第四辑》和《第三届青海湖国际诗歌节·作品选辑》。《芙蓉锦江》团结了众多成都诗人，推出了相当多的优秀诗作，而其地域性观照与世界性视野的结合尤其值得我们注意。

作为主编的杨然，不仅为《芙蓉锦江》诗刊的编辑出版付出了相当多的心血，而且在诗歌创作上相当刻苦、勤奋，是一位真正热爱诗歌的写作者。从自印诗集《星草集》《写在大地上的黑色抒情诗》，到组织《行云》《晨》诗社，从成名作《寻找一座铜像》到参加青春诗会，杨然一直在诗坛辛苦地耕耘。2010 年他的第八本诗集《麦色青青》由作家出版社出版，选了 1985 年以来他的诗歌作品，这些诗歌呈现出了一定的特色。正如他在《我的诗人档案》中所说："把一切变成诗。沉思。狂想。直觉。幻象。以及预感。这一切精神状态，指引着我，想怎么写就怎么写，绝不想对诗作出界定……写出来只要美感、抒情、过瘾，就好了，就舒服了。"他的诗歌自然流露但又时时奇峰崛起，真实的情感中又不时平添飞腾的想象。在追求个性、自由精神的同时，也沉淀着对历史、文化的反思。另外，席永君著有诗集《中国的风水》，诗歌在事实的叙述中，充满了禅机和哲理。《芙蓉锦江》还专门推出了羌人六的《出生地》，其蕴藏着羌人质地的语言，以及独有地域的展现，让他的诗歌具有了异样的色彩。

2.《鱼凫》

《鱼凫》诗刊，是在温江区文联之下办的一个诗刊，也聚集了一批有特色的诗人，具有一定的同仁特征。2006 年温江区文联成立鱼凫诗社之后，《鱼凫》诗刊创刊。此时，《鱼凫》诗刊由诗人游复民、杜荣辉、陈志超、周萍等人一同创办，主要参与者有杜荣辉、邹廷清、庄风、凌昆、许军勇、寒燕等人。2011 年鱼凫诗社在温江澄园举办了"2011 年鱼凫诗社五月诗会"，以及"五月澄园诗会"等活动。如今，《鱼凫》诗刊已聚集了一些较有实力的诗人，陈志超、杜荣辉、邹廷清、凌昆、庄风、戈冰、寒燕、周萍、王晓兰等。在这两年中，2010 年夏鱼凫诗社出版《鱼凫》诗刊第 8 期，2011 年春出版了《鱼凫》诗刊第 9、10 期。《鱼凫》诗刊立足温江，面向全国，每期辟有《鱼凫星光》《成都诗人》《四川诗坛》《八面来风》《文学社团诗页》等栏目。

鱼凫诗社社长、《鱼凫》诗刊主编，游复民于 2010 年 5 月 21 日自缢身亡，终年 56 岁。2010 年夏《鱼凫》诗刊第 8 期刊有《专栏——纪念一位诗人》，发表了一些诗人纪念游复民的诗歌和文章，以纪念这位鱼凫诗社的前任社长。2010 年《芙蓉锦江》诗刊第 2 期，也设专栏《诗人之碑·纪念游复民》，包括《游复民诗歌选》和《诗友纪念诗文》。作为一名很有特点的诗人，游复民早在 1993 年就由四川文艺出版社出版了诗集《拒绝向青春告别》，2005 年出版了《敬重好钢》（中国文联出版社）。2010年四川文艺出版社出版了游复民的第三本诗集《或是道听或是途说》，收录了他2006到2010年间创作的主要诗歌作品。这三本诗集，基本上代表了游复民诗歌创作的主要成就。游复民的诗歌以说理取胜，语言简洁、句式短小、风格朴实。如《兔子》："在十二生肖中/活得最累的/当是兔子/兔子分野兔和家兔/野兔没说的/精明狡猾/常常偷吃农民的庄稼/有人带上猎狗/用猎枪予以射击/罪有应得/家兔则不然/憨态温顺/皮毛光亮/还有更为优秀的品质/不吃窝边草/可也活得不够轻松/有人稍不顺心/便拿兔子出气/责备说兔子的尾巴长不了/更有其者将不属兔的人/强行视作一只兔/并伺机当头一棒/然后活剐。"诗歌保持着一种简单而又深刻的诗性力量，在一个诗意、哲理、语言、形式繁复多变，而又凌空高蹈的诗歌时代，游复民诗歌的意义就不言而喻了。

在《鱼凫》诗刊中，鱼凫同仁的诗歌总体上具有一个单纯、明朗的诗学追求。他们既在朴实有力的"理"中展现诗歌的价值，也在纯净、理想的"情"中感动读者。杜荣辉是鱼凫诗刊新生力量中的重要代表之一。2009年的《芙蓉锦江九人诗选》集中展示过他的诗歌，2010年大众文艺出版社出版了他的诗集《橘子园》。诗歌《邻居》，"事实上，我是个虚构高手，常常和自己过招/就像今天，一切变得十分美好/有些想法是被迫的，可这也是最纯洁的"，他与陈志超、周萍等"鱼凫诗人"，都用着朴实的语言，述说着生活中的真理，展示着生命中的真情，倾听着大自然的声音。同时，他们的诗歌又保持了诗性的情感，纯洁而空灵。在一个情感缺乏的时代，他们的诗歌就颇显珍贵。

3.《玉垒》

《玉垒》诗刊，是立足都江堰面向全国的诗刊，同时也是发表古典诗词、散文随笔的刊物。通过 2010 年《玉垒》诗刊第 1 期（总第 61 期）的《复刊词》，我们可以对《玉垒》诗刊有一个基本了解。1987 年陈道谟、刘襄遵、魏尚闻自办《玉垒诗刊》，此后 24 年中，共出版《玉垒诗刊》60 期。并在 2005 年出版了《玉垒百家诗选》。自 2010 年复刊以来，至今已出版 8 期。2010-2011 年间，共出版 6 期（即总第 61-66 期）。复刊后的《玉垒》诗刊，其栏目有《古韵幽香》《诗絮轻飏》《玉垒新声》《柳风农民诗社专栏》《散文诗叶》《新声悦耳》《柳风吹拂》《离堆诗话》《编读往来》等。新诗是该诗刊的一个重要组成部分，"《玉垒诗刊》的复刊，必将为广大诗歌爱好者铺设一块肥美的沃土，培养出一批批的诗歌新苗，培植出一株株的诗歌之树。更重要的是《玉垒诗刊》将会继续以都江堰市的一块文化品牌的使命，成为承载都江堰市悠久历史积淀和丰厚文化底蕴的文化载体，为都江堰市灾后精神文明大厦的建设做出它应有的贡献"[1]。

在众多的诗人中，王国平可以说是《玉垒》诗刊中的一位代表。在此之前，他已经出版了《人文地理随笔》、主持编选《玉垒百家诗选》等书，有诗集《挽歌与颂辞》。2011 年，王国平诗集《琴歌》作为《70 后·印象诗系》之一出版，成为这一阶段他的代表作。在此之前，王国平已经创作了《青花瓷》《今夜》《都江堰》等优秀地震题材作品，这里一次性推出的《琴歌》体现了王国平诗歌的特

①《复刊词》，《玉垒》诗刊，2010 年第 1 期。

色。《操琴的人》中，"操琴的人居于水中 / 鱼痕鹤迹和齐腰的水草 / 是昨夜深悬的琴弦 // 她把水纹当作曲谱 / 便有那么多声音在流淌 / 她把云朵当作听众 / 便有那么多路人在投降…… // 操琴的人在一条溪中 / 她不知道指尖的琴声 / 早已漫过了渭水和湘江。"诗人以强烈的抒情性，独有的抒情意象，呈现出透明、灵境的诗歌之境。同时在这种抒情表达的背后，又是对于生命意义的构建。王国平的诗歌，正是在传统抒情表达、抒情意象、抒情话语之下，呈现出当代诗歌独特的抒情方式，并照亮现代生命。这对于当代诗歌的如何踏入"古典之路"，具有一定的借鉴意义。

4.《格律体新诗》

在成都诗歌版图上，还有一群独特的诗歌爱好者，他们认为"格律"就是核心要素之一。由此，他们苦苦思考现代新诗的格律问题，积极创作格律体新诗，以展现出完美形式与完美内容结合的完美诗歌，这为中国新诗的发展做出了较为有意义的探索。

2005 年在新诗格律研究理论家万龙生和孙则鸣的提议下，原以"古典新诗苑"网站为基地的一批探索新诗格律的诗人，把与白话自由诗同时代产生的新格律诗定名为"格律体新诗"，正式提出"格律体新诗"这一诗学命名。同时，诗人晓曲在成都新都发起成立"中国格律体新诗网"，成为第一个以"格律体新诗"直接命名的专业网站，并开始在"中国新诗网"上征稿。2008 年由晓曲主编的《格律体新诗》杂志在成都创刊，推出了不少格律体新诗优秀作品。同时，中国格律体新诗网和《格律体新诗》杂志还举办了三次全国性的格律体新诗大赛活动，即"2008 首届格律体新诗大赛""2009 端午节格律体新诗大赛"和"2010 中国格律体新诗网成立五周年暨《格律体新诗》创刊三周年格律体新诗大赛"，进一步推进了"格律体新诗"的当代发展。

从 2008 年起，《格律体新诗》至今出版 6 期，先后选发了数百名作者的格律体新诗探索之作。《格律体新诗》诗刊的办刊方针和宗旨是，"以'继承、发扬、包容、创新，做诗歌审美探索者'为方针，以传承优秀的中华诗学文化为宗旨，以探索、完善新诗的格律建设为目标，以提倡、推广格律体新诗为己任，提倡、传播、普及格律体新诗，努力构建中国新诗的审美共识"。他们专注于诗歌格律的探讨，在当代诗坛是比较独特的。2010 年 10 月，晓曲主编的《格律体新诗》（4/5 期合刊）"格律体新诗纪念专刊"出刊。2011 年 12 月 12 日，《格律体新诗》（第六期）出刊，栏目有《格律体新诗》《律诗之外》两个主要栏目。而《格律体新诗》之下，还包括《诗先驱》《诗推荐》《诗当代》《诗探索》《赛诗会》《律绝词曲》《古风体》《律诗之外》《自律体新诗》《自由及散文诗》《微型诗》等。这一年，中国格律体新诗网有声电子刊《七色》诗刊正式创刊，为格律体新诗的创作和发展搭建了新的平台和阵地。

在这一个庞大的诗人群体之中，晓曲的作品比较有代表性。作为《格律体新诗》杂志主编，他长期致力于诗体形式的探索与研究，提倡构建中国新诗的审美共识。已出版有格律体新诗集《视线内外》、自由新诗集《暗处有光》，并合著有《新世纪格律体新诗选》，主编《现代诗人诗选》（两部），这让我们看到了他在格律体新诗追求中的坚持和努力。他的格律体新诗代表作《心中的叶子》，体现了他的诗学追求。"春天的叶子写满温暖 / 托付风散发爱的传单 / 让过往的每一双眼睛 / 不得不为之注目流连 // 夏天的叶子风姿招展／笑迎着阵阵风雨雷电／总用自己炽热的目光／去回答来自春的箴言……"注重诗歌外在形式，追求诗歌外在形式之美，是他最基本的诗学追求。所以他提出了整齐对称式、参差对称式和复合对称式等诗体形式要求。我们知道，对于新诗的发展来说，形式的探讨是极为必要。但如果形式过于固化、僵化，则会影响到诗歌语言的选择、诗歌意象的呈现，最终使得诗歌的表达方式陈腐。不过，在这样一个什么标准都没有的时代，一定的、稳固的"秩序"认同，应该是诗歌重新出发的一个重要基点。

5.《诗家》

龙郁主编的《诗家》书系是原《诗家》报的延续。1989年《工人文学》停刊后，龙郁便开始在成都市文联主办、成都市作家协会诗歌工作委员会编辑的《诗家》任主编。每期《诗家》头版都推出一位成都诗人（××）新作，同时还为杨光和开设"如烟往事"栏目，专门写成都诗界的普通人。2006年，由于各种原因，办了10年共出30多期的《诗家》停刊。

2011年龙郁另起炉灶，开始主编出版《诗家》书系，按计划出十卷。2011年就一次性推出四卷，由香港天马出版有限公司出版。每卷一本，收录10位诗人，四年共展示了全国40位诗人及其诗歌作品。作为诗人，龙郁自身的诗歌创作，也呈现出一定的特色。早年以"工业诗"跻身诗坛的龙郁，已出版多部诗集，近年来也发表了大量的乡土诗歌。如他的《回望乡路（组诗）》中，"题引"如下："别以为从前的山乡只有穷，还有让你想返老还童的美。只是再也回不去了……所以，我写诗。"乡村，贫穷但有诗意，特别是有着朴素法则的"山乡"时时让龙郁着迷，成为他诗歌的发生语境。

诗歌《苕藤》中，"……红苕翻身仍然是红苕／维持着庄稼人的一个冬春／所以我至今苕气未脱／时常牵挂着乡下的土埂。"他以朴实的语言，再现了真实的乡村场景，袒露出一腔赤子情。

6.《零度》

2011年《零度》诗刊在成都创刊。诗人笑程为"零度诗社"社长，《零度诗刊》杂志主编。该刊以"心态归零、欲望归零、名利归零"为宗旨，为全国诗歌爱好者提供一个现代诗歌交流的平台。他们说，"零度即心态归零、欲望归零、名利归零的本真人性。零度人以信念、品质、真诚、融合、和谐、拒绝崇拜为基本要素，提倡本真、空灵、个性、生活、自然、力量的美学向度。其艺术指向为：归零心态，审视社会，突破自我，反叛定式，关注人类最高智慧，体验人类生命本质；倡导自由写作姿态，承认诗歌风格、手法、情感、空间的多样性。崇尚简洁内敛、语言创新，拒绝无病呻吟、空泛漂浮。"

《零度》诗刊创刊号主要栏目有《99℃》《0℃》《37.5℃》《温度计》。在创刊号中，《99℃》发表了四川三位重要诗人柏桦、哑石、李龙炳的诗作。《温度计》为评论和资讯栏目，在创刊号中刊用了哑石的一篇论文《多元文化境遇下的当下新诗》。至今已出刊3期，发表了一系列的优秀诗歌作品。作为面向全国的诗刊，其诗歌的主体部分是全国性来稿，而其地域性、成都性特征就相对较弱。不过，他们的诗学探索也是非常值得注意的。

7.《自便诗年选》

2010年，以"口语写作""生命乐趣"为诗学追求的《自便诗歌年选》出刊。关于刊名，他们解释说："想做一点有关诗歌的事，就自行去做，这是我们为诗选起名《自便》的第一个含义。只要做，怎么都行。不等，不盼，一人凑点费用，把我们近来看到的好诗编成一本书……总之，我们通过这本书所分享的是诗，只是诗，还是诗，是每个诗人美妙而尽兴的创造力表现，而非任何官方、非官方意识形态监制下的宣传资料"①。在"自便"的含义中，他们非常看重的是"美妙而尽兴的创造力"。在《2011自便诗年选》中他们说，"读诗，写诗，对我们来说，是一种乐趣，是一种需要，或者说是一种生活方式。"他们对诗歌的追求，便是以"口语写作"为特征，旨在表达真实的生活，表现生活的乐趣。

该民刊计划连续推出五年《自便诗年选》，主要由华秋、秦风、李侃负责编辑，以及乌青、而戈、文康、张三、离等成员组成。至今他们已出版两期年选《2010年自便诗歌年选》（主编华秋）、《2011年自便诗歌年选》（主编秦风），选入了全国范围内诗人的作品。"自便诗年选"在编辑体例上，以声母音序来排列诗人及其诗歌。刊中也登载有诗论、成都大学生诗歌特辑和附录等相关资料。

《自便》诗刊以秦风、李侃的诗歌具有代表性。他们都是在诗歌创作中进行过多种探索之后，走向"口语写作"的诗人。李侃发表诗歌较早，其诗歌《碎石》简单的比喻"碎石"重复多次，张力十足，呈现出一种强烈的时空虚无之感。而近期诗歌追求语感与直白，着力再现出鲜活的生活场景。秦风早期的长诗《蒜薹眼镜》产生了一定影响，最近自印了诗集《活物记》。他的诗歌从具有丰富象征意义的《暗线》，走向了《总有一天我会大叫一声》，再到粗鄙语

①华秋主编：《编者前言》，《2010年自便诗年选》，2010年。

言入诗，展现了他诗歌的流变。汇入"口语诗"写作，可以说是他自己的诗学追求，也是他经过实践后的诗学走向。正如他说，"我的写作是任性的、随意的、自娱自乐的，也是认真的"。

四、"成都三君"

"成都三君"是"四川七君"之后的另一个命名。"四川七君"之名来源于 1986 年香港中文大学所办的刊物《译丛》，因介绍了欧阳江河等七位四川诗人的作品而得名。1995 年德文本《四川五君诗选》（欧阳江河、柏桦、翟永明、张枣、钟鸣）在德国出版，这一命名便得以确认。此时，川籍诗人欧阳江河、孙文波迁居北京，故将留守成都的柏桦、翟永明、钟鸣称为"成都三君"。

2010 年 5 月，全新修订的《畜界，人界》由上海人民出版社出版，诗人钟鸣的创作再一次引起了大家的关注。钟鸣是一个学者型的诗人，在他的诗歌中，日常生活、生命的体验，与他自身所具有的广博的学问和学识交织、渗透，扩大了诗歌的表现力。如《中国杂技硬椅子》里，他丰富的知识、诡异的想象、奇特的文字，已为当代新诗呈现出新的增长点。尽管近年来钟鸣的诗作较少，但他的相关文字和生活已显示出重要的诗性精神。我们这里主要介绍诗人翟永明和柏桦。

1. 翟永明

翟永明，不仅是成都诗歌的标志性符号，也无疑是中国现代新诗最优秀的女诗人之一。1986 年的《女人》、1988 年的《静安庄》，她以独特奇诡的语言风格和惊世骇俗的女性立场震撼了文坛，成为了"女性诗歌"的代表人物。20 世纪 90 年代的《咖啡馆之歌》以后，诗人从侧重内心的剖析转向一种新的细致而平淡的叙说风格，转向外部生活的陈述。她在 80-90 年代之间的创作，不但贯穿了新时期以来当代诗歌的发展历程，而且她不断探索、创新，成为最具大诗人潜质的当代诗人之一。

作为一名成都诗人，翟永明非常关心四川诗界、诗人的成长与发展。2005 年她就有办"成都诗歌节"的梦想和行动，期望以一种全新的形式，"把被认为是边缘的诗歌诠释为可听的、可看的、可与观众互动的、新颖的艺术形式"，来推动成都诗歌的交流与发展。但因种种原因，她的"成都诗歌节"计划被迫取消。不过，她还是默默地举办过多场诗歌活动。在 2010 到 2011 年间，就有 2010 年 1 月 16 日的"窗口——2010 王敏诗歌朗诵会"；3 月 13 日的"重新写诗的理由——石光华白夜酒吧诗歌朗诵会"；4 月 25 日的"韩东诗歌小说白夜朗诵会"；8 月 28 日"八月桂花遍地开——秦风诗歌专场朗诵会"暨新诗集《活物记》发布会；11 月 3 日的"深秋致爱——杨黎全国诗歌巡回朗诵'成都站'"；2011 年 2 月 28 日的"素歌——翟永明新诗集发布会暨专场朗诵会"；9 月 26 的"图说汉英之间——中英诗歌沙龙成都站"；11 月 26 日的"奢侈的照明——周亚平诗歌朗诵会"；12 月 9 日的"我用母语与你对话——阿库乌雾彝汉双语诗歌研讨及专场朗诵会"。这些活动不仅初步实现了翟永明举办"成都诗歌节"的梦想，同时对于成都诗界诗人之间的交流，以及成都诗界与外界交流来说，朗诵会都有着重要的意义。

2011 年，南京大学出版社出版了翟永明的诗集《十四首素歌》。这是她诗集《黑夜里的素歌》节选版，收录的诗歌全部是《黑夜里的素歌》中的作品。这是翟永明从 20 世纪 80 年代的写作向 90 年代的写作转变，再向 2000 年之后的写作过渡的一个全记录，对于认识和理解翟永明创作的心路历程，有重要的作用。2010 年《当代作家评论》第六期推出"翟永明专辑"，包括翟永明诗学文章《诗人离现实有多远？》，何言宏访谈《从最无诗意的现实中寻找诗意》，以及罗振亚的专论《诗人翟永明的位置》，集中展示了翟永明在中国当代诗歌界的重要价值。自 2007 年获"中坤国际诗歌奖"之后，2011 年翟永明又获"意大利国际文学奖"（Piero Bigongiari），今年人民文学出版社的当代诗歌标杆意义的品牌"蓝星诗库"出版了《翟永明的诗》，进一步彰显了翟永明在中国当代诗歌中的重要地位。

2011 年《花城》第 1 期发表了翟永明的《桃花劫（组诗）》，该诗包括《一、桃花劫——2009 国家大剧院夏季演出季〈1699·桃花扇〉》《二、哀书生——因绝调词哀书生而忆冯喆》《三、游湖记》《四、镭射秀》四个部分。2011 年《上海文学》第 8 期发表了《暮光之梦》，主要有《黄帝的采纳笔记——一个老人叫黄帝》《谎言》《大梦如邂逅》《层层叠叠压下来的梦》《大梦如戏》《贪月》等短诗。在这些诗歌中，翟永明将目光投向了传统，显示了她在诗歌创作上的另类尝试。如果说 20 世纪 80 年代的翟永明诗歌是由女性体验筑建起来的，90 年代的翟永明诗歌是在现实生活中激发出来的，那么这个时期翟永明的诗歌则是从古代文化中寻找到诗意。如《桃花劫（组诗）》《黄帝的采纳笔记——一个老人叫黄帝》《大梦如邂逅》等诗歌，都是从古代的神话、故事来映照出女性的体验。即使是在短诗中，她时时谈起的都是"前世的溺水之声"（《大梦如邂逅》）。而此时的翟永明的诗歌，不仅仅有细腻、精致的细节，平实委婉的描述，更加入了理性精神、逻辑推理和科学知识，使得她的文本显得更加丰富。

2. 柏桦

在2010年到2011年，诗人柏桦贡献出了震惊诗坛的长诗《史记》。我们知道，在20世纪80年代，柏桦就有着重要的诗歌地位，第三代诗歌重要选本如《后朦胧诗全集》和《灯心绒幸福的舞蹈》，都是以他为首来排列的。钟鸣甚至把柏桦与黄翔、北岛并列，"看看黄翔、北岛、柏桦这三只共和国的颧骨吧！一种高傲的贫瘠，笨拙地混合着时代的忧伤。"对于诗歌，柏桦认为，诗和生命的节律一样在呼吸里自然形成，一旦它形成某种氛围，文字就变得模糊并融入某种气息或声音，因此形成了他机敏细致的诗艺。柏桦几乎是最能表现汉语之美的诗人，他的语言几乎达到了现代汉语的澄明之境。

2010年到2011年这两年，柏桦在作品集出版和评论上都有总结性的成果诞生。如2011年柏桦的诗集《山水手记》由重庆大学出版社出版，包括《卷一 表达》《卷二 唯有旧日子带给我们幸福》《卷三 琼斯敦》《卷四 往事》《卷五 1958年的小说》《卷六 高山与流水》，该诗集收录了柏桦自创作以来重要的诗歌旧作，成为柏桦诗歌历程的重要见证。2010年《当代作家评论》第5期推出"柏桦专辑"，除了柏桦的诗选外，还有柏桦诗学论文的《现代汉诗的现代性、民族性和语言问题》以及唐小林的访谈《关于柏桦诗学的对话》。

在这两年间，柏桦重要的收获是两部长诗《史记：1950—1976》《史记：晚清至民国》的完成，并有部分选章发表。根据作者自编年谱，他的《史记：1950—1976》写于 2009 年，之后开始了《史记：晚清至民国》的写作，并完成于 2010 年 10 月到 2011 年 6 月之间。他在《史记：晚清至民国·小序》中说，"早在写作《史记：1950—1976》的中途——注意：此'中途'并非比附但丁那家喻户晓的名句'当人生的中途，我迷失在一个黑暗的森林之中'——我就萌生了要写晚清和民国的'史记'。接下来，顺理成章地，写完《史记：1950—1976》，便又埋头于浩瀚的晚清民国的书报等材料的整理，但我并非'迷失在一个黑暗的森林之中'，而是企望照亮（其实也照亮了，至少许多部分被照亮了）那'黑暗的森林'（即：在昏暗中沉睡不醒的晚清民国书籍、报纸和材料）。"《史记：1950—1976》之前有李孝悌、杨小滨、朱霄华三人作的序，共三卷《卷一·1950 年代》《卷二·1960 年代》《卷三·1970 年代》；《史记：晚清至民国》共五卷，包括《卷一：晚清笔记》《卷二：1910 年代》《卷三：1920 年代》《卷四：1930 年代》《卷五：1940 年代》。这两部长诗集发于 2010 年到 2011 年间，其中《史记：晚清至民国》已由台湾秀威资讯科技股份有限公司出版。

这两部长诗再次呈现出了柏桦的诗学探险精神，特别是他的"跨文体"写作进一步引起了关注和争议。我们知道，柏桦早在《水绘仙侣：1642—1651：冒辟疆与董小宛》，就已经有"跨文体"的完美尝试，为我们呈现出了一个相当特殊的诗歌文本。该长诗共有 99 个注释，占整个文本的百分之九十几，诗只占全文百分之几，所以说注释也是整个诗歌的主体部分。比起《水绘仙侣》来说，柏桦的《史记：1950—1976》呈现出来的诗歌文本更有诗学价值和意义。在诗学与史学的交融，诗与史的碰撞与相遇之中，诗歌就与历史、宏大主题等纠缠在一起，由此个体经验、抒情、修辞，也就在历史、宏大场景中重新磨炼，这应该是柏桦《史记》对当代诗歌的最大贡献。当然，柏桦也说，"跨文体"写作之姿既有"乐趣"，也有"危险"。不过柏桦两部长诗《史记》的跨文本写作之姿，除了有柏桦自己所说的"乐趣"之外，足以让我们必须重新思考"什么是诗"的本体问题。这对于当代诗歌的发展来说，长诗《史记》的意义是非常重要的。

当然这一论述过程中，我们的视野还是有着大量的"盲区"：一方面，一些各区县文联的文学刊物，企事业单位的内部刊物，以及各高校内刊以及学生社团的文学内刊，都开设了诗歌栏目，推出了一定数量的诗作，但我们均没有涉及；另一方面，主要活动范围不在成都的诗人，以及一些写成都的外地诗人，我们也有一定的忽略。不过，在以上对成都诗歌巡游过程中，我们基本呈现出了这一时期成都诗歌发展的面貌。

五、当代诗歌的"成都特征"

在 2010-2011 年这短短两年中，成都已涌现出了众多的诗人、诗刊和诗歌作品。在同一片平原上，个性各异，生活方式不同。他们并没有一个统一的写作方式，所涉及的主题、艺术和技艺追求也千姿百态，所以对成都诗歌的整体特征进行统一、归并是相当困难的，也是极为不合理的。不过，在我看来，他们的写作、诗歌和诗学追求，又有一定的趋同性，体现出典型的"成都特征"。

1. "通天情结"

尽管地处中国内陆，但秉承着"蜀"文化的基因，成都诗人总是具有"敢为天下先"，以及重塑历史、重构历史的"通天情结"。

蜀人的"通天情结"并非空穴来风。李怡曾在《西川精神》一文中认为，"蜀是中华民族的始祖"，"就是在这片土地上，曾经诞生了我们远古先祖中极具文明智慧的一族——氐羌民族。孟子曰：'禹生于石纽，西夷人。'黄帝和炎帝也都是氐羌人，炎帝属氐，黄帝属羌。黄帝和炎帝联合击败蚩尤，迁往中原，与中原民族融合，成为华夏族的主体。第一个蜀王蚕丛，也是氐人。其世系为：黄帝——昌意——颛顼——鲧——禹——蚕丛——柏灌——鱼凫——杜宇——开明。至开明王十二世，终为秦国所灭，蜀族从此融入华夏民族之中。青阳，黄帝的另一个儿子，亦生于岷山。青阳之子帝喾一支则往中原发展。尧、契和后稷都是帝喾的后代，契和后稷分别成为商与周的祖先。这不就是中华文明的发展演变历史吗？来自西川的剽悍而智慧的民族，沿着岷山之脉络及四周奔腾的河流，把文明的基因从高原带到了平原，最后进入未来中华的腹心地带——中原大地，由此传遍了四面八方。"更有说服力的是三星堆和金沙遗址的发现，其出土的青铜文物工艺高超、气势宏大，充溢着盎然的独创性和生命力。有人曾说，"中国有5000年的历史，不是因为传说中的炎黄二帝，也不是因为夏、商、周，而是因为我们有三星堆。"这是很有道理的。更重要的是，三星堆文物的造型技术、形态风格、精神气质以及所蕴含的生命语言，与中原文化或者说黄河文明是完全不一样的，甚至可以说是异质的文明形态。古蜀文明不仅是可以与黄河文明并驾齐驱的文化形态，也是长江文明的文化源头，是中华文明的母体之一。

由此，把蜀作为天下之中心，重构人类历史和精神的宏大努力，在巴蜀文化中，在诗歌写作中络绎不绝。在诗歌中，这就体现为四川诗人有着重构历史，以及重建诗歌秩序的雄心和野心。在这两年间，成都诗人再次体现了以诗重构历史的"通天使命"。如梁平的《汶川故事》与柏桦的两部长诗《史记》，他们不仅在诗艺、诗学追求中有入"史"的冲动，另外以诗歌重写历史的诗学野心也是相当明显的。尽管他们的重构冲动夹杂着政治意识、诗学趣味、个人审美等多方面的力量，但他们都以个人之力，书写出了个人化历史。而其他的四川诗人也有着重建诗歌秩序、确定诗歌标准的诉求。如此前廖亦武的《黑道》、杨黎的《灿烂》、钟鸣的《旁观者》、周伦佑的《悬空的圣殿：非非主义20年图志史》，均是出自于诗人自身的重建诗歌发展历史的"诗歌史"，来实现他们重新建立诗歌秩序的强烈诉求。当前的成都诗人，则更多地试图为当代诗学确立一种诗学标准。《星星》近年来开始编辑出版的"诗歌年选"，就有"力求呈现给读者一幅当年诗歌精品力作的'全景图'"的雄心。同样，各种民刊都推出自己的诗学观念和口号，长期持续、坚定地在编辑中推出自己的诗歌标准。如《芙蓉锦江》的封面题词，"成都：为中国诗歌造血"，毫不保留他们试图统驭整个诗界，引领整个诗歌界的发展方向的"通天情结"。

与此同时，由于成都诗人都有着宏大的历史、诗学上的"通天情结"，所以成都诗歌界在总体格局上又有着明显"割据特征"。他们不仅对外称王称霸，而且在成都这块版图上，也各自占山为王，称雄一方。当然，也正是这种复杂的内部圈子关系，多重的诗学表达，既让成都诗歌难以整合，又使成都诗歌的推进具有了相互勉励的激励机制，为成都诗歌的多元良性发展提供了动力。

2．"个体热情"

近期成都诗人，也呈现出一种"个体热情"的写作方式。"个体热情"可以说是中国新文学、现代文学发生的标志。五四运动变革的真正意义，便是给中国从文学到社会带来了现代社会的"个体热情"。而"个体热情"的明显特征就是，个体与社会、国家、民族等大的群体观念相对立，特别是强调"个体"不能被"群"的概念所笼罩和压制，也再不被各种规范所吞噬。所以，五四时期的"个体热情"是对一个个体价值、个体独立的尊重和肯定。到了当下，诗人们依然迷恋于"个体热情"的书写。

不过此时成都诗歌的"个体热情"，与五四时期的文学相比，却有了完全不同的意义。首先的表现是，在当下成都诗人的诗歌写作中，他们的诗歌写作行为是一种纯粹的个体兴趣爱好，即为个体兴趣而写作。

李兵在民刊《蜀道》的序言中，就曾写道，"它应该成为一本追求快乐的书。"同样，诗人柏桦在《左边的历史：关于柏桦诗学中三个关键词的对话》中更直接地说，"但这种书写之姿亦可让人尽享书写的乐趣，而人生的意义——如果说还有意义的话——不就是在于乐趣二字吗"[1]。另外，"口语写作"的诗人们，也都非常看

①唐小林、柏桦：《左边的历史：关于柏桦诗学中三个关键词的对话》，《延河》，2011年第2期。

重诗歌写作中的"乐趣"。因为当下大部分诗人，都有着固定的职业和稳定的生活方式，由此，诗歌写作成为了他们抵挡程序化、模式化职业行为的一种生活方式。诗歌写作也就成为了一种柏桦所说的乐趣或者说兴趣，一种纯然的个体热情。他们的写作，便是为了享受诗歌，是为了获得快乐而写作。

当下诗人的"个体热情"又有一种"关门写作"的倾向。可以说，他们的诗歌写作，是一种与政治无关、与经济无关、与文化无关的写作行为。由此"个体热情"的核心含义是，诗歌写作仅仅是自己的一种"个体拯救"行为而已。当然，这与成都诗人的"通天情结"并不矛盾。他们的"通天""造天"行为，在一定程度上就是为"个体存在"寻找一个可安身立命之处，也是为了寻找出个体拯救的可能性方案。此时成都诗人们的诗歌，要么是呈现"个体存在的焦虑"，要么是展示"生命本真的乐趣"。存在、生命、归宿、安身、安逸、快乐，是成都诗歌的关键词。而总体上，激烈的社会批判、社会拯救等主题，不是典型的成都诗歌的"诗性"主题。

实际上，在成都诗人的诗歌写作中，他们挖掘出非常个人化的生命感知，展示了非常本真的生命体验。获得"最别样的感受""最异样的体验"，也是他们诗歌写作的重要追求。因此，在当下成都诗歌中，我们体会到各种各样的诗人主体世界，领略到完全不同的细致、细腻的生活感受。正是在"个体热情"之下，既期待从诗歌中获得个体的拯救，又希望在诗歌中彰显乐趣的成都诗人，他们对于"个体"内在的精神、感觉、思维和情绪的把握，在诗歌中显得极为丰富、多姿。

3."语言冒险"

当退回到"个体热情"的时候，成都诗人便在诗歌技艺上不断探险，在语言、修辞、技巧上作种种尝试。他们在此过程中享受这种诗歌写作的乐趣，由此也呈现了当代诗歌突围的可能性。

翟永明就认为，"现在是一个图像和复制的时代，文字的作用受到遮蔽。中国当代诗歌，在 20 世纪 80 年代焰火般地璀璨之后，留下了新世纪的落寞。在今天，写诗并不像在古代一样，诗人能够获得世俗的荣耀或知音的青睐。由于诗歌与读者交流不畅，还会出现让诗歌蒙羞的情况。作为诗人，也许我们的写作比任何一个时代都更困难。正因为如此，诗是我们反抗一种无所不在的束缚的语言"[①]。所以，"语言"，成为成都诗歌的"通天情结""个体热情"的最主要的展示平台。

成都诗歌的语言冒险，在于他们对于"语言本体"的深刻认识。哑石和李龙炳不约而同地呈现出诗歌的语言本体性特征。李龙炳认为，"人性如此丰富，时代如此复杂，经验单一的诗歌已不值得信任。因此，语言在表面推进必然使诗歌清晰而平庸。诗要有意义，但意义只能藏在词语的背后，我认为直接说出的意义对诗而言就是无意义。也许，对语言的敬畏，对生命的独特体验，晦涩之于诗是深入的、内部的、积极的、核心的、真实的，是向着未来，呼应着无常的命运与未知的空间"[②]。更为直接的表述是哑石在《多元文化

---

① 翟永明：《诗是我们反抗一种无所不在的束缚的语言——中坤国际诗歌奖获奖感言》，《名作欣赏》，2011 年第 4 期。
② 李龙炳：《水至清则无鱼》，《星星》，2011 年第 1 期。

境遇下的当下新诗》中的观点，他认为，"呼唤新诗宏观上的形态转向（现代——当代），但这必须以微观的个人技艺建筑作为前提。因为在今天，诗歌的进展不再可能是观念的结果，而是与语言材料、经验材料深入搏斗、交流的自我教育和塑型；另一方面，汉语新诗在技艺层面上尚未形成对每个写作者而言有效的传统（虽然历时的成果并非稀罕）。所以，当下新诗的技艺考量，不仅是'匠人'层面的'纯制'问题，更是一个精神感性和语言材料遭遇的问题，换句话说，技艺的精神属性比抽象的精神立场远为可靠。我认为，当我们孤立地谈论精神立场时，就已经远离了诗歌中的精神真实。"此时，语言本身、语言技术所蕴含的精神属性，成为比孤立的精神立场更可靠、更真实的精神。这是成都诗人对于语言、诗歌技术的一个有着共鸣的观点。

尽管成都诗人有着共同的语言使命，但在具体的语言操作过程中，他们对于语言的理解又是不一样的，甚至背道而驰。什么是"本真语言"，有的诗人认为就是"直白的口语"，有的诗人认为是"有韵律的语言"，有的诗人认为是知识；由此，有的诗人赞扬复杂修辞的词语，有的诗人迷恋于知识性的语言，还有诗人认为只有口语才能再现真实……如此种种，不管怎样，成都诗人都行走在"语言冒险"的途中，他们寻找语言的魅力，再现汉语之光，呈现生命的本真状态。在诗歌写作中，不管持何种语言态度，成都诗人都有着严肃、甚至是近于苛刻的语言要求。他们不仅提出要将诗歌语言本体化，而且在诗歌创作中，提出了"以语言为诗学地基"的至高语言律令。而他们的"语言冒险"，在当代诗歌语言的繁衍、增殖，以及如何用语言叩问生命等问题上，无疑提供了相当多的探索和实践。

马雁对语言的观点，是我们理解成都诗人"语言观"的一个重要理论。她说，"诗人应当对自己的艺术语言怀着极大的热情，寻找、质疑和运用当时最基本的粒子，这是创作最根本的基础，无法再细分——艺术的尊严和力量只由其基础许给。每一次对基础的重新发现，每一次通过实践对这种重新发现予以了证实时，这种艺术就获得了更新。艺术的尊严和力量在此，发明词语者，发明未来"[①]。可以看到，语言冒险，是成都诗人诗歌写作的兴趣点。而语言冒险，目的是发明词语。进而诗歌在语言冒险中的"词语的发明"，对于成都诗人来说，也就意味着发现了世界和生命。

4."天人之境"

在成都诗人的多重探索中，他们的诗歌还呈现出一种"天人之境"的诗学风格和生命境界，或者都以"天人之境"作为自己诗歌和生命的最高价值。

我们知道，现代诗歌的发生，最初的动因便是与"古典诗歌"抗衡，另起炉灶，而这也是新诗发展的最强大的动力之一。这一理论，当然是有着相当深刻的社会背景的。因为中国现代新诗的地界，已不再是古代中国乡村农业文明的简单再现，而是突破中国传统的封闭状态下的工业文明、商业文明、城市文明的新型复杂社会样式的体现。于是现代新诗便有了与古典诗歌相异的表达意象、表达内容和表现方式，由此建立起一套新的诗歌体系。正如翟永明

[①]马雁：《隐喻式的阴影——克兰译诗及其他》，《马雁诗集》，北京：新星出版社，2012年，第217页。

所说，"在我看来，每个时代有每个时代的诗意，每个时代最重要的气质就是这个时代的'诗意'。不管我们喜不喜欢，现代化、城市化都是目前这个时代的气质。我们生活在现代化、城市化的时代背景之下，即便是山水、花鸟，明月、清风，也都是经历了现代化、城市化的'伤害'。今天的'自然写作'必然不可能与古代的'自然写作'相同，我的意思不是说我们不能写山水诗，而是今天即使写自然、写山水，也必然会写到物质与人，这是常识，也是真相。如果我们仍然还在自欺欺人地描述一个所谓的传统的、自然的山水，不如仍然去写古体诗，把古体诗作为一种仪式，把'农业社会状态下的诗歌写作'当成一种仪式来发挥，这样会更好地保持一种写作的纯粹性"①。所以，现代新诗创作和审美趣味，必须是现代化、城市化、工业化、商业化熏染之下的现代感受和体验。

但问题的复杂性在于，"现代"为我们提供了舒适、便捷的生活背后，"现代"也是一个无聊、虚无、绝望、沉沦的世界。在这个支离破碎的现代世界中，古典的审美、古典的意境反而更能契合现代人孤苦的灵魂。古典审美中那种直通宇宙洪荒、直视天地苍茫的大境界，更令现代人痴迷和不断地追寻。我们知道，意境是中国古代艺术审美理想的核心，这体现了一种对待生命的独特意识，即顺应宇宙万物变化，遵从天命，与天地万物合一而并生，形成一种宁静的生命形态。并且在敬畏之心下聆听自然的启示，达到生命与自然之间的亲密无间、和谐共一。"人闲桂花落，夜静春山空"的

①瞿永明：《写诗是一种心理治疗》，《诗刊》，2011 年第 2 期。

生活之境，"采菊东篱下，悠然见南山"的生活情趣，也成为现代诗人的最高诗学模本。现代诗人也无不陶醉于这种人与自然、人与神的"共在"关系中，迷恋这种自在自为地演化生命的精神之境。

成都诗人常常迷恋着这种"境"，沉迷于这种氛围和气场中，并以之作为诗歌的最高标准。在他们的诗歌中，尽管有着主体的世界对于客观世界的主宰，他们也有着以远离"物"、呈现"物本身"，让事实、让真实自然朗现的诗学愿望。他们都不愿去主宰世界万物，他们都没有征服和去改造世界的愿望，他们更不愿去打破自然界的和谐秩序。让生命自己说话、让世界自己表达、让命运自己轮回，这是他们所认同的诗歌境界，这也是他们所看重的诗性准则。

在当下社会，诗或遁隐，或被放逐；诗时时登场，诗却处处面目全无。不喜诗、不知诗、不能诗、不会诗，是我们与诗相遇的悲惨境遇。而成都诗人们热爱、痴迷诗歌，他们投入于诗歌的激情与无拘无束的自由姿态，张扬着涌动不竭的创造力，闪耀着自由与创造的火花。

跋：这种东西，诗，是什么？

"这种东西，诗，是什么？"这是一个典型的海德格尔式表述。

但是，我借用这种表述，并非要回答这个"问"，而只是提出这个"问"。

而当我们思"诗"的时候，我们其实是在思"白话诗""新诗""自由诗""现代诗"。

当我们思"白话"之时，问的是"诗"在哪里存在的工具可能性。

当我们思"新"之时，问的是"诗"如何存在的可能性。

当我们思"自由"之时，问的是"诗"怎样存在的可能性。

当我们思"现代"之时，问的是"诗"对震惊的偶在性和无限性追问的可能性。

这些"思"，学界的讨论也已经相当成熟，相关成果可以说已经非常丰富了。

然而，尽管成果已经非常丰富，但并非说"诗"已经有了坚实的平台。换言之，此刻我们言"诗"，说"诗"的时候，我们的所指或许"远隔如重山"，乃至于所言并非同一物。这并不否认"诗"本身的多样性和丰富性，也并非要"诗"定于一尊，而是期待：当我们言说"诗"时，我们有一个共同的基础。

汇集在这里的言说虽杂乱，但却始终按照个人的理路在展开。我们要面对的是两个"问"：一是"诗"的问题，一是"现代"的问题。在我看来，言说"诗"的问题，是关于诗歌的无限性、永恒性的本质问题；而"现代"问题，是关于诗歌的过渡、短暂、偶然的问题。这两者的结合，便恰好如波德莱尔所说，"现代性就是过渡、短暂、偶然，这是艺术的一半，另一半是永恒和不变。"由此，从"现代诗"出发，便可成为我们言说"诗"的坚实的基础。

而"我们"是谁？我们为何？我们如何"诗"，我们如何思"诗"，这就是"现代"问题。因此，在我看来，这就不仅仅是"诗"的问题，更是"我们诗"的问题。这样，我们不得不严肃思考"现代"。

困境还在于，当我们还未完成"现代"的工程之时，我们又开始了"前现代""后现代""另类现代"等，持续不断地拆解"现代工程"。那么，"我们"的"诗"，就得不断从"现代"开始，从"现代"起步。

持续"现代"！完成"现代"！或许就是我们时代的诗的使命。